D1362949

Zombi Blues

STANLEY PÉAN

Zombi Blues

LA COURTE ÉCHELLE

Les éditions de la courte échelle inc.
5243, boul. Saint-Laurent
Montréal (Québec) H2T 1S4

Illustration de la couverture :
Israël Charney

Photo de la page couverture :
Pierre Charbonneau

Conception graphique :
Derome design inc.

Révision des textes :
Lise Duquette

Dépôt légal, 1er trimestre 1996
Bibliothèque nationale du Québec

Copyright © 1996 Les éditions de la courte échelle inc.

Données de catalogage avant publication (Canada)

Péan, Stanley

    Zombi Blues
    (Roman 16/96 ; 3)
    ISBN 2-89021-258-0

    1. Titre.
    PS8581.E24Z47 1996   C843'.54   C95-941544-0
    PS9581.E24Z47 1996
    PQ3919.2.P42Z47 1996

Même si certains éléments de cette histoire ont été puisés à même les pages de l'histoire récente d'Haïti, l'essentiel de ce roman demeure purement fictif.

C'est l'orthographe phonologique officiellement admise en Haïti qui est employée ici pour tous les mots créoles, dont *vodou* et *makout*. On trouvera à la fin du roman un glossaire où sont répertoriés ces termes, composés en italique dans le texte, de même que les noms de personnages historiques haïtiens suivis d'un astérisque.

Enfin, l'auteur tient à remercier André Berthiaume, Max Dorsinville, Gaëtan Lévesque, Marie-Josée Courchesne, Maximilien Laroche, Marie Vallerand, Corinne Larochelle, Jean Roy, Caroline Chabot, Christiane Raby, Aline Madelénat, Vanessa Mullet, le docteur Krystin Desbiens, Hélène Derome et toute l'équipe de la courte échelle, ainsi que le Conseil des Arts du Canada pour leur appui, leurs conseils et leur confiance.

Pour M.

ZOMBI n.m. *(*du terme *kongo nzambi*, signifiant «fantôme», «revenant»)* **1.** En Haïti, individu à qui l'on a administré une drogue qui induit un état similaire à la mort, et qu'un sorcier vodou exhume pour le mettre à son service. **2. Fam.** Personne à l'air absent, amorphe.

BLUES n.m. (mot américain signifiant «mélancolie») **1.** Complainte du folklore noir américain dont la formule harmonique constante et le rythme à quatre temps ont profondément influencé le jazz puis le rock'n'roll. Par extension, morceau de jazz lent et mélancolique. **2. Fam.** Cafard, spleen. *Avoir le blues.*

*Les blues sont presque toujours des chansons tristes ;
pourtant, leurs paroles comportent des éléments
comiques. Au-delà de la tristesse du blues se cachent
l'humour et la force. Ce sont probablement ces qualités,
que le jazz a héritées du blues, qui ont fait aimer cette
musique au monde entier.*

LANGSTON HUGHES

*Comme dans le blues, je crois qu'on doit convertir
l'angoisse, la souffrance en autre chose,
en sagesse peut-être, sans céder à la colère.*

TONI MORRISON

Partie I

Ce n'est pas pour moi que je prie
Mais pour cette race qui est mienne
Et qui du fond de ce pays de l'ombre
Tend les mains, avide,
Vers le pain et le vin

COUNTEE CULLEN

Papa Dambala woy, Dambala
Louvri je'w, gade nou
Dambala he mwen di'w
Fò'w gade kote'w kite pitit-awou
Dambala woy fò'w vin wè
Nan ki misè pitit-aw ye

Complainte haïtienne traditionnelle

Misterioso

Le crépuscule donne à Port-au-Prince des airs de bête blessée sur laquelle les ténèbres s'abattent telle une volée de vautours. Dans une débâcle sanglante, le soir renverse le jour, hisse son drapeau noir, se proclame président à vie. Et lorsqu'il daigne laisser poindre le soleil, ce n'est que pour mieux le guillotiner de nouveau.

Les scènes quotidiennes — le désordre des gamins qui shootent leur ballon de foot, le boniment des marchandes ambulantes, l'exubérance des *tap-tap* bondés — ne sont que mardi gras, comédie burlesque interprétée sans conviction par des acteurs terrifiés. Dès la fin de l'après-midi, tous pressentent la tombée du rideau, ce moment redouté où la nuit réinstaure son régime.

À Port-au-Prince, la nuit a un visage placardé sur des affiches démesurées, un visage fripé avec des yeux de batracien agrandis par des verres en cul de bouteille. La nuit a aussi sa devise, proclamée par des panneaux aux lumières clignotantes : « Je suis le drapeau haïtien, uni et indivisible. François Duvalier. »

Des faubourgs cossus où habite l'élite mulâtre jusqu'aux bas quartiers où vivote la populace, la nuit fait son nid d'ombre. À la brunante, ses agents dressent des postes de contrôle et interceptent quiconque n'a pas encore regagné la sécurité bien précaire du logis. Avec la bénédiction de « Notre-Doc-qui-êtes-au-Palais-à-vie », les hommes de la nuit exigent des imprudents un tribut payable en argent ou en nature, s'ils ont de la chance, avec leur chair et leur sang, s'ils en ont moins. Rarement revoit-on ces malheureux, interpellés aux carrefours à l'heure des croque-mitaines, mais on raconte qu'ils hantent les catacombes sous le Palais national, transformés en zombis.

Répandues par le *teledjol*, de telles histoires sont devenues monnaie courante dans cette île abandonnée aux caprices d'un médecin au dos courbé sous le poids de la hargne. Ces rumeurs envahissent la capitale, s'incrustent dans les lézardes des murs et au fond des garde-manger, enveloppent comme une seconde peau les citoyens apeurés.

Depuis une dizaine d'années, nuit après nuit, Port-au-Prince est livrée aux charognards. Le vent ose à peine agiter les branches des pieds-bois, culbuter les feuilles de journal dans les rues. Près du port, Christophe Colomb, pétrifié, tourne le dos au supplice de tout un peuple, préférant rêver des Indes inaccessibles. Derrière lui, sous les parasols des terrasses, sur les places, les quais et les plages, nul signe de vie.

Enfin, presque…

Une silhouette se profile dans les rues fardées de noir.

La peur aux tripes, une jeune femme avance, se plaquant contre les murets au moindre bruit suspect. Elle essuie la sueur sur son front. Encore quelques pâtés de maisons et elle aura atteint son but.

En Haïti, la nuit n'est jamais tout à fait silencieuse. Des mornes descendent des roulements de tambours que le profane pourrait prendre pour le grondement du tonnerre. C'est le cœur déchiré de l'Afrique ancestrale qui emplit l'air de ses hoquets chagrinés. L'Afrique chantonne, dans cette langue de tam-tams dolents, un blues plus noir que la nuit. Elle pleure, l'Afrique, telle une mère à qui on a arraché ses enfants.

La jeune téméraire n'écoute pas ces lamentations. Pas

plus qu'elle n'a écouté les mises en garde de ses proches. « De la folie ! » n'a-t-on cessé de lui répéter. « Oublie tes petits, il est trop tard. Tu es jeune, il sera toujours temps d'en avoir d'autres... »

Renoncer à la chair de sa chair ? Impossible. Les garçons sont tout ce qui lui reste de son Hyppolite. Elle maudit le jour où elle a accepté l'offre de *Mèt* Minville, accepté de lui céder les bébés contre une bouchée de pain. Avec cette transaction, l'histoire de tout un continent s'est rejouée. Elle se maudit d'avoir cru que c'était dans l'intérêt des jumeaux.

Un miaulement aigu la fait tressaillir.

À ses pieds, un chat la toise méchamment, queue en l'air, dos arqué. Elle hésite, cherche dans le regard du matou l'infime lueur de tristesse qui révélerait le chrétien en lui. Se croit-elle en présence d'un *bizango* ? L'animal feule, retrousse les babines. Méfiant, il recule, le corps en biais, adoptant une démarche de crabe, puis finit par s'enfuir dans une ruelle.

Déjà, elle respire mieux. Elle secoue la tête pour combattre la léthargie qui menace de l'engourdir. Elle ne dort plus depuis presque une semaine, depuis que son Hyppolite lui est apparu en songe. Dans le rêve, il portait un habit de lumière si éclatante qu'elle devait se protéger les yeux. Son sourire était tout aussi étincelant, véritable demi-lune au milieu du ciel noir de son visage. Elle n'y voyait plus les marques de coups ni les plaies qui le défiguraient le matin où on l'avait retrouvé dans la ravine.

Venait-il la chercher pour l'emmener avec lui, dans la Guinée où retournent les âmes des Nègres défunts ? Il a secoué la tête : l'heure de leur réunion n'avait pas encore sonné. Il était plutôt là pour lui reprocher d'avoir confié leurs fils à *Mèt* Minville et l'avertir du danger qu'ils couraient. Avant de disparaître, Hyppolite lui avait fait jurer de récupérer les garçons coûte que coûte.

Une promesse faite à un mort doit être tenue sous peine de malheur grave. Voilà pourquoi elle se coule dans les rues de Port-au-Prince, autour de minuit, tel un fantôme.

Elle approche.

Dès qu'elle aperçoit la maison, les battements de son cœur épousent le *kata* scandé par les tambours au loin. Elle se crispe, inspire profondément. Pour lutter contre la peur, entre ses lèvres à demi closes, elle entonne une chanson, une supplique destinée aux esprits qui veillent sur les Nègres de ce pays.

Elle jette un coup d'œil autour d'elle. Personne en vue. Elle franchit les quelques mètres qui la séparent de son but. L'avenir de ses fils se joue dans cette maison. Rien ne l'arrêtera à présent. S'il le faut, elle descendra en enfer.

* * *

Le front appuyé contre la moustiquaire, Corinne Reynolds contemple la capitale endormie, cherche le port du regard. À cette heure, elle ne discerne plus l'endroit où commence la mer.

En raison du tumulte qui couve au Palais, Benjamin a insisté pour qu'ils rentrent tôt de la réception à laquelle les avait conviés l'ambassadeur américain. Elle ne partageait pas son empressement, mais s'était gardée de le contrarier. Depuis quelque temps, son mari lui semblait plus irritable que d'habitude et Corinne préfère éviter les prises de bec.

Des crises, Haïti en a connu d'autres, plus souvent qu'à son tour. Mais Ben, dont ce n'est pas le premier séjour ici, pressent que celle-ci sera la plus grave de toutes celles que l'île a traversées. Selon lui, le pays n'est plus qu'une caricature de lui-même. Sous le régime de Magloire*, répétait-il souvent, on faisait au moins l'effort de projeter une apparence de progrès, de développement. Tandis qu'aujourd'hui...

Corinne tend la main vers son verre posé sur l'étagère

---

* Le lecteur trouvera à la fin du roman un glossaire expliquant les mots créoles en italique et ceux marqués d'un astérisque.

murale. Le Barbancourt lui brûle la gorge, répand dans sa poitrine une bouffée de chaleur qui la soulage presque de son anxiété. Elle amorce un mouvement vers le bar. Un dernier rhum, histoire de museler cette voix moqueuse au fond de sa tête. Après tout l'alcool ingurgité chez les Américains ? Non. Ben lui a assez répété qu'elle a tendance à trop boire et qu'elle a, de surcroît, le vin amer...

Du salon, elle l'entend ronfler. Elle glousse. Ses ronflements lui ont toujours rappelé le bruit d'un percolateur. Elle a souvent fait remarquer à Ben que parfois, à l'écouter, on ne saurait dire s'il dort ou s'il prépare du café. La plaisanterie ne lui a jamais tiré l'ombre d'un sourire. Il faut dire que pas grand-chose n'arrivait à faire sourire son mari depuis Daniel.

Ira-t-elle le rejoindre dans ce lit qu'elle a de moins en moins l'impression de partager avec lui ? Malgré l'ivresse, elle craint de ne pouvoir s'endormir, tellement l'angoisse l'étouffe. Elle redoute l'insomnie encore plus que les mauvais rêves. Pendant un instant, elle jongle avec l'idée d'avaler deux Valium.

Au diable Ben ! Elle remplit son verre de nouveau. Elle boira encore, jusqu'à l'oubli.

Dans les milieux diplomatiques, les racontars sur l'état de santé du président laissent présager le pire. Certains prétendent qu'il serait à l'article de la mort. Si ces rumeurs sont exactes, on ne sait ce qu'il adviendra de la république. Retournera-t-elle sous la tutelle américaine ou le pouvoir échoira-t-il à l'un des acolytes de Duvalier ?

Ben aurait ouï dire — mais cette hypothèse grotesque ne saurait être fondée — que Duvalier fils hériterait de la présidence. Corinne a rencontré Jean-Claude à des dîners officiels. Elle imagine difficilement ce lourdaud à la tête d'un État.

Bêtises ! La rumeur a maintes fois tenu Papa Doc pour agonisant. Mais, même en cette contrée où les frontières entre réel et imaginaire se brouillent souvent, il faut plus que la pensée magique pour décapiter les ogres.

Les monstres ont la vie dure et longue.

Seuls les innocents meurent jeunes.

Une larme roule sur sa joue. Elle l'essuie du bout des doigts. Pour ne pas sombrer, Corinne s'accroche à l'image de leur petite Laura — tout ce qu'il leur reste ! — qui les attend, Ben et elle, dans leur véritable domicile, si loin d'ici. Elle échangerait son âme contre une place dans un avion à destination de chez elle !

Chez elle, quelle blague ! Sur les rives de l'Outaouais ou ici, toujours ce malaise, ce sentiment d'être étrangère. Depuis Daniel, Corinne a l'impression de ne plus habiter son corps. Elle ne parvient même plus à s'identifier à un décor, aussi accueillant soit-il.

Elle engloutit le reste du rhum, résolue à monter vers le lit glacé où gît Ben. Lui et moi sommes morts, se dit-elle en marchant vers l'escalier. Deux morts-vivants perdus au pays de l'ombre où nous croyions tromper le deuil.

Soudain, des détonations la font sursauter.

Le fracas de son verre sur les lattes de l'escalier suit les coups de feu de si près qu'on dirait qu'une des balles a atteint la main de Corinne. Pendant un moment, elle reste figée. À l'extérieur, des bruits de course. Des voix rauques, des ordres en créole.

Les *tonton makout* !

Elle va à la fenêtre. Dans la rue, une demi-douzaine d'hommes, revolver au poing, courent en tous sens.

Que cherchent-ils ? Corinne scrute les maisons voisines, à l'affût de la silhouette d'un autre spectateur de cette scène impromptue. En vain. Ces dernières années, tout Port-au-Prince a appris à détourner les yeux des drames qui se jouent sous ses fenêtres. Corinne se demande ce que lui feraient ces hommes s'ils l'apercevaient.

Un bruit derrière elle la fait tressauter de nouveau.

Elle ferme les paupières. Ils ont beau se savoir tout permis, jamais ils n'auraient le culot de faire irruption dans la résidence d'un attaché diplomatique canadien en pleine nuit !

L'écho des pas qui lui parvient du salon ne trompe pas : quelqu'un s'est bel et bien introduit dans la maison...

Corinne retient son souffle. Toute griserie a disparu. Elle n'ose pas appeler. Elle se tourne vers l'escalier, calcule le temps nécessaire pour arriver à la chambre.

L'intrus se rapproche. Sa démarche est lente, pénible ; sa respiration laborieuse. Encore quelques pas et Corinne verra son ombre se profiler dans l'embrasure de la porte. Elle fouille des yeux l'obscurité, en quête d'un objet susceptible de servir d'arme. Peine perdue.

— Qui est là ?

En face de Corinne, une Négresse fluette s'efforce de se tenir droite, un paquet serré contre sa poitrine. Une voleuse, surprise en plein cambriolage ? Peu probable. Durant un instant, elle demeure muette, puis Corinne l'entend marmotter une supplication. L'Haïtienne l'implore de ne pas élever le ton, de ne pas allumer...

Les *makout* ! Corinne les oubliait presque. Elle jette un coup d'œil par-dessus son épaule. Dehors, les hommes en noir se sont dispersés. Elle se retourne, mais avant qu'elle ait pu prononcer une syllabe, la femme s'effondre sur le sofa.

Corinne s'accroupit près d'elle. La Négresse chuchote encore. En se penchant plus près, Corinne parvient à distinguer quelques mots. La fugitive parle de sauver ses fils. À ses murmures se mêle le babil d'un enfant. Ce que Corinne a d'abord pris pour un paquet est en fait un bébé emmailloté dans une serviette. Elle tente de le prendre, mais la mère refuse. Elle glisse alors une main derrière le dos de l'Haïtienne et ses doigts rencontrent un liquide poisseux.

Avec un haut-le-cœur, elle ôte sa main aussi vivement que si elle s'était brûlée.

Corinne réussit à installer l'Haïtienne dans une position plus confortable. Elle la contemple un instant, son bébé toujours serré contre sa poitrine. Elle ne peut tout de même pas la laisser mourir au bout de son sang. Elle se ressaisit, se précipite auprès de Ben. Elle le secoue à plusieurs reprises.

Malgré ses explications sans queue ni tête, il comprend qu'il faut descendre au plus vite.

Elle ne l'attend pas. Elle dévale l'escalier.

Trop tard.

La Négresse a fermé les yeux.

Corinne doit user de toutes ses forces pour détacher le bébé du sein de la morte. Quand enfin elle y parvient, elle s'aperçoit avec horreur qu'il était en train de boire. Autour de sa bouche, sur ses pommettes et son menton perlent des gouttes de sang…

L'enfant se lèche les babines. Au milieu de son visage d'encre, Corinne le jurerait, ses yeux petits, presque bridés, brillent d'une lueur écarlate.

Partie II

La musique
De cette trompette à ses lèvres
Du miel
Mêlé à des flammes liquides

LANGSTON HUGHES

Melancholia

«C'est dur de mourir au printemps, tu sais...»
À regarder les tulipes rouge et or qui embrasent les plates-bandes d'Ottawa, Laura Reynolds n'a pu s'empêcher de penser à ce refrain de Jacques Brel. Ils ont fait le trajet de Mooneys Bay à l'église sur la rive hulloise à bord de la Saab de Dick ; ni Laura ni Corinne ne se sentaient en état de conduire. Entre Laura et son mari traînait un vestige de leur prise de bec du matin. Dick avait proposé d'amener Ruby pour la présenter aux membres de la famille qui n'avaient pas encore fait sa connaissance. Offusquée, Laura avait décrété que leur fille passerait l'après-midi avec sa nounou Daphne ; on n'amène pas un bébé à des funérailles.

Laura suit le déroulement de l'office à travers une voilette de larmes. Son orgueil l'empêche de se joindre au chœur de pleureuses, sa mère et ses tantes, dont les sanglots font vibrer la nef de l'église. Les yeux brûlés par le sel, elle écoute le curé égrener un chapelet de clichés au sujet du repos de l'âme éternelle. La froideur guindée de l'homélie s'oppose à la jovialité du disparu. La mort, songe Laura, réduit les gens à des formules empesées.

L'infarctus de Benjamin Reynolds a pris de court toute la famille. L'automne dernier, Laura avait insisté pour examiner elle-même son père. Moqueur, Ben Reynolds avait évoqué l'époque où son frère Gaby et elle jouaient au docteur dans le salon… Sans se soucier de ses taquineries, elle avait jugé son état de santé excellent. « Tu veux dire : pour un haut fonctionnaire tabletté », avait-il alors blagué, avec un fond de tristesse. Il n'acceptait toujours pas sa mise à la retraite anticipée. Laura ne lui avait pas vu un air aussi maussade depuis les mois précédant son dernier séjour en Haïti, il y a plus de vingt-cinq ans. Depuis Daniel, pour tout dire.

Laura se tourne vers Corinne et s'étonne que sa mère ait à ce point vieilli en si peu de temps. Les joues s'affaissent, la peau se flétrit, les années ont creusé des rigoles pour les larmes. Comment cette femme, qui n'est plus que l'ombre d'elle-même, a-t-elle pu survivre à son mari ? Il faut croire, comme plaisantait avec amertume le disparu, que l'alcool conserve…

Cette cérémonie ravive le souvenir d'un autre enterrement. Daniel. Au fil des ans, son nom est devenu synonyme d'absence. Une absence cruellement ressentie par toute la famille Reynolds, mais peut-être davantage par Corinne que rien ni personne n'avait su consoler de la mort de son fils, emporté bêtement par une encéphalite. Laura n'était encore qu'une gamine, mais elle se rappelle comment elle avait dû museler sa propre peine pour réconforter sa mère, rendue hystérique par la douleur. Personne n'avait donc songé qu'elle aussi souffrait ? Encore aujourd'hui, elle éprouve de la rancœur à l'idée que Corinne l'avait privée de son droit au chagrin.

L'heure n'est pas au ressentiment. Périodiquement, Laura hasarde un coup d'œil vers le fond de l'église, dans l'espoir d'y voir apparaître quelqu'un.

Un vœu pieux, elle le sait bien. Il ne viendra pas.

Le service achevé, les porteurs soulèvent le cercueil et s'avancent dans l'allée centrale. Les occupants des bancs de l'église leur emboîtent le pas. Dehors, le corbillard attend qu'on y hisse le cercueil. Les minutes s'écoulent, de condoléances en sanglots. Laura se mord la lèvre inférieure pour ne pas hurler.

Enfin, tous prennent place à bord de leur véhicule et le cortège s'ébranle en direction du cimetière. Laura se laisse traîner par Dick vers la Saab.

Ceint par un boisé touffu, le cimetière s'étale le long du boulevard Taché, près de la Place du Portage. On se recueille une dernière fois avant la mise en terre. Les couronnes de fleurs embaument sous le soleil déclinant. Laura ose un regard vers l'autre tombe, tout près : « Daniel Marc Reynolds, 1959 – 1968. Still with us. »

Le curé asperge le cercueil d'eau bénite en prononçant les propos rituels sur le retour de la poussière à la poussière et sur la résurrection au jour du Jugement dernier. Déjà, les pelletées de terre pleuvent. Laura songe à la *Deuxième Symphonie* de Gustav Mahler, compositeur fétiche de son père : « Oui, tu ressusciteras, ma poussière, après un bref repos. »

L'après-midi tire à sa fin. Après l'inhumation, parents et proches se retrouvent chez la veuve, pour un dernier brin de causette avant de remiser le souvenir du mort dans un recoin de leur mémoire. Un organiste et une cantatrice enfilent des lieder de Mahler dans des interprétations que Ben, fin connaisseur, considérerait sans nul doute comme le comble de la fumisterie. Les enfants d'un cousin promènent des plateaux chargés de sandwiches, de crudités et de canapés.

Des gens accostent Laura, lui rabâchent des banalités sur le compte de son père. Excédée, elle s'enferme dans la salle de bains à l'étage. Elle s'agrippe au lavabo, le regard fixé sur son reflet dans la glace.

Elle pense : il manque quelqu'un.

Elle pense : où es-tu ? J'ai besoin de toi.

* * *

Pour le chauffeur de taxi, un immigrant turc dont l'anglais semble aussi rudimentaire que le français, ni le mot « *cemetery* » ni « cimetière » ne signifient quoi que ce soit. Ce n'est qu'au moment où le Noir, assis sur la banquette arrière, pointe du doigt le terrain semé de pierres tombales, près de la caserne de pompiers, qu'il constate avec stupéfaction la destination de son passager. De toute évidence, il n'a pas l'habitude de déposer des gens au cimetière à vingt-trois heures passées !

Le passager paie la course, prend son bagage. Le chauffeur lui demande s'il faut l'attendre. Il fait signe que non.

— *Have a good evening, sir,* bredouille alors le chauffeur, médusé.

Le grand Noir referme la portière et se détourne de l'auto qui s'éloigne rapidement.

Toute la journée, il a patienté dans sa minable chambre de motel, noyant les heures dans le Jim Beam en attendant le moment propice. En fin de soirée, il est sorti héler le taxi.

Le voici sur les lieux.

Les arbres cachent l'Outaouais. Le clapotis de ses eaux se confond avec le bruissement des feuilles agitées par la brise. On a laissé la grille ouverte. À peine l'a-t-il franchie que l'émotion saisit l'homme à la gorge. D'ordinaire, les cimetières ne l'émeuvent guère, l'irritent plutôt — celui-ci, en particulier. Il s'était juré de ne rien ressentir. Pourquoi alors les pulsations de son cœur font-elles songer à un solo de batterie de Tony Williams ?

L'homme avance sans hésiter, s'y retrouve aisément même s'il n'a pas emprunté ce chemin depuis près de vingt ans. D'instinct, il se laisse guider par le négrillon qu'il était autrefois. L'enfant le précède entre les stèles jusqu'à cette nouvelle tombe, couverte de bouquets magnifiques, tout près de l'autre qu'il a si souvent visitée. L'image de l'enfant s'évanouit.

Corinne le traînait ici une fois par semaine, à l'insu de tous et contre son gré, pour l'obliger à se recueillir sur la tombe de ce frère qu'il n'avait pas connu. En regardant cette femme agenouillée sangloter dans son ivresse, il lui arrivait de se sentir dépossédé de lui-même, comme si les hoquets de sa mère adoptive lui siphonnaient l'âme. Pendant longtemps, il avait redouté qu'elle l'immole pour permettre à l'autre de se réincarner dans son corps. Effrayé, il ne se sentait même pas suffisamment d'énergie pour détester Daniel, ce Danny-Boy qu'il n'avait jamais vu que sur des photos noir et blanc. Souvent dans ses cauchemars d'enfant, Daniel venait le hanter, promettait de recouvrer un jour la place qu'il avait usurpée... Il s'éveillait alors en hurlant, et seule Laura savait calmer ses pleurs et ses peurs.

Tout cela lui semble si loin aujourd'hui. Sous l'éclairage des lampadaires du stationnement adjacent, il lit l'inscription fraîchement gravée dans le marbre.

«Benjamin T. Reynolds, 1930 – 1996.»

Un instant, il se laisse envahir par le silence. En lui-même, il entame le dialogue cent fois réinventé de ces retrouvailles trop longtemps différées.

Salut, Bennie mon vieux. *Long time no see, huh?*

Tu es bien tranquille, ce soir. Tu ne dis rien ; pas de moqueries sur ma nouvelle coupe de cheveux, mes lunettes noires, mes vêtements. Pas de reproches sur la rareté de mes visites, de mes appels, de mes lettres. Tu fais la gueule?

C'est vrai : tu es mort. Je sais.

Il s'interrompt. Les mots, de toute façon, n'importent plus. Il s'agenouille devant la pierre tombale, dépose sur le sol son coffret à trompette et l'ouvre. L'éclat des lampadaires enveloppe la Martin Committee d'un halo surréel. Il se redresse, replace l'embouchure de l'instrument, puis le porte à ses lèvres et ferme les yeux.

Les notes qui coulent du pavillon ont cette sonorité voilée, d'une tristesse pudique, que l'on associe à Miles Davis. Il improvise un blues, de toute évidence, mais qui n'a rien à voir avec la mélopée des esclaves dans les champs de coton ou de canne à sucre. Ce qu'il joue est à la fois l'essence et l'antithèse, l'ombre et la substance du blues, une musique pleine d'impétuosité contenue, si spleenétique qu'elle vous lacère, corps et âme.

Défilent alors les images de ce fameux week-end en forêt : son père adoptif et lui, sur les berges d'un lac, lançant leur ligne à l'eau.

À quoi bon ce cinéma ? Pareilles retrouvailles n'auront jamais lieu : le fils prodigue revient trop tard.

Du coup, les tonalités chaudes et caressantes, les notes choisies avec soin cèdent la place à des sons hargneux. Le ton du soliste se fait amer, défiant. Les criquets qui l'accompagnent évoquent des castagnettes. Le trompettiste mitraille une pétarade de phrases d'une seule note. La mélodie se désarticule ; grognements rauques et hoquets chevrotants s'y enchaînent.

L'homme se lance dans un assourdissant crescendo, pointant le pavillon vers le ciel comme pour perforer le rideau de la nuit. À bout de souffle, il étire une note aiguë sur quatre, cinq puis six mesures, la maintient, loin au-dessus de sa tête, malgré ses joues prêtes à exploser, ses lèvres endolories, ses poumons chauffés à blanc.

Enfin, exténué, il laisse ce hurlement s'estomper.

Il détache son biniou de sa bouche, garde les paupières serrées pour endiguer ses pleurs. Il entend des sanglots. Il ouvre les yeux, se retourne.

Laura.

* * *

L'endroit n'est guère approprié pour renouer les liens affaiblis par la distance et les années. Quoique pressée de se retrouver en un lieu plus intime, Laura n'ose pas proposer sa maison dans Mooneys Bay et accepte plutôt de le raccompagner au motel. Dans l'auto, il allume la radio et parcourt la bande FM en quête d'un morceau qui ne lui tirerait pas une moue. Les ondes grésillent jusqu'à ce qu'il s'arrête sur *What's New ?*, interprété par Helen Merrill.

Une sensation d'irréalité imprègne l'atmosphère. Laura a

tellement souhaité le revoir, mais il paraît si distant derrière ses lunettes fumées. Elle se réjouit néanmoins de constater qu'il porte à la boutonnière la broche en forme de bugle qu'elle lui avait offerte pour son douzième anniversaire. Timide, sa main quitte le levier de vitesse, va vers ces doigts noirs qui pianotent sur le tableau de bord. Son teint pâle tranche sur la peau de charbon. Elle resserre sa prise sur la main, puis la relâche à contrecœur.

Il observe Laura, en souriant presque. Après tout ce temps, il s'amuse de l'accent outaouais, de cette manie de prononcer les abréviations en anglais. Paradoxalement, lui, qui a passé toutes ces années aux États-Unis, parle un français quasi neutre. Laura lui reproche son absence aux obsèques ; dans le télégramme, elle avait bien précisé date, heure et lieu. Le regard sévère qu'il lui jette par-dessus la monture de ses Serengeti l'intimide. Elle se doute bien des raisons de son absence…

En garant son Audi devant la sordide bâtisse, Laura fronce les sourcils. Son dégoût se décuple une fois entrée dans la chambre crasseuse. Deux tables de chevet et une commode dépareillées cernent le lit défait. Des fauteuils au tissu élimé sont disposés autour d'une table ovale en mélamine jaunie.

— C'est tout ce que je peux me payer, dit-il en déposant sa trompette sur le meuble, à côté d'une vieille télé. Je ne suis pas médecin.

— Je gage que c'est infesté de coquerelles.

— Non. Pour les coquerelles, il faut payer un supplément.

Elle reconnaît l'humour de leur père. Son amusement s'estompe dès qu'il tend la main vers la bouteille à moitié vide au pied du lit. Poliment, elle refuse le verre de bourbon qu'il lui offre. Cul sec. Il se verse un autre verre.

— Tu ne crois pas que tu bois trop ?

— Pas de ça. On n'a plus l'âge de jouer au docteur.

— Je ne joue pas : je suis médecin.

— Peut-être. Mais je ne suis pas patient.

Elle ne réplique pas. Il a changé : plus agressif, plus froid. Que ne donnerait-elle pas pour qu'il l'enlace ? Comment raviver leur complicité maintenue artificiellement en vie par leur correspondance irrégulière des dernières années ? Si seulement il ôtait ces maudits verres fumés qui masquent son regard...

Laura se laisse choir dans un fauteuil. Assis sur le coin du lit, il sort un CD de son sac : Gabriel D'ArqueAngel Quintet, « Zombi Blues ». La pochette le montre, tête inclinée, trompette embouchée pointée vers le sol. Elle examine le boîtier, intriguée par le nom de scène et les titres émaillés de références africaines : *Afro Blue*, *Queen of Sheba*, *Liberian Girl*, *Nefertiti*, *Song of Solomon*, *Theme from « Roots »*, *African Waltz*, *Appointment in Ghana*, *Zombi Blues*. Une drôle de sensation l'étreint, comme si, pour la première fois, elle prenait conscience que son frère est noir.

— Il serait fier de toi. *Mom* aussi, ajoute-t-elle dans un murmure.

De dépit, il expire par les narines, puis il engloutit une nouvelle rasade de bourbon. Laura pose le boîtier sur la table.

— Gaby, elle souffre beaucoup de votre querelle.

— Qu'elle souffre.

Le ton est sec, sans appel. Laura se tait, incertaine de sa volonté de défendre Corinne. La conversation, ponctuée de silences gênés, dévie inévitablement sur les derniers jours de leur père.

Gabriel se sert un autre bourbon. Cette fois, Laura consent à l'accompagner. Ils trinquent alors, discutent de tout, de rien, du temps qui passe et des chagrins qui perdurent. Elle l'interroge sur New Orleans, Chicago, New York, tous ces endroits où l'a conduit sa bohème. Il lui pose des questions sur son travail, sur la petite Ruby, sur Dick. Pure politesse, elle le sait. Sa vie conjugale n'intéresse pas son frère ! Évasive, elle laisse entendre que tout va pour le mieux dans le meilleur des mondes. Mais qui tente-t-elle de berner ?

La fatigue, le chagrin et la nervosité décuplent l'effet de l'alcool. Après deux verres, Laura se sent fondre. Elle retire sa veste, déboutonne un peu son chemisier, défait sa coiffure pour laisser tomber sur ses épaules son abondante chevelure auburn. Elle dépose son téléavertisseur sur la table de chevet, éteint la lampe et s'allonge sur le lit.

L'éclat des phares des voitures qui passent zèbre les murs. La laideur de la chambre semble abolie par la pénombre. L'ambiance se fait moins suffocante, un brin mystérieuse, mais propice à l'apaisement.

Gabriel s'est étendu à son tour. À la faveur de l'ivresse, leurs corps se rejoignent, s'animent d'une ferveur impromptue. Leurs gestes témoignent d'une tendresse longtemps réprimée. Les voilà, comme avant, gamins se livrant à des étreintes illicites dans le salon familial.

Enhardie, Laura porte la main à son visage pour lui enlever ses Serengeti. Il se laisse démasquer. Lorsqu'il croise le regard-océan de Laura, il a envie de plonger dans ce vert sans fond, de s'y noyer.

Leurs baisers gagnent en intensité. Gabriel roule sur elle, fait sauter les derniers boutons de la blouse, dégrafe le soutien-gorge. Les yeux fermés, Laura sent les lèvres charnues glisser dans son cou, sur ses seins menus. Frémissante, elle fait courir ses doigts dans les cheveux crépus, sur la nuque presque rasée. Elle halète son nom, voudrait le repousser, ne s'y résoud pas. Du bout des dents, il lui taquine les seins pour en ériger les tétines. Pendant un instant, Laura craint qu'il n'en prenne une bouchée. À trois ans, en embrassant une petite voisine, il l'avait mordue tellement fort que la jeune femme en garde encore aujourd'hui une cicatrice à l'intérieur de la lèvre.

Grisée par la moiteur de la langue qui décrit des cercles autour de son nombril, Laura geint, oubliant le lieu et l'heure. Les mains de Gaby s'insinuent sous ses hanches pour s'en prendre à la fermeture éclair de sa jupe. Elle proteste faiblement, pensant tout à coup à Dick, à Ruby. Gabriel n'écoute pas, obnubilé par sa faim et sa soif d'elle. Alors elle se crispe, cesse de soupirer. Elle dit calmement : «Non.» Et comme il persiste, elle se redresse, lui saisit les poignets et répète, avec plus de fermeté : «Non !»

Gabriel lève les yeux. Pendant un moment, tous deux se fixent, suspendus au-dessus d'un gouffre.

Laura secoue la tête, au bord des pleurs.

Il s'écarte, se laisse retomber sur le côté.

Après quelques minutes d'immobilité, il se contente de passer la main délicatement sur la poitrine de Laura. Elle ne s'y oppose pas. Bientôt, il fait pleuvoir des petits baisers chastes sur ses seins et finit par coller une joue trempée de larmes sur son ventre chaud.

Au petit matin, elle se lève. Rajustant sa tenue, elle lui répète qu'il est le bienvenu chez elle. Chez elle et Dick, précise Gabriel avant de décliner l'invitation, invoquant un engagement à Québec le surlendemain. Elle lui signale que la lecture du testament aura lieu la semaine suivante, mais c'est le cadet des soucis de Gaby. Il ne compte pas s'y présenter. Déçue, Laura ramasse disque et téléavertisseur, les fourre dans son sac, quitte la chambre.

Il reste étendu sur les draps imprégnés de l'odeur de Laura, partagé entre la mélancolie et le manque. Il connaît bien cette sensation, pour l'avoir éprouvée tout au long de sa vie. Depuis l'enfance, il souffre d'un étrange mal, une froideur constante qui le dévore de l'intérieur, comme si on lui avait arraché une part de son âme.

Il se lève, allume la télé, mais garde le volume au minimum. Il ne tarde pas à s'assoupir devant les images du premier bulletin d'informations.

Barracuda

En traversant ces rues familières, théâtre de ses marelles et de ses rondes de gamine, il ne viendrait jamais à l'esprit de Marie-Marthe que ce faubourg, si semblable au célèbre *Haitian Corner* brooklynois, a jadis été considéré comme une imprenable enclave canadienne-française. Au fil des dernières trente et quelques années, le paysage de ce quartier du nord de la métropole s'est considérablement modifié. Si bien que là où, auparavant, on apercevait des enseignes de comptoirs à hot dogs ou à patates frites ont proliféré des écriteaux lumineux aux couleurs vives annonçant salons de coiffure « afro », boîtes de nuit antillaises, marchés de fruits et légumes dits « exotiques ». Les Québécois de souche, comme on les appelle maintenant, côtoient les ressortissants haïtiens depuis si longtemps que certains dépanneurs du coin offrent désormais du Cola-Champagne et autres douceurs des Tropiques.

Certes, cette cohabitation n'est pas toujours aisée, comme en témoignent quelques graffitis haineux (*Négro : mange-marde!*), que l'on peut parfois lire sur le flanc des conteneurs à déchets, ou les occasionnelles rixes entre gangs de jeunes Noirs et skinheads. Malgré ces désagréments, moins fréquents que les médias le laissent entendre, Marie-Marthe estime son coin paisible, comparé à d'autres, et s'imagine difficilement vivre ailleurs dans Montréal.

Arrivée au Manje Lakay, la jeune femme pousse la porte vitrée sur laquelle on a collé les affiches annonçant les activités communautaires et les spectacles à venir dans le cadre du Festival de Jazz ou des Nuits d'Afrique. Une forte odeur de café l'assaille dès son entrée. Sur les murs en contreplaqué, des reproductions de toiles de Valcin II, des masques en acajou et des pièces en fer forgé à l'effigie des *lwa* tentent de faire oublier la vocation initiale de cet ancien bar western converti en restaurant haïtien. Il y a déjà pas mal de monde : principalement des chauffeurs de taxi qui, au terme de leur quart de nuit, viennent commenter les manchettes d'*Haïti-Observateur* avant de rentrer dormir.

En longeant le comptoir, Marie-Marthe salue les habitués. Aucun d'eux ne lui rend la politesse, trop occupés qu'ils sont à fulminer contre le téléviseur suspendu dans une encoignure de la salle. Au téléjournal, on repasse le reportage sur la bousculade de la veille devant l'hôtel Vogue.

Plus d'une centaine de compatriotes s'étaient amassés rue Sherbrooke et avaient bloqué la circulation à l'heure de pointe pour protester contre l'admission au Canada de l'infâme Barthélémy Minville, surnommé Barracuda en raison de sa cruauté proverbiale, ancienne éminence grise du ministère de l'Intérieur sous Baby Doc. L'ex-*makout* occupe depuis trois jours une des plus luxueuses suites du prestigieux hôtel. Il a fallu l'intervention d'une bonne quarantaine de policiers pour disperser la foule qui scandait des slogans et menaçait de saccager le hall de l'établissement. Au cours de la mêlée, plusieurs ont subi des blessures mineures et quelques-uns ont été coffrés pour outrage aux agents de la paix.

Dans la cuisine, Ferdinand Dauphin, propriétaire du Manje Lakay, accueille Marie-Marthe en grommelant. Elle a juste le temps d'accrocher son blouson et déjà, il lui fait signe d'aller servir trois petits déjeuners. Un regard échangé avec Gary, le cuisinier, lui confirme qu'il vaut mieux ne pas contrarier le patron. Le plâtre qui couvre son poignet en fait foi : Dauphin comptait parmi les manifestants d'hier.

Marie-Marthe dépose les assiettes, presque étonnée que le dénommé Molière ne lui envoie pas une de ses habituelles répliques machistes. À la télé, une voix hors champ résume la carrière de Barracuda, tandis que défilent des images d'archives. Les jurons fusent de toutes parts, on peut à peine entendre la présentatrice annoncer que le réseau tentera d'obtenir une interview avec l'ex-*makout*.

— Marie-Marthe, foutre ! gueule Ferdinand, en passant dans son bureau. Cesse de traîner les pattes. Si tu n'es pas venue pour travailler, je peux engager quelqu'un d'autre !

Marie-Marthe ramasse son plateau et retourne à la cuisine. Arrivée au Québec en bas âge, elle ne connaît les *tonton makout* qu'à travers les récits de ses aînés et par les images diffusées par les médias. Pour elle, la mention du pays natal évoque surtout les grandes vacances passées chez des tantes et des oncles qui la gâtaient. Adulte, elle n'y est jamais retournée. Elle a néanmoins conscience de la discordance entre ses souvenirs au parfum d'anis étoilé et la tragicomédie qui tient l'affiche depuis trop longtemps là-bas. Elle n'a pas à chercher bien loin pour constater les séquelles des horreurs duvaliéristes. Pas une journée ne passe sans que Ferdinand n'évoque l'arrestation, la torture puis la mort de son frère aîné, déclaré poète « subversif » par Barracuda.

Dehors, une voiture s'immobilise devant le Manje Lakay. Des jeunes qui jouent au basket dans le stationnement se figent pour regarder descendre un homme grand et mince, au teint caramel et aux cheveux lisses. Appuyé sur la portière, l'homme se penche vers son compagnon, un rougeaud bedonnant qui a l'air d'étouffer, coincé entre la banquette et le volant.

— Écoute, P.-E., je crois qu'il vaut mieux que j'y aille seul. Pour éviter les accrochages…

— Ouais, dit l'autre sur un ton bourru. Mais je t'avertis, si vous sacrifiez un poulet, rince-toi les mains après. Je ne veux pas de sang ni de salmonelle dans le char.

Lorenzo Appolon pousse un soupir et referme la portière sans répondre. Paul-Émile Boivin et lui ont beau faire équipe depuis des années, son partenaire le déconcerte encore. Dès l'arrivée de l'Haïtien dans la police de la Communauté urbaine de Montréal, Boivin a été son mentor ; le vétéran a surveillé de près sa carrière, lui a transmis au fil des ans toute son expérience, tel un père à son fils. Paradoxalement, Boivin semble se sentir obligé de raconter des « *jokes* de Nègres » du matin au soir. Encore aujourd'hui, il en avait une nouvelle : « Pourquoi les Haïtiens émigrent-ils au Québec ? Parce qu'il n'y a pas de job ! »

Que Boivin cherche à le taquiner avec ses blagues douteuses passe encore, mais qu'il s'attende à ce qu'Appolon joigne son rire au sien… Appolon ne juge P.-E. ni méchant ni raciste, mais il ne comprend pas ce qui le motive.

L'arrivée du flic au Manje Lakay ne soulève pas l'enthousiasme. Seuls quelques clients daignent le saluer. Aux yeux de plusieurs, son insigne et son grade font de lui un paria. Depuis son entrée dans le service de police, sa solitude s'est érigée brique par brique autour de lui, le coupant progressivement de tous ses amis, à commencer par Ferdinand Dauphin et son épouse Josie, aliénation confirmée par son divorce d'avec Marjorie. Quelqu'un chuchote le mot « Oréo ». Appolon accuse le coup sans rien laisser paraître. Il a entendu cette injure si souvent. Oréo : noir à l'extérieur, blanc en dedans…

Seule Marie-Marthe ne lui fait pas la gueule. En l'apercevant, elle esquisse un sourire qu'Appolon estime sincère. Il lui sourit en retour et demande à voir son patron. Elle lui indique la porte du fond, sur laquelle on peut lire « privé ». Appolon la remercie. L'odeur des épices lui fait monter les larmes aux yeux. Depuis combien de temps ne s'est-il pas tapé un bon *ri-ak-djon-djon* accompagné de hareng saur ?

Surmontant cet accès de nostalgie, il cogne, pure formalité, et entre, indifférent aux grognements de Ferdinand Dauphin. Assis devant ses comptes, un doigt sur le clavier de sa calculette, le restaurateur lève vers lui un visage de tempête.

— Appolon, je suis très occupé...

— Ce ne sera pas long. Et puis, ce n'est pas une visite de courtoisie.

Ferdinand referme ses livres. D'une poussée contre le dossier, il fait rouler sa chaise vers l'arrière. Sans attendre l'invitation, Lorenzo s'assied sur le fauteuil en face. Le silence empesé ne laisse rien deviner de leur amitié. Le détective désigne du menton le poignet momifié de Dauphin.

— Le doc m'assure que je n'en mourrai pas, affirme Ferdinand en frottant son plâtre.

Une nouvelle pause, puis Ferdinand s'enquiert des manifestants arrêtés la veille.

— Tous libérés en fin de soirée. Mais ils seront appelés à comparaître. C'est la loi.

— Et lui ?

— Son cas ne concerne pas la police. Son visa est en règle, on ne peut rien contre lui. Il n'a rien fait d'illégal.

— Il a tué Hector !

— Tu n'as aucune preuve, compère, nuance le flic. Ça s'est passé il y a trente ans, dans un autre pays.

Ferdinand se renfrogne davantage : un volcan sur le point d'entrer en éruption.

— Fous le camp, mugit-il.

— Ferdinand...

— Je t'ai dit de foutre le camp ! crie-t-il, en bondissant sur ses pieds.

Lorenzo se lève. Il comprend très bien la colère de son ami : l'arrivée de Barracuda en ville a ravivé bien des plaies. Le policier partage la rancœur de ses frères d'exil. Pendant quarante ans, les duvaliéristes ont saccagé le pays, pillé et tué sans jamais rendre de compte à personne. À voir ce boucher sans scrupules se vautrer dans le luxe, n'est-il pas normal pour tout Haïtien digne de ce nom de caresser des rêves de vengeance ?

41

Lorenzo lui-même, dont la cousine Nina a été violée par un gang de *makout*, donnerait sa main droite pour voir Minville payer pour ses crimes et ceux de ses confrères *homo papadocus*. Son statut de policier l'oblige cependant à faire respecter la loi et l'ordre, même aux dépens de la justice humaine.

Sur le seuil de la porte, il se retourne.

— Écoute-moi bien, Dauphin. Peu importe ce que ce type a fait en Haïti, ici, il est un citoyen comme tous les autres. Si toi ou tes copains tentez quoi que ce soit contre lui, c'est vous qui serez accusés d'actes criminels…

À la froideur du ton, Ferdinand devine que Lorenzo parle au nom de la police. Qu'à cela ne tienne et au diable leur amitié ! Il soutient le regard du flic jusqu'à ce que celui-ci, de guerre lasse, se résigne à sortir.

— Merde ! hurle-t-il, en lançant la calculatrice de toutes ses forces contre la porte. Merde ! Merde ! Merde !

* * *

— Alice, tu dors ? Il est presque dix heures. Des clientes attendent en bas…

Pas de réponse. Naïma cogne de nouveau, toujours sans résultat. Bizarre. Oiseau matinal, sa mère est d'ordinaire debout bien avant l'aube. Enfant, Naïma a longtemps cru que c'était Alice qui commandait au soleil de se lever. En tournant la poignée, l'adolescente constate que la porte de la chambre est verrouillée. Elle fronce les sourcils.

De l'autre côté de la porte, la tête fourrée sous son oreiller, Ti-Alice Grospoint tente de se persuader qu'elle est ailleurs, qu'elle se trouve toujours dans la case de Cap-Rouge* à l'abri des *makout* et autres monstres locaux. Rien ne peut lui arriver, puisque son père, *Bòs* Dieubalfeuille Grospoint, ainsi que tous les génies de l'au-delà qu'il sait invoquer, veillent sur elle…

Les coups répétés de Naïma sur la porte font voler en éclats l'illusion. Tout est bien réel : il y a maintenant plus de vingt-cinq ans qu'elle a quitté Haïti afin d'échapper à un cauchemar qui, aujourd'hui, la rattrape en sa terre d'asile.

— Pas la peine de défoncer, râle-t-elle. Je me lève.

Son corps courbaturé s'exécute. Debout devant le miroir, Alice passe une main sur son front, dans ses cheveux. Du bout des doigts, elle se masse les joues, étire sa peau brune pour effacer rides et cernes. Elle n'est pas coquette, mais elle préférerait que l'angoisse ne se lise pas sur ses traits.

— Maman, les sœurs Wilson...

— J'ai dit que je me levais, ho ! Tu peux bien faire patienter ces deux vieilles folles quelques minutes, non ?

La violence de la repartie prend Naïma au dépourvu. Mieux vaut ne pas répliquer, de peur d'assombrir davantage l'humeur de sa mère.

Alice entend sa fille descendre. Elle serre les poings. Son esprit est traversé par des sensations si fortes qu'elles défient toute analyse. Du calme. Jamais il ne saurait la retrouver. Pas ici. Impossible. Depuis le temps, il a dû oublier son existence. Secouant sa terreur, elle va à la salle de bains.

Dans la boutique, Naïma accueille le son de la douche avec soulagement. Elle commençait à s'inquiéter. Sa mère, si joviale, si pleine de ferveur, n'a pas coutume de se refermer ainsi telle une huître. Préoccupée, elle ne prête pas attention aux propos des sœurs Wilson, au comptoir. Nul besoin de les écouter pour savoir que leur conversation gravite autour de maux de dos, de rhumatisme ou de migraines persistantes. À leur âge, elles n'ont pour seules préoccupations que ces petits malaises. Peu leur importe que la science de Ti-Alice Grospoint soit un syncrétisme de la chimie moderne, qu'elle a étudiée ici, et du savoir ancestral, légué par son père. Ses clientes comptent davantage sur ses herbes et racines prétendues « magiques » que sur la médecine blanche.

D'un œil amusé, Naïma parcourt le décor de la boutique Grospoint, bazar hétéroclite où s'entassent des plantes, des bocaux de formol contenant serpents, crapauds et lézards, ainsi que divers objets rituels dont un crâne destiné à impressionner les gogos. Son regard distrait s'arrête enfin sur la une du *Journal de Montréal* qui traîne près de la caisse enregistreuse : « Émeute rue Sherbrooke : les Haïtiens défient la police. »

Devinant que la mauvaise humeur de sa mère est liée à cette manchette, elle fait disparaître le journal.

* * *

Avec un sourire crispé, Jacynthe Roussel sort à reculons de la suite. Elle n'est pas mécontente de refermer la porte, d'opposer cette cloison de bois, si mince soit-elle, entre les occupants de la chambre et elle.

Tout en marchant vers l'ascenseur de service, elle serre dans son poing son pourboire. Pourquoi ce malaise ? Après qu'elle eut suspendu dans la penderie les trois costumes repassés, le Noir frêle aux cheveux poivre et sel et à la voix de castrat lui a tendu les billets avec cordialité. Le patron — le gros chauve barbu — l'a remerciée sur un ton si courtois que Jacynthe s'explique mal la commotion provoquée par sa présence en ville. Elle n'arrive pas à l'imaginer en bourreau assoiffé de sang. Tout au plus s'est-elle sentie agacée par sa façon de la détailler de la tête aux pieds, tel un boucher jaugeant un quartier de bœuf. Certes, elle n'a jamais rencontré de tortionnaire, mais cet homme élégant et posé ne correspond pas au monstre décrit par les médias.

À vrai dire, l'insistance de son regard ne lui a pas tout à fait déplu. Jamais elle n'a envisagé d'avoir une aventure avec un Noir. Cependant, elle doit admettre qu'elle le trouve séduisant, malgré son obésité. Mais de là à passer aux actes...

D'où lui vient cette bizarre impression d'avoir laissé un peu de son âme dans cette chambre ?

Son anxiété est sans doute liée au troisième occupant de la suite, le colosse aux lunettes noires. Celui-là, elle l'imagine facilement en train d'infliger des sévices cruels à d'impuissantes victimes. Pourtant, tout le temps qu'elle a passé en leur compagnie, il s'est tenu coi au fond de la pièce, les mains gantées croisées sur le ventre, et il n'a pas esquissé le moindre geste menaçant.

C'est son teint, bien sûr, qui lui inspire cette frayeur absurde : la pâleur crayeuse de sa peau et la blondeur de ses cheveux crépus coupés très ras. Un Nègre albinos ! Jacynthe ne pensait pas qu'un tel spécimen puisse exister, mais il n'y a quand même pas là matière à écrire un roman d'épouvante...

Elle serre les omoplates, pour faire cesser le va-et-vient des frissons dans son dos, puis appuie sur le bouton d'appel de l'ascenseur.

* * *

Barthélémy Minville place tour à tour les trois complets devant lui et les caresse, avec un brin de coquetterie. Le contact de la soie fine sous ses paumes l'enivre. Il adore par-dessus tout cette douceur, cette fragilité du tissu qu'il imagine pouvoir déchirer sans le moindre effort si le cœur lui en disait. Perplexe, il lisse du bout de l'index et du pouce la barbiche impeccablement taillée qui lui encercle la bouche.

— Alors, Faustin : le marron, le marine ou le pêche ? Je dois être à mon avantage pour l'entrevue.

— Mais vous plaisantez ! s'écrie Claude-Henri Faustin, sa voix de crécelle rendue plus aiguë par l'énervement.

Barracuda considère son secrétaire sans rien dire, en esquissant ce sourire de carnassier qui lui a valu son surnom. Faustin détourne les yeux vers un point vague dans le vaste salon. Même après vingt ans aux côtés du *makout*, vingt années de courbettes et de reptations, Faustin ne sait jamais sur quel pied danser avec lui. Barracuda a toujours aimé attiser, à force d'insinuations sibyllines et de faux pièges, l'inquiétude chez ses subalternes. Comme l'avait démontré son mentor Papa Doc, il n'existe pas de meilleure assurance-loyauté que la peur.

— Bien sûr que si, mon cher. Radio-Canada désire montrer au Québec entier de quoi est fait Barracuda, le redoutable Nègre cannibale. C'est l'occasion rêvée de dissiper toutes les équivoques à mon sujet, non ?

Faustin hésite, ignorant quelle expression afficher. Minville soupire d'aise. Son choix se porte sur le costume pêche qu'il couche sur un sofa, en prenant soin de ne pas le froisser.

— Les couleurs foncées amincissent, mais il ne faut pas qu'on me trouve un air funèbre, explique-t-il, en replaçant les autres complets dans la penderie. Je veux que les téléspectateurs me voient sous un jour angélique. Et toi, mon fils, qu'en penses-tu ?

En parlant, le *makout* s'est approché de son autre compagnon. Il lui donne un petit coup de poing sur l'épaule, ne provoquant pas de réaction chez l'albinos.

— Caliban, tu dois avoir faim, fait Barracuda en regardant sa montre Gucci. Faustin, faites donc monter un repas pour trois. En attendant, j'en profite pour étaler ma fatigue dans un bon bain de mousse, histoire d'être fin frais pour les caméras.

Avant de s'enfermer dans la salle de bains, il prie son secrétaire d'insister auprès de la réception pour que ce soit la fille de tout à l'heure, Jacynthe, qui leur serve le déjeuner. Il ne saurait dire pourquoi, mais la seule vue de cette garce le remplit de bonheur. Et la vie offre si peu d'occasions de se réjouir…

Faustin secoue la tête, réprobateur, mais il obéit. Depuis leur départ en catastrophe d'Haïti, dans le sillage de Jean-Claude Duvalier, il s'est souvent interrogé sur les motifs de sa fidélité envers ce caïd déchu. Il l'a suivi dans l'exil, de la Dominicanie à la Côte d'Azur, en passant par le Chili et le Brésil. Au fil de leurs pérégrinations d'une métropole à l'autre, de villas splendides en hôtels cinq étoiles, son patron a toujours protégé son anonymat. Que Minville soit persuadé d'avoir retracé ici la personne détenant le secret qui lui permettrait de recouvrer son pouvoir en Haïti passe encore. Mais pourquoi tient-il tant à attirer l'attention sur lui, en dehors du plaisir discutable de narguer la diaspora haïtienne de Montréal ?

— Ne faites pas cette gueule, Faustin mon cher, répond Barracuda, comme s'il lisait dans les pensées de son bras droit. Regardez les choses du bon côté : peut-être qu'un producteur me remarquera et m'offrira un rôle de gangster dans un feuilleton policier.

Même assourdi par la porte de la salle de bains, son rire garde ce timbre particulier qui résonne encore dans les cauchemars du tout Port-au-Prince.

Mood Indigo

Le jour filtre entre les lattes du store du salon, resté ouvert toute la nuit, mais la chambre demeure plongée dans le clair-obscur. Seul un maigre rai de lumière s'insinue par l'entre-bâillement de la porte. La femme au milieu des draps emmêlés se retourne dans son demi-sommeil. Elle desserre les paupières et aperçoit à contre-jour la silhouette de l'homme au pied de son lit.

— Tu ne dors plus ?

Pour seule réponse, Gabriel désigne du pouce le radio-réveil sur la table de chevet. Suzanne se frotte les yeux, puis se tourne vers le cadran. Elle se redresse brusquement.

— Midi passé ! Et c'est maintenant que tu me réveilles !

— J'ai pensé que tu avais besoin de dormir...

Son intonation grivoise apaise la femme. Affalée devant la télé, elle a passé la soirée à guetter son arrivée. Il s'est pointé autour de minuit ; après quoi, elle n'a plus trouvé une minute pour penser au sommeil, la célébration des retrouvailles s'étant prolongée jusqu'aux petites heures du matin.

— De toute façon, il te reste une bonne heure et demie avant ton quart de travail...

Suzanne laisse retomber sa tête sur l'oreiller.

— Oh, je crois que je vais faire l'école buissonnière aujourd'hui. On passe la journée au lit ?

Déjà debout, il écarte d'un geste sec les rideaux. La clarté blafarde du dehors inonde la chambre. Une pluie drue balaie le parc Victoria.

— Allez, *Lazy Susan*, on a juste le temps d'un café ; il faut que je coure à l'Emprise.

Suzanne ferme les yeux, offusquée par sa brusquerie.

— Tu sais comment ruiner un *mood* romantique, toi.

Elle rabat les draps et bondit hors du lit, direction salle de bains. Gabriel la suit du regard, sensible à ses jambes musclées, à ses fesses fermes qui témoignent de sa formation de danseuse.

Devant le café et les muffins, Suzanne observe celui à qui elle s'est offerte et qui l'a prise quasiment avec rage. En dépit de leur intimité de la nuit passée, il maintient entre eux un écran. Prétextant l'hypersensibilité de ses yeux, il a remis ses sempiternelles lunettes noires. Suzanne s'en veut de l'avoir désiré si fort, après tant d'années. Gabriel ne se montre guère plus loquace qu'au temps où ils se fréquentaient, à Montréal. Elle n'avait jamais pu s'habituer à ses silences qui avaient fini par étouffer leur relation.

En le voyant « baptiser » son espresso avec une généreuse rasade de bourbon, elle ne peut réprimer une grimace.

— Si tôt ?

— Je ne vois pas d'heure écrite là-dessus, raille-t-il en feignant d'examiner l'étiquette du Jim Beam.

Elle souhaiterait que ce déjeuner, aussi silencieux soit-il, dure une éternité. Mais sitôt sa tasse vidée puis rincée avec une seconde lampée de whisky, *for the road*, Gabriel enfile des vêtements tirés de son maigre bagage. Il ne veut pas faire attendre sa pianiste, sûrement déjà arrivée au Clarendon. Tout de suite, Suzanne imagine entre cette Elaine et lui une relation plus intime que tout ce qu'ils ont jamais pu connaître. Surtout, ne rien laisser percer de sa jalousie. *Cool, mama.*

En l'embrassant, sur la joue cette fois, il lui demande si elle viendra l'entendre. Suzanne adopte un air blasé. Elle ne sait pas trop à quelle heure elle finira son quart au bistrot où elle boulotte à temps partiel. Elle en aura probablement ras le bol de l'atmosphère enfumée des bars. À sa déception, Gabriel n'insiste pas. Elle le suit sur le pas de la porte, lui demande s'il reviendra ce soir. Tout dépend d'Elaine, qui devait leur négocier une chambre à l'hôtel pour un prix décent. En grinçant des dents, Suzanne lui offre de les héberger tous les deux, si cette Elaine n'a rien contre les futons. Elle laissera la clé sous le paillasson, au cas où ils rentreraient avant elle.

— On te prendra peut-être au mot, qui sait ?

— Mais attention, si je vous prends à baiser dans mon lit, par exemple, blague-t-elle, brandissant un index faussement menaçant devant le visage de Gabriel.

— D'accord, dit-il en faisant mine de lui happer le doigt. On fera ça par terre dans le salon.

Il s'éloigne dans le corridor. Suzanne passe la main dans ses boucles châtaines en bataille. Oserait-elle implorer un mot de tendresse ? Sa voix manque d'assurance.

— Pourquoi est-ce que je t'aime autant ? parvient-elle tout de même à lancer, sur un ton théâtral.

— *You don't know what love is, until you've learned the meaning of the blues*, entonne-t-il sans se retourner.

* * *

Le sourire d'Elaine McCoy rayonne dans cette journée morose. Comme toujours, Gabriel s'extasie sur la finesse de ses traits sculptés dans le bronze, sur le charme exotique de ses yeux en amande plantés au-dessus de ses pommettes rebondies. Mulâtresse originaire de Saint-Thomas, Elaine possède, selon lui, un de ces visages qu'on imagine sans peine en couverture d'*Ebony*.

La pianiste a interrompu la répétition dès qu'elle l'a aperçu, remontant la rue des Jardins, le long de l'hôtel de ville. À la voir se jeter au cou de D'ArqueAngel, on pourrait croire qu'ils ont été séparés pendant des années. Ils ont pourtant fait ensemble la route New York - Montréal à bord de la Tercel d'Elaine, quatre jours plus tôt. Elle lui avait même proposé de l'accompagner à Hull, mais il préférait s'y rendre seul — d'autant plus qu'elle devait se charger de recruter des musiciens locaux pour leurs *gigs*. Ceux qui ont participé à l'enregistrement du CD étaient retenus dans la *Big Apple*[1] par d'autres engagements.

Elle prend un léger recul pour mieux le jauger.

— *So*? Ça va aller? lui demande-t-elle, évoquant, sans les nommer, les circonstances de son détour par l'Outaouais.

Il l'assure que si, sur un ton peu convaincant. À quoi bon insister? Depuis le temps, Elaine sait bien que Gabriel ne donne guère dans les épanchements.

Tandis qu'il se débarrasse de son imperméable, elle lui présente leurs nouveaux compagnons d'armes : le sax alto Mike Picard, un Saguenéen maigre comme un chicot, au phrasé d'«ornithologue[2]»; le bassiste Alain «AA» Archambault, un finissant en musique de l'Université Laval, féru de classique contemporain; enfin, le batteur Marvin «Thunder» Drummond, un Noir bostonien expatrié qui gagne sa croûte entre Montréal et Québec en composant des *jingles* pour la radio.

Comme lors de ses précédentes visites au Québec, Elaine s'efforce de parler français; elle a déjà vécu à Paris et ne se débrouille pas si mal dans la langue de Molière, qu'elle qualifie d'«aussi agréable en bouche qu'un bon Bandol».

Gabriel D'ArqueAngel prend une minute pour saluer le personnel de l'Emprise. Sans qu'il ait eu à le commander, Martine, la serveuse, lui glisse un double scotch *straight, no chaser*. Bonne mémoire. Le trompettiste s'est produit ici à plusieurs reprises, dans le cadre des «Nuits Black». Chose

---

1. Surnom usuel donné à New York.
2. Dans le jargon des jazzmen, se dit d'un saxophoniste au style marqué par l'influence du légendaire Charlie «Bird» Parker (1920-1955).

rare, il entretient un rapport aussi cordial avec la direction qu'avec les employés. Contrairement à ces tenanciers qui se croient en droit de lui dicter un répertoire, le gérant de l'Emprise le laisse libre de mener sa barque comme il l'entend. Le mois dernier, D'ArqueAngel a couché par terre le propriétaire d'une boîte de Chicago qui exigeait, sur un ton désobligeant, une musique moins «jungle». Sans les talents de diplomate d'Elaine, l'incident aurait débouché sur un procès...

Après les politesses, D'ArqueAngel sort sa Martin Committee, y visse l'embouchure et annonce la reprise de la répétition. Picard, Archambault et Drummond ne maîtrisant pas les compositions originales de D'ArqueAngel, on convient d'un programme de standards, pour les premiers soirs du moins.

Sous le regard indulgent de Louis Armstrong, dont le portrait orne le mur du fond, chacun s'efforce d'apprivoiser le style des autres. D'ArqueAngel est ravi de voir Martine hocher la tête en cadence et claquer des doigts. C'est dire que le quintette *swingue* déjà comme un vrai groupe. Seule l'imitation servile de Charlie Parker par Picard chicote le leader, au point qu'il finit par apostropher l'altiste.

— Écoute, si je voulais entendre Bird, je ne t'engagerais pas ; je ferais jouer un disque !

La voix grave de D'ArqueAngel confère à la remarque des allures de condamnation à mort. Elaine arrive à dissiper la tension avec une blague. La barre qui se creuse sur le front de son ami augure mal. Pour la lui avoir vue dans ses moments les plus maussades, elle redoute le pire.

L'après-midi s'achève pourtant sur une note conviviale, autour d'une pizza et de trois bouteilles de Barolo, au bistrot des Frères de la Côte. Elaine multiplie les anecdotes sur le milieu du jazz new-yorkais. La conversation suit son cours, ponctuée d'éclats de rire. D'ArqueAngel n'écoute plus que d'une oreille. Il retire ses verres, le temps de se masser les paupières. Il se tourne vers la baie vitrée.

Dehors, l'averse a repris de plus belle, mais n'arrive pas à alléger l'atmosphère. Son esprit vagabonde. Pendant un instant, l'image de sa sœur s'impose et il entend la voix aigre-douce de Nat King Cole entonner ce vieux succès :

« *Laura is the face in the misty light*
Footsteps that you hear down the hall
Laughter that floats on a summer night
That you can never quite recall
And you see Laura on the train that is passing through
Those eyes how familiar they seem
She gave your very first kiss to you
That was Laura, but she's only a dream[1] »

Il revoit son corps mince, ses petits seins en ogive parsemés de taches de rousseur, ses cheveux auburn, son regard pétillant. Mais les visages de Benjamin et de Corinne Reynolds se superposent à celui de Laura.
Puis celui de Daniel Reynolds. Danny-Boy.
Un mot ricoche alors dans son esprit : *home*.
Mais, pour lui, cela ne signifie rien.

* * *

Le téléphone, encore.
Laura tend la main vers le combiné, se ravise et laisse le répondeur prendre l'appel. Après le bip, elle entend les jérémiades de Corinne. Ivre. Pour faire changement. Laura ne décroche pas. Elle en a marre de jouer les béquilles.
À l'urgence, la journée avait été si agitée qu'elle avait eu l'impression de travailler dans un asile psychiatrique. Trois accidents de la route, un cas de violence familiale et quoi encore ? Lorsque enfin elle est rentrée à Mooneys Bay, Daphne lui a transmis le message de Dick, retenu au cabinet plus longtemps que prévu. Blasée, Laura a plissé le nez. Qu'il

---

1. *Laura*, paroles et musique de David Raskin et Johnny Mercer.

couche à son cabinet, si le cœur lui en dit ! Entre eux, le torchon brûle. Elle lui en veut encore du peu de réconfort qu'il lui a offert depuis le décès de Ben, de son manque flagrant d'empathie. Selon son mari, elle aurait dû regarder passer la mort sans un sanglot.

Il lui a fallu plus d'une heure pour venir à bout des pleurs de Ruby, sa pauvre chérie dont les premières dents commencent à percer. Juste l'idée de la souffrance d'un enfant met Laura dans tous ses états ; cela lui rappelle Daniel, qui ne serait jamais mort si le diagnostic était tombé à temps. Parfois, elle se demande si le choix de sa carrière n'est pas relié à la mort inutile de son frère aîné…

Ruby a fini par s'endormir. Avec un sourire triste amer, Laura est restée un long moment à la contempler. Dire qu'elle avait cru que l'arrivée de l'enfant ramènerait sur la bonne voie son couple à la dérive. Quelle sottise ! Laura a quitté la chambre en direction de la cuisine, d'où elle est ressortie avec un sandwich grillé au jambon et au gruyère et un jus de légumes. Les yeux fermés, elle rêvait d'anesthésier cette douleur lancinante dans sa poitrine.

Elle aurait aimé disparaître dans un brouillard bleu.

Au terme d'un message larmoyant, Corinne raccroche. Enfin.

Il fait frais, plus que dehors ; Daphne a laissé le climatiseur en marche avant d'aller se coucher. Le grondement de l'appareil fait des ronds dans le silence, sans parvenir à l'entamer. Crépuscule, calme plat, soirée sans surprise. Des soirs comme celui-ci, de plus en plus fréquents, la solitude monte en Laura, telle une nausée. Encore un peu et elle se croirait enceinte, même si pareille chose n'arrive pas par l'action du Saint-Esprit… Entre Dick et elle, on aurait pu coucher un sabre dans le sens de la longueur ; étendus côte à côte dans le même lit, ils faisaient chambre à part dans leur tête.

Dans la salle de séjour, Laura hésite devant le meuble de rangement des disques, réfléchissant à ce qu'il lui plairait d'entendre : *Cantates* de Bach, *Nocturnes* de Chopin, la Callas ou Ferré ? Allons donc. Elle remettra ce disque auquel elle revient constamment depuis une semaine, véritable camée. Des tam-tams scandent l'introduction de la première pièce, *Afro Blue*. Bientôt, la section rythmique se joint aux percussions, préparant le terrain au chant sinueux de la trompette, solennel comme celui des archanges.

Laura fait coulisser la porte-fenêtre et la moustiquaire, se glisse dans la nuit moite. Au loin résonnent les bruits du centre-ville d'Ottawa. Elle s'imaginerait presque à la campagne. Elle fait abstraction du chœur des criquets de Mooneys Bay pour se concentrer sur le jazz qui flotte jusqu'à ses oreilles. Elle n'allume pas les lampes du patio, mange au milieu des ombres et de la musique.

Gavée depuis l'enfance de Grande Musique et de chanson française, Laura ne connaît rien au jazz. Depuis l'autre nuit, elle a écouté le disque une dizaine de fois. Elle ne saurait dire si elle apprécie ni même si elle comprend l'œuvre de son frère. Mais elle se surprend à fredonner des bouts de mélodies, à taper du pied en cadence avec la batterie.

D'écoute en écoute, elle se sent ravie de retrouver Gaby, comme si l'âme de celui-ci avait été captée par l'enregistrement. Du même coup, elle constate à quel point il lui est étranger. Où est passé le garçon qu'elle langeait alors qu'elle n'était qu'une gamine ? Sur les ballades comme sur les pièces *up-tempo*, son jeu est tendu, habité par une fureur sourde. Sous ce détachement feint couve une flamme qui menace de tout embraser d'un instant à l'autre, mais ne le fait qu'à des moments aussi rares qu'inattendus.

Cette musique chaotique, aussi complexe que du Stravinski, aussi immédiate que le rock, jure dans sa vaste maison si calme, si ordonnée. Cette musique lui ressemble, se dit-elle. Toujours sur le qui-vive. Une bête à l'affût. Mais de quoi ? Du plus loin qu'elle se souvienne, Laura lui a toujours connu cette intensité, cette tempête intérieure.

Les voix du passé se marient à ce jazz endiablé, ces engueulades à n'en plus finir, qui montaient jusqu'à la chambre de Laura, les soirs où elle n'arrivait pas à dormir. Pendant des années, Corinne a reproché à Ben d'avoir risqué sa carrière et leurs vies pour ramener de cette île maudite cet enfant trouvé dont il ferait son principal héritier, Gabriel Dewey Reynolds. Pendant des années, l'attitude de sa mère envers son frère adoptif a oscillé entre l'espoir de le voir remplacer Daniel et une sorte d'animosité mêlée de crainte que Laura s'expliquait mal.

Il faut reconnaître que le comportement de Gaby n'était guère propice à inspirer confiance : crises, colères impromptues, bagarres dans la cour d'école avec des compagnons de classe et même, une fois, avec un surveillant. Par bonheur, il y avait elle, Laura, la sœur aînée, qu'il adorait et qui seule savait apaiser sa rage.

Enfin, jusqu'au jour où elle a ramené à la maison Dick, son fiancé, pour le présenter à sa famille...

Combien de fois le disque recommence-t-il ? Laura ne compte plus. Quelque part, une horloge sonne dix heures. D'une voix monocorde, Gabriel déclame les vers qui font office de préface à *Liberian Girl*, cette ode sirupeuse empruntée au répertoire de Michael Jackson :

« *Naku penda piya*
Naku taka piya
Mpenziwe[1] »

Sans savoir un traître mot de swahili, Laura connaît la signification de ces paroles pour en avoir lu la traduction anglaise dans le livret du « cidi » : « Moi aussi je t'aime / Moi aussi je te désire / Mon amour. » D'où lui vient cette conviction ridicule que cette déclaration s'adresse à elle ? Laura refuse d'admettre l'évidence. Nuit après nuit, entre ses draps glacés, elle continue de fantasmer sur cette minable chambre de motel à Hull.

---

1. *Liberian Girl*, paroles et musique de Michael Jackson.

Elle glisse une main entre les pans de sa blouse, vers son ventre tout chaud. La chair a gardé l'empreinte des lèvres de Gaby, de sa langue, de sa salive et de ses pleurs. Elle en ressent une émotion trouble, mélange de remords et de chagrin. À la longue, rêver sans répit de ces attouchements lui devient intolérable. Une larme dévale le long de sa pommette. Laura l'accueille comme une bénédiction. Après toutes ces années passées à masquer son chagrin, Laura voudrait pouvoir enfin verser les larmes trop longtemps refoulées. Pleurer sur Daniel et Ben Reynolds, sur Gabriel et sur elle-même. Elle voudrait pleurer une rivière sur les flots de laquelle elle se laisserait dériver jusque dans l'oubli.

Desafinado

Vingt et une heures trente, à l'antenne de Radio-Canada. Au son d'un funk-rock mécanisé, une kyrielle de flashes se succèdent, montage style vidéoclip : images de l'actualité entrecoupées de plans de la journaliste émérite. Tel un boulet de canon, une bulle vient percuter le centre du plan qui vole en éclats ; la bulle se déploie pour montrer Simone Aubut arborant son expression farouche de celle-à-qui-on-ne-la-fera-pas.

— Madame, monsieur, bonsoir. Ici Simone Aubut. Bienvenue à *Droite Aubut*.

L'animatrice parle comme si elle s'adressait personnellement à chaque membre de son auditoire. La stratégie vise à simuler l'intimité entre le public et cette femme austère, hybride de religieuse défroquée et de *pitbull*. Les méchantes langues prétendent que ce salut individualisé correspond plutôt au nombre de ses téléspectateurs.

— Ce soir, une primeur : une interview avec un monsieur dont l'arrivée à Montréal a causé beaucoup de remous.

En déclamant son introduction, Simone Aubut réorganise ses traits crispés en un semblant de sourire. Elle se félicite de ce *scoop*, qui permettra peut-être à son émission moribonde de remonter sa cote d'écoute.

Après le blabla d'usage, des séquences d'archives : violences perpétrées par les soldats contre des petites gens de Port-au-Prince. En voix hors champ, Simone Aubut défile des lieux communs admirablement tournés sur l'histoire récente d'Haïti. L'image se fige sur un portrait de l'ex-figure de proue de la milice duvaliériste. Fondu enchaîné, on passe à un gros plan de Barthélémy Minville, calé dans une causeuse de cuir. Derrière lui, une vaste baie vitrée donne sur le centre-ville métropolitain. Le téléspectateur habitué à *La Vie des gens riches et célèbres* reconnaît aisément le décor cossu des suites du Vogue.

La première question, en forme de coup de poing, ne tarde pas.

— Monsieur Minville, n'est-il pas vrai que vous avez été personnellement responsable de la torture et de la mise à mort de centaines de vos compatriotes ?

Derrière les caméras, Claude-Henri Faustin grimace à l'idée que cette foutue journaliste mette son patron en boîte. Aussi fin renard soit-il, jamais Minville ne réussira à tirer son épingle du jeu. Faustin rêve de vérandas et de palmiers, quelque part très loin. Barracuda secoue la tête, mais continue de sourire. Élégant, vêtu d'un habit de soie pêche, il a davantage l'air d'un riche mais honnête financier que d'un disciple de Gilles de Retz.

— Maître Minville, rectifie-t-il, tel un professeur reprenant son chouchou. J'ai une formation d'avocat, vous savez.

— Maître Minville, alors, voudriez-vous, pour le bénéfice de l'auditoire, répondre à ma question ? N'étiez-vous pas l'un des chefs des *tonton makout* ?

L'interviewé lisse les poils de sa barbe. Même les membres de l'équipe technique le concèdent : le gros Noir crève littéralement l'écran. Une véritable force de la nature.

— À titre de conseiller du ministre de l'Intérieur, j'ai effectivement supervisé les activités des Volontaires de la Sécurité Nationale. Je préfère utiliser leur véritable nom plutôt que cette appellation péjorative conçue pour la presse à grand tirage. Ne l'oublions pas : il s'agissait d'un corps policier placé sous l'autorité d'un gouvernement légitime et reconnu par tous les pays de l'Occident.

— Monsieur Minville...

— Maître Minville.

— Maître Minville, vous n'avez toujours pas répondu à la question.

— Je le ferais volontiers, madame Aubut, si vous cessiez de m'interrompre. Le corps des VSN n'a jamais été autre chose qu'une milice créée, à l'origine, pour faire contrepoids à l'armée haïtienne dont on connaît la réputation. En outre, son mandat consistait à enquêter sur les dissidents qui cherchaient à déstabiliser le gouvernement Duvalier. Prétendre le contraire, c'est gober la propagande communiste...

— Vous y allez un peu fort, maître Minville. Les exactions des *makout* sont choses connues de tous.

— Je ne nie pas que des membres de la force aient commis certains excès, mais je puis vous assurer qu'aucun de ces actes répréhensibles n'avait reçu ma bénédiction.

— Vous savez qu'une pétition réclamant votre expulsion du Canada circule présentement. Des membres éminents de l'intelligentsia haïtienne montréalaise l'ont signée.

— Faites-moi rire ! L'intelligentsia haïtienne montréalaise est constituée d'opportunistes tout juste bons à signer des pétitions et des éditoriaux pédants. Des gauchistes de salon ! Bien peinards dans vos universités, ils s'offrent le luxe d'une occasionnelle sortie dans les médias pour faire mousser leur renommée en utilisant la misère du pays. Où étaient-ils, ces valeureux patriotes, à l'heure des crises ? Moi, j'étais là-bas, madame. Je travaillais pour le salut de la nation !

— Allons donc, maître Minville, votre réputation vous a précédé. Rien qu'à Montréal, des dizaines de personnes affirment avoir été interrogées, torturées par vous personnellement...

— S'ils sont encore vivants pour témoigner, c'est vous dire que je ne suis pas aussi sanguinaire qu'ils le prétendent.

Loin des projecteurs, Faustin secoue la tête. Il se rappelle cet homme qui présidait à certains interrogatoires, un sourire mauvais aux lèvres, et qui d'un regard savait blesser autant qu'avec une matraque ou un fer chauffé à blanc. En prononçant froidement ces paroles, Minville revoit-il ces visages tuméfiés, défigurés par les ecchymoses et les plaies? Entend-il ces supplications hoquetées des voix brisées? Peut-on laver sa conscience du sang qui la souille aussi aisément qu'on se rince les mains après un bon gueuleton?

— Et tous ces autres gens, arrêtés sur vos ordres, puis portés disparus?

— Ne me dites pas: eux aussi ont témoigné contre moi?

— Vous êtes cynique.

— On le deviendrait à moins. Écoutez: en tant que journaliste, vous devez savoir qu'il ne faut pas croire tout ce que raconte un Haïtien. J'appartiens à un peuple de comédiens, ayant une nette tendance à l'exagération, à la mythomanie. En littérature, cela s'appelle du «réalisme merveilleux».

— Que voulez-vous dire?

— Vous avez sans doute remarqué cette manie qu'ont mes compatriotes de crier au racisme à la moindre rebuffade, en particulier lorsqu'ils sont confrontés aux forces de l'ordre. Des comédiens, je vous dis!

Barracuda marque des points; Simone Aubut le sait autant que lui. Prise au dépourvu, elle a l'impression d'avoir perdu la maîtrise de sa propre émission. Ah! les aléas du direct! Par bonheur, le régisseur signale la première pause publicitaire.

* * *

Klaxons et sirènes lacèrent l'harmonie du soir montréalais. Au loin, des rires et des éclats de voix se mêlent à une chanson de Shabba Ranks qui joue à tue-tête. Toutes ces rumeurs citadines sont des agressions aux oreilles de Ferdinand Dauphin. Le moindre bruit lui paraît discordant, comme filtré par un appareil à distorsion.

Il descend de sa voiture et fait claquer la portière. En lui, un ouragan fait rage. Ferdinand voudrait que sa colère explose en un hurlement. Il ignore comment il arrive à la contenir, comment, tout au long de l'émission de Simone Aubut, il a pu s'empêcher de donner un bon coup de pied dans l'écran du téléviseur, en plein dans la gueule ricanante de Barthélémy Minville.

Ferdinand serre les paupières, mais n'arrive pas à chasser de son esprit le visage de Minville. Il rouvre les yeux. Le soir confère aux immeubles des allures de manoirs hantés. Il fait déjà très noir. Il ne se sent pas à l'aise dans ce coin de la ville, peu recommandable à pareille heure.

Après l'entrevue, il est resté en face de la télévision, hébété. Josie voulait parler, mais s'est ravisée, par crainte d'offrir une cible à sa fureur. Elle a éteint le poste puis la lampe sur pied. Prostré, il n'a pas détourné les yeux de l'écran obscurci. Josie l'a invité à aller au lit, sur le ton le plus neutre possible. Il n'a pas répondu. Longtemps, il est demeuré dans la pénombre, oscillant entre indignation et incrédulité.

Entre deux publicités de bière, le meurtrier d'Hector s'était livré à la réécriture des pages les plus sanglantes de l'histoire d'Haïti. Encouragé par la complaisance d'une intervieweuse visiblement dépassée, ce salaud avait « tiré » un conte où il tenait le rôle du défenseur de la veuve et de l'orphelin, injustement vilipendé par de méchantes langues qui n'avaient pas conscience de tout ce qu'il avait fait pour subvertir la dictature et aider le pauvre peuple haïtien.

La larme à l'œil, Minville avait interprété une symphonie sirupeuse… dont le moindre mouvement sonnait horriblement faux !

Dans un état second, Ferdinand a frappé du poing plusieurs fois sur le bras de son fauteuil, fracassant presque son plâtre, avant d'émerger de son hébétude.

Puis, il est sorti précipitamment, sans un mot à Josie ou aux garçons. Perdu au cœur de la brume, il a filé droit au

Manje Lakay. Il n'a pas salué Marie-Marthe ni les autres. Il s'est enfermé dans son bureau, le temps de passer quelques coups de fil. En ressortant, il a vidé le tiroir-caisse.

Ferdinand vérifie de nouveau l'adresse griffonnée à la hâte. Fébrile, il s'engage dans une allée. Il songe aux sprints disputés avec Hector sur les chemins empoussiérés, aux parfums de papayes, de mangues et de *kenèp* trop mûres sous l'assommant soleil de Jérémie*. Inévitablement, il revoit le pantin disloqué retrouvé dans une impasse, trois jours après sa convocation pour un « entretien » à Fort-Dimanche*. Ce souvenir soulève en lui des ondes de douleur qui font vibrer ses nerfs, du cuir chevelu jusqu'aux ongles d'orteils.

Surtout, s'interdire cet apitoiement qui lui couperait ses moyens. Se barder, devenir vengeur invulnérable à tout, même aux balles.

La seule lumière vient de l'édifice voisin : un grand trapèze jaune pâle. Malgré la brise qui coule sur lui, Ferdinand a chaud. Il contourne l'immeuble comme on le lui a expliqué, se glisse par la brèche à travers la clôture, sans prêter attention aux écriteaux qui interdisent l'accès de l'entrepôt désaffecté. Il s'immobilise devant l'entrée béante et sombre de la bâtisse décrépite.

— Hé ! Il y a quelqu'un ?

Pas de réponse.

Un coup d'œil par-dessus son épaule pour s'assurer que personne ne le suit. Ferdinand avance à pas comptés dans les ténèbres. De fortes odeurs de renfermé et d'urine lui donnent la nausée. Il réprime une quinte de toux. Il plisse les paupières, sondant en vain l'obscurité. Sitôt dépassé le seuil, un bras, surgi de nulle part, s'enroule autour de son cou.

— *One move, I break yo' neck*, lui siffle à l'oreille une voix rauque.

— Hé, qu'est-ce que... ? commence-t-il, mais l'étreinte se resserre, lui coupant le souffle.

— *Keep yo' fuckin' mouth shut, man*, lui ordonne la voix. *Don't even breathe 'til I tell ya to ! Got it ?*

Suffoquant, Ferdinand hoche la tête. La pression sur sa pomme d'Adam se relâche et il se sent poussé plus loin dans le gouffre. On l'oblige à se retourner, on le plaque au mur. Le contact du béton froid sur sa joue le fait frissonner. Derrière lui, des pas et le mouvement de plusieurs personnes. La présence des nouveaux venus est confirmée par ces mains qui le fouillent sans délicatesse.

— Hé ! doucement, j'ai rendez-vous avec...

On lui fait un croc-en-jambe. Son épaule heurte le plancher durement, le choc se répercute dans sa cage thoracique.

— *Thought I told ya to keep quiet ?*

— *Cool it, Chubby ; show some courtesy to our guest, will ya... Haitians are very classy people, ya know ?*

Avec peine, Ferdinand se redresse et pivote vers ses hôtes. Du coup, une demi-douzaine de torches électriques se braquent sur son visage. Ébloui, il se pare les yeux d'une main.

— T-Master ? bégaie-t-il, des papillons dans l'estomac.

— Pour te servir, *my man*, répond dans un français écorché l'une des silhouettes qui l'encerclent.

L'intéressé détourne sa lampe vers son menton. La lumière crue épaissit les ombres sur ses traits et accentue son air méchant. Reconnaissant les joues couvertes de scarifications, encerclées de *dreadlocks*, Ferdinand s'autorise un soupir. Pourtant, rien dans l'attitude du dénommé T-Master ne saurait justifier ce soulagement, au contraire... Depuis sa venue à Montréal, sept ans auparavant, on n'évoque pas son nom impunément.

D'un geste de la main, le chef de la bande ordonne à l'un de ses hommes d'aider Ferdinand à se remettre sur pied.

— *So, my man*, t'as une job pour nous autres ? demande T-Master du tac au tac. T'as le fric, au moins ?

Ferdinand acquiesce d'un signe de tête.

— Le tiers, en avance. Le reste, le lendemain de l'expédition, dit Ferdinand d'une voix qu'il aimerait plus assurée.

Il tend à son interlocuteur l'enveloppe bien garnie. Un sourire éclaire le visage scarifié, tandis que T-Master compte les billets. De toute part éclosent des sourires mauvais. Pendant un instant, Ferdinand redoute que ses hôtes empochent son argent, lui fichent une dérouillée et le laissent en plan, au fond de cet entrepôt sordide.

— Un plaisir de faire affaire avec toi, *brother*, glousse T-Master en fourrant l'enveloppe dans la poche de son veston. Si les Haïtiens payent toujours aussi vite, on se demande pourquoi tant de vos restaurants ferment pour insalubrité.

Les membres de la bande accueillent cette boutade en s'esclaffant. Mal à l'aise, Ferdinand n'ose répliquer et choisit de se joindre à l'hilarité générale.

— Alors, marché conclu ? risque-t-il, une fois l'écho des ricanements estompé.

T-Master lève la main pour taper dans la paume de Ferdinand.

— *You got a deal, my man!*

Pensativa

Dans la diaspora haïtienne montréalaise, le nom de Barthélémy Minville court plus que jamais sur toutes les lèvres. Au lendemain de son apparition à la télé, des foules outrées ont défilé dans la rue avec leurs pancartes, monopolisé les tribunes radiophoniques et multiplié les pétitions réclamant son extradition immédiate. Pendant les jours suivants, les médias québécois suivent la controverse d'abord avec assiduité, puis ils finissent par s'en désintéresser peu à peu, au profit d'autres nouvelles plus susceptibles de faire grimper les indices d'écoute, d'augmenter le tirage des journaux. Naïma Grospoint et ses copines en ont un peu marre d'entendre leurs aînés ressasser cette affaire. Plus moyen de flâner dans une boutique, de monter dans un bus, de déguster une *glas kokoye* sans tomber sur un hystérique engagé dans une virulente diatribe contre l'ex-*makout* ! Quand même ! estime Naïma, le fait d'être d'origine haïtienne n'implique pas qu'il faille axer ses jours et ses nuits sur cette obsession morbide ! On est à la veille de l'été et les crimes réels ou prétendus de ce Barracuda ne font pas partie des préoccupations existentielles de la jeunesse haïtiano-québécoise.

À la tombée du jour, les rues et les parcs du faubourg s'animent. Des jeunes gens en petits groupes flirtent sur les places, leurs rires sonores prennent d'assaut les terrasses. Au milieu de cette agitation enjouée, Naïma se réjouit du retour du beau temps et des vacances, dont elle espère beaucoup, et s'évertue à oublier le temps d'une soirée l'humeur irascible d'Alice. Depuis quelques jours, la vie auprès d'elle est devenue quasiment insupportable. Pour éviter les engueulades, Naïma passe le plus de temps possible loin de la maison, malgré le couvre-feu qu'essaie de lui imposer sa mère.

— C'est toi qu'il regarde ! lui glousse à l'oreille son amie Ketsia, en désignant discrètement un jeune bellâtre assis à une table voisine.

Naïma sourit d'instinct. Elle n'écoutait pas le caquetage de ses compagnes et elle a perdu le fil de la conversation. Toute son attention était tournée vers cette voiture rouge, garée au coin de la rue. Elle n'a jamais souffert de paranoïa, mais elle est certaine d'avoir vu cette auto à plusieurs reprises, rôdant autour de chez elle. Malgré elle, elle frissonne un bon coup.

— Il vient par ici ! s'excite une autre de ses compagnes, en lui donnant un coup de coude dans les côtes.

Naïma détourne son regard de la voiture rouge. Le garçon, véritable Adonis chocolat-au-lait, a en effet quitté ses compagnons et se fraie un chemin vers elle avec un clin d'œil enjôleur. Naïma tend la main vers son *fresco* à la grenadine, en prend une grande gorgée pour se donner une contenance et chasser ses inquiétudes. Arrivé près de sa table, le garçon lui sourit. Elle lui rend la politesse.

Du coup, ses idées noires s'envolent.

* * *

Sur la banquette arrière de la Jaguar flamboyante, Barthélémy Minville suit les préliminaires de cette cour, en faisant craquer ses jointures.

— Le portrait de sa maman quand elle avait son âge, soupire-t-il en secouant la tête, rêveur.

Faustin s'abstient de répondre, se contentant de croire le

Mèt sur parole. Il n'a jamais rencontré la fille de Dieubal-feuille Grospoint, même s'il avait été personnellement chargé de la retrouver après qu'elle eut filé entre les doigts de Minville. C'était il y a presque trente ans, aussi bien dire dans une autre vie. Pourtant, Faustin sait que Minville lui tient encore rigueur de son échec. Certes, la fuite d'Alice Grospoint hors d'Haïti n'aurait pas tant tiré à conséquence, n'eût été de la tournure des événements...

Faustin éponge la sueur sur son front, puis il lève les yeux vers le reflet du visage bouffi de Barracuda, encadré dans le rétroviseur. Cette lueur de triomphe n'a pas quitté ses traits depuis leur visite dans l'État de Bahia, au Brésil, un mois plus tôt. Des sources bien informées avaient assuré que Minville trouverait dans les bidonvilles de Salvador un vieux prêtre du *candomblé*[1] capable d'exaucer ses vœux les plus chers... en échange de quelques bouteilles de *cachaça*[2].

Évidemment, la réputation de cet ivrogne édenté était un rien surfaite, comme c'est souvent le cas. Après avoir tailladé l'avant-bras de Grand-Blanc, le vieux sage avait prélevé du sang dans une calebasse. Il l'avait ensuite mêlé à des herbes diverses en psalmodiant des prières adressées aux esprits de l'Afrique ancestrale.

Comme toutes ces «autorités en la matière» consultées par Minville au fil des ans, le vieux sage avait lamentablement échoué. Dans son taudis perdu, nul ne lui avait appris qu'on ne mène pas impunément en bateau un homme tel que Minville. Fumant de rage, Barracuda avait failli mettre un terme à la misérable existence du vieillard. Il l'aurait fait sans hésiter, si le fossile, membre d'un cercle restreint d'initiés aux sciences immémoriales, ne lui avait pas révélé où trouver la personne la plus apte à réaliser son désir...

Maintenant qu'ils l'ont retracée à Montréal, après plus d'un quart de siècle, Faustin s'étonne de voir Minville tant

---

1. Religion populaire brésilienne, apparentée au vodou.
2. Alcool de canne à sucre brut, semblable au *kleren* haïtien.

tarder à prendre contact avec Alice Grospoint, préférant décrire des cercles autour d'elle et de sa fille, à la manière d'un requin indolent autour d'une embarcation de fortune, attendant le moment de foncer. Certes, Faustin comprend la nécessité de ne pas agir trop vite, de laisser passer un peu de temps pour que la vigilance des autorités canadiennes s'endorme. Mais ne courent-ils pas ainsi le risque de voir leur proie s'échapper de nouveau ?

De l'autre côté de la rue, Naïma Grospoint s'est levée pour suivre le garçon qui l'a accostée. Minville suit du regard les deux tourtereaux qui s'éloignent vers le parc d'une démarche lente.

— Regardez-moi ce cul ! Ça fait chaud au cœur ! Rien de tel que la croupe d'une jeune fille de chez nous pour vous rappeler à la vie ! Pas vrai, messieurs ?

Claude-Henri Faustin s'efforce de réprimer un haut-le-cœur. Il garde un souvenir trop vif d'une certaine soirée, à Santo Domingo, où Minville s'était senti «rappelé à la vie» par le cul d'une Dominicaine tout juste pubère. Il détourne les yeux vers Caliban, assis près de lui. Comme d'habitude, le colosse albinos n'a pas prononcé un mot de la journée, se contentant de hocher la tête après chaque énormité proférée par leur patron.

Barthélémy Minville donne une tape sur l'épaule de son secrétaire.

— Allez, Faustin, assez de filature pour ce soir ! Avec cette canicule et tous ces culs souriants, je n'en peux plus. Partons avant que je fasse un malheur.

Alors que Faustin s'apprête à mettre le contact, une sonnerie stridente le fait sursauter.

— Tiens, je me demande qui ça peut bien être, fait Minville d'un ton moqueur.

Il porte à son oreille le combiné du téléphone cellulaire que lui tend Caliban. La voix à l'autre bout du fil est tendue, chevrotante. Le gros Nègre retrouve son sourire de carnivore, comme au son de son morceau de musique préféré.

— Ah! sénateur Cossette, quel plaisir d'enfin réentendre votre voix! Je désespérais à attendre votre appel. Que vous êtes occupé depuis votre nomination! En passant, toutes mes félicitations! Vous avez peiné dur toute votre vie et vous méritiez mille fois cet honneur. J'ose espérer que votre emploi du temps surchargé ne vous a toutefois pas empêché de prendre connaissance de mon envoi...

En guise de réponse, une quinte de toux, quelques balbutiements embarrassés. Barracuda soupire de satisfaction. Et pour cause...

— Jolis clichés, n'est-ce pas? Je les ai fait tirer en me disant que ces photos de votre séjour en Haïti, il y a quelques années, vous feraient plaisir. Oh! la mise au point laisse un peu à désirer, mais on distingue assez clairement votre visage, de même que celui de mon jeune compatriote, ne trouvez-vous pas?

De nouveaux toussotements, d'autres phrases bafouillées avec malaise. Faustin hoche la tête en expirant par le nez. Pour avoir vu ces photographies, prises dans un hôtel peu recommandable de Port-au-Prince, mais pourtant très fréquenté par une certaine clientèle de touristes mâles, il imagine sans peine la tête du sénateur Cossette lorsqu'il a ouvert l'enveloppe portant le sceau «confidentiel». Tout ce temps, Minville les a conservées, pressentant qu'elles lui seraient utiles un jour ou l'autre...

— M'avez-vous vu à la télévision l'autre soir? Non? Vraiment dommage. Une femme sympathique, cette Simone Aubut; pas du tout le bouledogue qu'on m'avait décrit. Vous saviez que son émission risque d'être annulée l'automne prochain? J'ai presque pitié d'elle, une journaliste si intéressante. À tel point que j'ai bien failli lui remettre des doubles de vos «souvenirs de vacances». Il y aurait sûrement là matière à intéresser un vaste auditoire...

Le ton sirupeux de Minville n'arrive pas à voiler la menace implicite. Tandis qu'il parle, ses doigts courts et épais, bagués d'or, cherchent un coffret en bois sculpté d'où il tire

71

un cigare. Prévenant, Caliban enfonce le briquet de la voiture, puis, une fois chaud, se tourne pour le lui présenter. Au bout du fil, la voix de l'interlocuteur s'est faite plus hésitante encore, à peine audible.

— Inutile de vous énerver de la sorte, sénateur. C'est mauvais pour votre cœur, jubile Minville, en expirant une nuée de fumée sucrée. Je voulais seulement vous parler de cette propriété que j'ai visitée cet après-midi, au nord de Laval. Une maison superbe dont je suis tout de suite tombé amoureux. Je l'aurais achetée sur-le-champ, si ce n'était d'un petit désagrément juridique auquel vous pourriez remédier aisément. Il vous suffirait, j'en suis persuadé, d'un ou deux coups de fil bien placés...

Renversé en arrière, le Cibao serré entre ses dents très blanches, Barracuda éclate de ce rire musical que Faustin a entendu mille fois, lors de perquisitions nocturnes impromptues dans ces villas splendides adossées à la misère de Port-au-Prince. Ces nuits-là, il arrivait à Faustin de monter la garde sous les porches, tandis qu'escorté par Caliban, Minville négociait les «conditions» de l'éventuel pardon de certains détenus avec leurs épouses, leurs filles ou leurs sœurs...

Il y a fort à parier que la conversation avec le sénateur ne s'éternisera pas. Faustin ferme les paupières, cédant à une lassitude dont il ne saurait nommer la cause. Disparaître, ne plus jamais entendre cette voix caverneuse pourtant vibrante de charme. Il n'ose même pas en rêver.

Une nouvelle tape sur son épaule l'arrache à ses réflexions. Depuis quand Minville a-t-il raccroché?

— Allons, Faustin, vous dormez ou quoi? Je vous ai dit de démarrer. Il est l'heure de rentrer dormir ; une longue journée nous attend. Dès demain, je commence à choisir le mobilier de ma nouvelle demeure...

Blue Interlude

Tout au long du repas, Suzanne se sent épiée par Elaine. Ce regard insistant lui fait monter une bouffée de chaleur aux joues. La pianiste suit le trajet de chaque bouchée qu'elle prend. Suzanne commence à regretter d'avoir invité Gabriel et ses musiciens chez elle. C'est leur dernier soir à Québec, et elle ne pouvait souffrir l'idée de ne pas le revoir avant son départ. Prétextant la nécessité de travailler constamment sur les arrangements des morceaux avec ses collègues, Gabriel s'est fait plutôt rare ces jours derniers.

Au salon s'entassent une quinzaine de convives : le quintette, des musiciens locaux amis de Picard et des copines de Suzanne. Serviette de table et assiette sur les genoux, on bavarde et on rigole du cabotinage de Marvin Drummond. Le repas se déroule dans une gaieté nonchalante à laquelle Gabriel reste imperméable. Il s'est borné à complimenter sobrement Suzanne pour la *jambalaya* à laquelle il a à peine goûté, préférant engloutir coupe après coupe le Montecillo et se tenir à l'écart de l'enchevêtrement des conversations.

Plus expansif, Picard s'est servi plusieurs portions, multipliant les exclamations louangeuses à l'endroit de l'hôtesse. Elaine s'amuse de voir l'altiste entreprendre son numéro de séducteur, d'autant plus qu'elle doute de ses chances de ravir Suzanne à Gabe. Elle trouve à la danseuse un certain charme, pas étranger à cette fragilité mal dissimulée sous son exubérance. Elle reconnaît le type de femmes de prédilection de D'ArqueAngel ; consciemment ou non, il a tendance à nouer avec ces femmes-enfants des liaisons aussi dommageables pour elles que pour lui.

Suzanne mange sans appétit, essaie de ne pas trop boire. Elle dodeline de la tête au son de Tom Waits sur la chaîne stéréo. Elle aimerait pouvoir attribuer cette soudaine nausée à ses règles abondantes — véritable hémorragie ! — qui ont débuté ce matin. Elle s'en veut de se torturer à ce point pour Gabriel. Pendant tout son séjour ici, il ne lui a pas glissé un mot sur son père ; c'est Elaine qui l'a informée du décès. Cela lui laisse un arrière-goût dans la bouche. Elle aimerait se montrer plus dure, plus forte.

Inopinément, son amie Kathie lance un débat sur la présence à Montréal d'un certain Barracuda. Selon les journaux, cet ex-*makout* a obtenu le droit de résidence du gouvernement fédéral et il s'est acheté une demeure princière au nord de Laval. En digne idéaliste rescapée des années soixantedix, Kathie se met à déblatérer sur l'impasse politique haïtienne et l'inévitable mise en tutelle de l'île, à son humble avis gouvernée depuis deux siècles par une suite de despotes incompétents.

D'ArqueAngel tente d'ignorer cette litanie de banalités proférée sur le ton docte de celle qui voudrait donner à ses préjugés le poids d'observations scientifiques. Bientôt, la politologue improvisée l'apostrophe directement. Du coup, tous les regards convergent vers lui.

— Pourquoi faudrait-il que j'aie une opinion là-dessus ? soupire-t-il, de guerre lasse.

— Tu es haïtien, oui ou non ?

Encore cette question, si souvent entendue dans sa jeunesse, à laquelle il n'a jamais su quoi répondre. Haïtien, oui. *So what ?* Il fronce les sourcils.

Agressive, Kathie insiste pour savoir quelle classe D'ArqueAngel représente — l'oligarchie honnie ou le peuple des nobles sauvages —, exige qu'il révèle de quelle idéologie il se réclame.

Pressentant le pire, Elaine se prend la tête entre les mains.

Souriant, l'interpellé referme si fort son poing sur son ballon de rouge que le verre éclate. Éberlués, les autres retiennent leur souffle. D'ArqueAngel jette les tessons à la poubelle et noue un mouchoir autour de sa paume entaillée. D'un signe de tête, il refuse l'offre de Suzanne de panser et désinfecter sa plaie. Sans un regard vers Kathie, il lance aux autres convives :

— Quelqu'un pourrait-il dire à mademoiselle que je n'ai absolument pas l'intention de discuter avec quiconque tire ses connaissances sur Haïti de *thrillers* américains à quatre sous ?

Voilà qui déverse une véritable pluie glaciale sur la réception. Suzanne se mord la lèvre inférieure. Honteuse, Kathie baisse la tête. Les blagues de Drummond ne réussissent plus à alléger l'atmosphère. Les invités s'éclipsent tour à tour, qui en direction du lit, à cause du boulot demain matin, qui en direction de la brasserie l'Inox où un ami d'Archambault présente un tour de chant.

Au grand bonheur de Suzanne, Elaine disparaît au bras de Drummond, qui promet de lui faire découvrir Saint-Jean-Baptiste-*by-night*. Amusés par le baratin du Casanova d'opérette, la mulâtresse et Gabriel échangent des clins d'œil avant que Suzanne referme la porte.

Seuls. Enfin.

Le calme s'est emparé du quatre et demi. Le calme et ce malaise qui précède toujours un adieu. Au salon tourne un des derniers microsillons de Chet Baker, « Let's Get Lost ». Pour déjouer son trouble, Suzanne dit avoir envie d'une tasse de thé Darjeeling. Tout en remplissant la bouilloire, elle en offre à Gabriel.

— J'aime mieux continuer à l'alcool. Les mélanges, ça rend malade, ironise-t-il en versant un fond de rouge dans une nouvelle coupe.

75

Avec un sourire triste, Suzanne se hisse sur le bout des orteils pour prendre sur la dernière tablette de son garde-manger la boîte de thé et une bouteille de Jameson. À peine a-t-elle posé le whisky sur le comptoir qu'il est derrière elle, les bras ceinturant sa taille, l'haleine parfumée coulant le long de son cou, sur son épaule.

D'une main, Gabriel a retroussé sa robe et lui caresse l'entrejambe, tandis que de l'autre il arrache presque les boutons du vêtement. Ces doigts effilés sur ses aréoles durcies lui donnent le vertige.

D'un seul mouvement, il l'a retournée, soulevée et assise sur le comptoir de la cuisine. Maintenant, il se glisse entre ses cuisses, lui enlève sa culotte et approche la bouche de son sexe. Ce souffle sur sa vulve, promesse d'extase à la fois familière et inédite. Suzanne échappe des ahans, s'efforce de faire abstraction de l'embarras qui l'envahit à la pensée de ses menstruations. Le goût ferreux du sang n'incommode pas D'ArqueAngel, au contraire, il l'enivre davantage que l'alcool. Agrippé aux fesses de Suzanne, il lape et boit jusqu'à plus soif, aspire le clitoris entre ses dents, le mordille, le titille du bout de la langue.

Ses doigts remontent le long du corps frémissant, comme sur un clavier. Il improvise et elle devient mélodie fiévreuse, longue plainte lascive. Elle s'embrase telle Jeanne d'Arc sur le bûcher, croise les chevilles derrière le dos de son amant, referme les jambes sur sa tête pour l'attirer plus loin en elle, le garder à jamais.

Enfin, il se lève, se dévêt, puis s'enfonce en elle, qui suinte de désir et halète son nom. De la main gauche, il lui caresse une joue. Le mouchoir qui l'entourait s'est dénoué. Elle lui lèche la paume et constate avec stupéfaction que la coupure est déjà presque cicatrisée. Comment est-ce possible ? Aurait-elle surévalué la profondeur de la blessure ? L'urgence des baisers de Gabriel l'empêche d'y réfléchir davantage. Il lui embrasse la naissance du cou, le coin de la mâchoire, le lobe de l'oreille, tout en continuant de la posséder avec une tendre brusquerie, cherchant l'oubli au creux de ses reins. Il ne sent plus ces ongles sur ses omoplates, ni la douceur de ce fourreau de chair moelleuse. *There's a girl here and she's almost you*[1], susurre ce vieux Chet sur la chaîne stéréo. Gabriel ferme les paupières et retrouve au fond de ses pensées l'image de Laura, brillant à la manière d'une apparition.

* * *

La Duster bleu poudre de Jacynthe Roussel serpente sur les voies encombrées de l'autoroute des Laurentides avec une manœuvrabilité qui laisse à désirer. Christian, son *chum* et garagiste personnel, lui a déconseillé d'engager ce « cancer » sur toute autre route que celle du dépotoir le plus près, mais elle ne pouvait tout de même pas lui emprunter son tout-terrain pour aller à ce rendez-vous. Elle ne lui en a pas touché mot, d'ailleurs. Elle ignore pourquoi. Ou, au fond, peut-être le sait-elle trop.

Voilà près d'une semaine que Barthélémy Minville a emménagé dans sa nouvelle résidence. Et pas une journée n'a passé sans qu'il lui fasse parvenir un cadeau — bracelet en ivoire, broche en or, bague à diamants, rivière de perles — en signe de reconnaissance pour les attentions qu'elle a eues à son égard durant son séjour au Vogue. Si bien que ses consœurs l'ont taquinée sur la nature exacte des intentions de son excentrique client.

Encore hier après-midi, il lui a téléphoné pour l'inviter à venir travailler pour lui. Sans une présence féminine, une maison n'a pas d'âme, prétendait-il, et sa demeure réclamait celle de Jacynthe expressément. Jusqu'alors, les boniments de l'Haïtien l'avaient plus amusée que séduite. En prenant l'appel, elle avait presque réussi à se persuader que le temps

---

1. *Almost Blue*, paroles et musique d'Elvis Costello.

77

était venu de l'éconduire, poliment mais fermement. C'est alors qu'il a proposé de lui verser sur-le-champ, en argent comptant, l'équivalent de son salaire annuel brut à l'hôtel comme prime d'embauche si elle acceptait son offre.

Un nœud dans la gorge, Jacynthe Roussel a raccroché, lui promettant de prendre le temps d'y penser, mais se jurant de refuser. Cependant, toute la nuit, lovée au creux des bras de Christian, elle n'a cessé de réentendre la voix de ténor de Barthélémy Minville. Elle a très bien décodé les inflexions qui colorent ses phrases. Elle ne se formalise pas des idées que l'Haïtien a, de toute évidence, derrière la tête. Au contraire. En dépit des rumeurs, maître Minville continue d'exercer sur elle une drôle d'attraction, apparentée à celle des serpents sur leurs proies. Et puis, peu importe qu'il ait envie de la sauter. Elle ne le trouve pas laid du tout et une prime de vingt-cinq mille dollars anesthésie bien des scrupules. Il lui faudrait cependant surmonter ses préjugés à propos des Haïtiens et du sida…

Jacynthe se réprimande pour la froideur cynique avec laquelle elle considère la situation. En engageant sa voiture sur la sortie, à la suite d'un camion-citerne, elle se remémore l'itinéraire que lui a décrit le pompiste à qui elle a demandé son chemin. La petite route secondaire qui mène au domaine de maître Minville correspond à la description qu'on lui en a donnée : rocailleuse et en très mauvais état. On se croirait en Haïti, blague-t-elle. Ce doit être le mal du pays qui l'a incité à s'établir dans le coin.

La voiture cahote en s'enfonçant sous les arbres dont le feuillage épais plonge la route dans le demi-jour. Certaines branches sont si basses qu'elles griffent le toit et le pare-brise de la Duster. Il fait de plus en plus sombre. En réprimant un frisson, Jacynthe se demande s'il arrive que la lumière du jour parvienne jusque-là. Regretterait-t-elle d'être venue sans avoir averti personne ? Si jamais les choses tournaient mal…

L'auto émerge dans une sorte de clairière devant la propriété de maître Minville. Le portail, solidement scellé dans un mur de pierres des champs qui s'étire entre les arbres, est fermé. Jacynthe baisse sa vitre et appuie sur le bouton de l'interphone au bord du chemin. À travers le grésillement, elle reconnaît la voix grêle de Claude-Henri Faustin qui la prie de se nommer. Cette formalité accomplie, les pans du portail s'écartent. La Duster remonte l'allée jusqu'à la somptueuse maison.

Jacynthe freine, pour donner le temps à son regard d'absorber la majesté de la demeure. Deux étages de pierres des champs, une trentaine de pièces, son architecture rappelle celle des anciennes demeures seigneuriales de la Nouvelle-France, même si elle n'a pas dix ans. L'ancien propriétaire était un homme d'affaires qui a fait faillite lors de la dernière récession. Selon le plus récent reportage sur le «Roi nègre de Montréal», comme le surnomment désormais les médias, Minville aurait racheté la propriété pour une somme modique située dans les sept chiffres.

Jacynthe stationne sa voiture sur le côté de la maison, près de la Jaguar bourgogne du maître de céans, et coupe le contact. Penchée sur son volant, elle prend une grande respiration. Au moment d'appuyer sur la sonnette, elle se dit qu'il serait encore temps de rebrousser chemin. Mais déjà la porte s'ouvre et Faustin l'invite à entrer.

La lumière douce qui se déverse à travers les voilages des fenêtres confère à l'ensemble une sorte de sérénité. L'intérieur, cossu à souhait, renchérit sur la splendeur extérieure. Malgré sa décoration encore inachevée, le vestibule lui donne l'impression d'arriver sur le plateau de tournage d'un *soap* hollywoodien. Faustin la gratifie d'un sourire enjôleur et d'un baisemain. Après ces brèves salutations, il lui indique l'escalier en colimaçon qui monte vers l'étage, où l'attend Minville.

Elle avance sur le parquet carrelé noir et blanc avec l'impression d'être un pion sur un échiquier. Ses tiraillements moraux reviennent la harceler tandis qu'elle gravit les marches. Le papillon de nuit qui virevolte autour de la flamme d'une bougie se doute-t-il qu'il se précipite droit à sa perte ?

— Par ici, mademoiselle Roussel, fait la voix grave de son hôte, depuis une pièce au fond du couloir.

Jacynthe longe les fresques qui s'alignent sur les murs, au-dessus de lambris sombres. Elle avance à pas lents, convaincue de ne plus pouvoir revenir sur sa décision. Les joyeux coloris du papier peint n'arrivent pas à contrebalancer son trouble.

Bientôt, elle approche de la porte entrebâillée.

En pénétrant dans la pièce, elle hoquette de stupeur à la vue de Barthélémy Minville, flambant nu, le sexe érigé dans un poing, étendu de biais sur son vaste lit, au milieu d'un monticule de billets de banque.

— Nous avions convenu de vingt-cinq mille *cash*, si je ne m'abuse, ricane-t-il. En voici trente-cinq mille. Qu'attendez-vous donc pour venir les chercher ?

Impressions

Dès les premières chaleurs de mai, Montréal se pomponne pour sa sauterie annuelle. Sur les murs des stations de métro et sur les colonnes Morris, des affiches aux couleurs éclatantes claironnent le Festival de Jazz. Dans la moiteur de la fin juin, le quadrilatère de la Place des Arts adoptera des airs de New Orleans. Et peu importe si on y célèbre davantage le retour de la belle saison que l'hommage rendu à la mémoire du King Armstrong, du Duke, du Count, du Prez et autres membres de la cour impériale. Pendant dix jours, les pendules montréalais balanceront au rythme du jazz et des musiques du monde.

Bien avant la naissance du festival, le Sensation Bar comptait parmi les stations incontournables du chemin de croix de tout jazzophile averti. Moins réputée que le Biddle's, dont elle est contemporaine, la boîte a vu défiler, au fil des ans, son lot de stars locales et internationales. Aujourd'hui converti en discothèque latino, l'établissement ne présente des spectacles de jazz ou de blues qu'à l'occasion, réservant sa petite scène à des orchestres de salsa, de meringue ou de zouk. Cependant, de la fin mai à la mi-août, faux palmiers et rideaux de bambou prennent le chemin de la remise et le club retrouve son allure d'antan. Depuis deux semaines, l'écriteau à l'entrée annonce le « Gabriel D'ArqueAngel Quintet », du jeudi au dimanche.

Le propriétaire, Fernando Sánchez, percussionniste quinquagénaire d'origine portoricaine, a accueilli Gabriel avec moult *fuertes abrazos*[1]. Adolescent, D'ArqueAngel a été pendant quelque temps trompette dans l'orchestre de Sánchez, avant son départ pour Crescent City[2], et leur relation est demeurée plus que cordiale. Au-delà de cette amitié, Sánchez professe une admiration sans bornes pour son ex-protégé, comme en témoigne son enthousiasme au moment de présenter le quintette chaque soir.

Sous l'éclairage coloré des projecteurs, les musiciens prennent un à un leur place. Le leader entre en scène le dernier. Sa Martin Committee en main, il jette par-dessus la monture de ses Serengeti noires un regard panoramique sur l'assistance. Ébloui par les projecteurs, il n'arrive à voir que les deux premiers rangs. Qui cherche-t-il? Une groupie pour finir la soirée? Elaine McCoy a remarqué qu'en cette période de l'année, beaucoup de Montréalaises se découvrent soudain une attraction irrésistible pour le jazz… et les Noirs!

Mais il y a autre chose. Dimanche, alors que les membres du quintette pique-niquaient avec Sánchez au son des tam-tams sur le mont Royal, Gabe lui a paru souffrant, comme s'il était sur le point d'avoir une crise. «Ce n'est rien, juste une migraine», l'a-t-il rassurée. Mais Elaine le connaît depuis trop longtemps pour ne pas détecter le mensonge.

Du bout de la langue, D'ArqueAngel mouille le bourrelet de chair de sa lèvre supérieure. À son signal, Drummond donne un coup de cymbale et on attaque l'intro *bluesy* de *Nefertiti*. Après quelques mesures, Gabriel joint la plainte de sa trompette à celle du saxo, répétant à l'unisson avec Picard le thème quasi hypnotique signé Wayne Shorter.

Dans cette atmosphère enfumée, D'ArqueAngel oublie ses soucis et retrouve l'harmonie indispensable à son rythme

---

1. L'*abrazo* désigne une accolade avec forte étreinte, très courante en Amérique latine.
2. Surnom donné à New Orleans.

vital. Peu à peu, la musique abolit les murmures de l'assistance, submerge le public, prolonge l'âme du trompettiste dans tout le Sensation Bar. Yeux clos derrière ses lunettes noires, D'ArqueAngel s'évade à la faveur d'une variation de tempo. Derrière ses paupières, il se projette un film d'animation abstrait où se déploient des oriflammes grenat, pourpres et indigo.

Soucieux d'être à la hauteur de son surnom, « Thunder » Drummond s'en donne à cœur joie sur la grosse caisse et fait éclater sur ses cymbales de petites grenades rythmiques qui propulsent le trompettiste de plus en plus loin de la mélodie initiale.

Drummond soupire en observant Elaine. Vêtue d'un costume trois-pièces beige très ajusté, orné à la boutonnière d'une clé de sol en argent, elle garde la tête penchée sur son clavier et les yeux rivés sur D'ArqueAngel. Le batteur, inconsolable de n'avoir pas réussi à l'attirer dans son lit, s'interroge sur ses liens avec le trompettiste.

Maîtresse de la nuance, Elaine plaque des accords surprenants, mais toujours pertinents, nourrissant les envolées dans l'aigu de la trompette. Depuis une semaine, elle trouve Gabriel plus lugubre qu'à l'accoutumée. Ce qui n'est pas peu dire. Plus que jamais, Elaine a l'impression qu'en lui, quelque chose se prépare à exploser. Que redoute-t-elle au juste ? Qu'un monstre s'extirpe du ventre de D'ArqueAngel dans un bouillonnement de sang ?

En guise de réponse à cette question, D'ArqueAngel pointe son biniou vers le plafond pour un chorus électrisant. Du coup, les arabesques qui dansent sous ses paupières prennent des teintes plus violentes.

* * *

La nuit tombante a superposé sur la banlieue des voiles fuchsia, rouge, pourpre, puis noir.

Le gravier crépite sous les pneus de la familiale. T-Master coupe le contact, tourne son visage balafré vers Ferdinand Dauphin assis à ses côtés, mais ne dit rien. L'Haïtien pousse sa portière et descend, bientôt imité par la demi-douzaine de membres du gang. Ferdinand prend le temps de se dégourdir les jambes. Dans sa hâte d'en finir, le trajet lui a semblé durer une éternité.

Tous s'attroupent devant le coffre arrière béant. À la lumière d'une torche électrique, T-Master procède à la distribution des armes. On dirait le Christ rompant le pain. Le tout se déroule dans un calme cérémonieux. Seul un chien défie le silence quasi complet. Chacun vérifie l'état de son arme, s'emplit les poches de munitions. Ferdinand serre le poing sur la crosse du semi-automatique qu'on lui a tendu, un Davis 380 — «une des armes les plus *sexy* sur le marché, *brother*», aux dires de T-Master. Il plisse les paupières. Par anticipation, il savoure le moment où il videra son chargeur sur Barthélémy Minville, faisant exploser sa cervelle malade dans ses luxueux quartiers.

Songeur, Ferdinand lève la tête vers le ciel. Une pleine lune blême joue à saute-mouton avec les nuages. Quelqu'un fait remarquer, à la blague, que c'est une nuit idéale pour les loups-garous. Ferdinand frissonne, puis bande ses muscles et s'engage d'un pas ferme sur le sentier de la guerre.

À la queue leu leu, les membres du commando improvisé marchent vers le mur de pierres qui ceinture la propriété. Le plan est on ne peut plus simple : s'introduire dans la maison, trouver Minville et l'abattre comme le chien de l'enfer qu'il est. Ferdinand se félicite d'avoir su patienter quelques jours avant de passer à l'action : ce coin perdu de la banlieue est après tout plus propice à ce genre d'opération que le centre-ville. Après l'exécution, ce sera un jeu d'enfant de revenir à la voiture et de rentrer à Montréal, ni vu ni connu.

Au pied du mur, l'un des hommes de T-Master a joint les mains pour faire la courte échelle à son chef. Un à un, les autres suivent par le même chemin. Handicapé par le plâtre à son poignet, Ferdinand éprouve quelques difficultés à grimper. Les images du meurtre imminent lui fouettent le sang. Il aurait pu confier le travail à T-Master et ses sbires et se contenter d'en lire les détails dans les journaux du lendemain. Il a cependant insisté pour participer au *dechoukaj* de ce démon de Minville. Il le devait à Hector.

De l'autre côté du mur, il s'arrête un instant pour reprendre son souffle. Ses nerfs vibrent follement. La sueur froide trempe tout son dos. Il a soif. La moiteur de sa paume sur la crosse l'agace. L'arme luit sous l'éclat anémique de la lune. Il passe près d'appuyer sur la gâchette, tant son désir d'abattre Barracuda l'obsède. T-Master pose une main sur son épaule, l'invite à prendre les devants.

— À toi l'honneur, *bro*…

Ferdinand hoche la tête. Il traverse le boisé, en direction de la maison dont on devine les contours, avec l'impression de revivre ces après-midi où Hector, les gamins du quartier et lui jouaient aux mousquetaires. Un coup de vent souffle sur lui et ses compagnons, malmenant au passage le feuillage des arbres. Les aboiements d'un chien se perdent au loin, la chaleur du soir aplanit tout, les rumeurs urbaines ne sont plus que murmures d'outre-monde…

Soudain, un coup violent sur la nuque l'ébranle. Le choc lui coupe le souffle.

— *What the fuck?* s'exclame l'un de ses compagnons.

Pour seule réponse, Ferdinand entend un sifflement et un gargouillis. Ferdinand se retourne, juste à temps pour entrevoir l'un des nervis de T-Master s'écrouler, la gorge ouverte comme par un coup de machette.

— *Son of a bitch!* s'écrie T-Master, sidéré.

Ferdinand n'arrive pas à distinguer leur assaillant, une silhouette massive qui se déplace à une vitesse surprenante, avec la grâce d'un danseur. Le grassouillet surnommé Chubby braque son revolver en direction de l'ombre, mais il reçoit une taloche sur la main, qui envoie l'arme tournoyer en l'air.

Chubby échappe un cri bref au moment où son attaquant lui enfonce un poing dans le ventre. Il tombe à genoux. Une tache sombre se répand sur son chandail déchiré.

— *Shit! He cut Chubby's stomach open!*

— *Waste the fucker!* hurle T-Master.

Des flammes jaillissent des canons. Désorienté par les détonations, Ferdinand ne saurait dire s'il a tiré lui aussi. De toute évidence, tous ont raté la cible. La créature se jette sur deux des tireurs en grognant.

En voulant leur porter secours, Ferdinand oublie son arme et se précipite sur l'ombre rugissante. Déjà, elle a saisi ses deux victimes à la gorge et les soulève de terre. Ferdinand fige lorsqu'un craquement d'os met un terme aux borborygmes des deux hommes.

Soufflant comme un fauve, l'ombre laisse tomber leurs corps inertes et fait volte-face. Dans la noirceur, Ferdinand n'aperçoit que l'éclat surnaturel de ses yeux rouges.

La stupeur lui fait échapper son semi-automatique.

Il pense : *Simbi-je-rouj!*

Du coup, il n'est plus Ferdinand Dauphin, père de famille respectable, propriétaire d'un restaurant de quartier, rongé par l'obsession de venger son frère assassiné. Le voilà replongé dans les cauchemars du gamin de la campagne haïtienne, hantés par des créatures sanguinaires dont les yeux trouent la nuit de lueurs surnaturelles!

* * *

Sur la scène du Sensation Bar, D'ArqueAngel est en transe. Dans sa tête se bousculent des images et des sons qu'il ne comprend pas. Griffes, sang, chairs meurtries, cris d'animaux qu'on étripe. Les lèvres crispées sur l'embouchure, il tente de traduire ces visions en musique. Son solo ressemble désormais davantage à une suite d'effets sonores qu'à une mélodie organisée.

Un frisson parcourt le club. Sidérés, les autres musiciens font de leur mieux pour l'appuyer dans sa lancée. Les *shuffles* frénétiques de Drummond évoquent les mouvements d'un nageur en lutte contre un courant tumultueux. Les doigts d'Archambault galopent sur les cordes de la basse à une vitesse proche de la limite physiquement possible. Incapable de suivre, Picard, dont les arpèges au saxo soulignaient tant bien que mal les hurlements déchaînés de la trompette, capitule.

Au clavier, Elaine égrène un chapelet de notes habitées par l'esprit du blues. Elle fixe Gabriel, n'en croyant ni ses yeux ni ses oreilles.

On jurerait un possédé...

* * *

Une griffe lacère le front de Ferdinand, du sourcil gauche à la tempe droite. Un liquide tiède jette sur son regard un voile sombre. Le vent charrie une écœurante odeur de boucherie.

La peur enfle dans la poitrine de Ferdinand, lui oppresse les poumons. Aveuglé, il frappe et frappe devant lui, sans jamais atteindre son assaillant. Tout son corps est parcouru de spasmes, son ventre le fait souffrir et il a l'impression que son crâne va exploser.

Un coup de poing à la mâchoire l'envoie culbuter dans l'herbe humide. Sonné, il palpe le sol autour de lui, cherchant son arme. La créature déverse sur lui une avalanche de coups. La terreur galvanise ses membres. Il voudrait se convaincre qu'un tel démon ne peut exister, mais l'éclat mauvais des yeux de la bête hurle le contraire.

Une figure s'interpose entre le *baka* et lui. Enragé, T-Master a dégainé un couteau à cran d'arrêt. La lame affûtée étincelle dans la nuit.

— *You mother fucker, I'm gonna cut you into little pieces...*

En vociférant des obscénités, il plonge la lame dans le ventre de son adversaire jusqu'à la garde, une première fois puis une seconde, sans résultat. Avec un rugissement guttural, la bête attrape le poignet de T-Master d'une main et, du revers de l'autre, lui balance un coup qui lui déchire la gorge du thorax jusqu'au menton, faisant gicler le sang sur Ferdinand.

Celui-ci ne pense plus à Hector, ni à T-Master et son gang, ni même à Barracuda. Transporté dans une zone à atmosphère raréfiée, il n'a conscience que de cette panique folle qui suinte par tous les pores de sa peau. Lui qui se croyait athée se surprend à se demander à quand remonte sa dernière visite à un confessionnal.

* * *

Tout le public du Sensation Bar retient son souffle. Depuis plusieurs minutes déjà, les sons qui désertent le pavillon de la trompette n'ont plus rien à voir avec le classique de Shorter. Décontenancé, Archambault renonce à accompagner D'ArqueAngel dans son délire. Après un huit-huit d'enfer, le batteur capitule aussi. À présent, seule Elaine continue à charpenter la ligne rythmique, offrant au trompettiste un trampoline bien tendu pour ses élans *allegro furioso*. D'ArqueAngel fait remonter la tension en poussant une note interminable dans le registre le plus aigu, puis arrache l'embouchure de ses lèvres, comme s'il s'agissait d'un fer chauffé à blanc, et quitte la scène.

Sans hésiter, Elaine ponctue cette sortie précipitée d'un *glissando* couvrant les quatre-vingt-huit touches du clavier et relance le thème sur le tempo initial. Revenus de leur stupeur, les autres membres du *band* s'unissent pour enfin conclure le morceau.

Un silence empesé succède à la performance. Les spectateurs ne savent trop comment réagir, applaudissent avec timidité, par réflexe. Au bar, Nando Sánchez se dresse sur les barreaux de son tabouret et claque vigoureusement des mains en criant « ¡ Ay ! » à tue-tête. Quelques enthousiastes autour de lui l'imitent. Par effet d'entraînement, la majorité hésitante finit par se joindre à eux.

Sur la scène, Elaine balaie du regard le décor du Sensation Bar, en quête du leader qui semble s'être volatilisé.

Memória e Fado

Ti-Alice Grospoint se redresse en sursaut et porte les deux mains à son front. Elle jette un coup d'œil sur son réveille-matin : vingt-trois heures douze. À peine quarante-cinq minutes qu'elle est couchée et déjà les horreurs du passé reviennent la tourmenter. Elle tend la main vers sa lampe de nuit. Dans la lumière tamisée, elle réapprivoise le décor de sa chambre. Enfant, au sortir d'un mauvais rêve, Alice aurait appelé son père. Sans se faire prier, Dieubalfeuille Grospoint l'aurait prise dans ses bras, l'aurait bercée avec ses contes et ses devinettes jusqu'à ce qu'elle glisse dans un sommeil paisible. Plus de vingt-cinq ans après la mort du *Bòs*, elle se demande bien quels bras pourraient lui offrir ce réconfort. Ceux de Naïma ? Compter sur sa poltronne de fille pour la soulager de ses craintes lui semble grotesque. De toute façon, Naïma, partie au cinéma avec son nouveau flirt, n'est pas encore rentrée.

Alice impose à sa respiration un rythme normal. Depuis plus de dix jours, elle refait chaque soir ce rêve obsédant qui se termine sur un gros plan de *Bòs* Grospoint, le corps criblé de balles.

Une irritation sourde l'envahit à l'idée qu'elle s'est leurrée toutes ces années en jouant à colin-maillard avec sa mé-

91

moire. L'arrivée de Barracuda à Montréal lui a permis de constater l'étendue de sa naïveté.

Alice repousse ses couvertures d'un geste las. Pour la première fois en un quart de siècle, elle capitule, se laisse envahir par les images de chez elle, quelque part dans les environs de Cap-Rouge.

Le soleil, gigantesque jaune d'œuf, se crève sur le fil des mornes, teignant l'horizon en orangé. L'air embaume le girofle. Non loin bêlent des cabris. Perchée sur un plateau, adossée à la forêt, la case domine une gorge tortueuse.

Debout devant la porte se tient un grand Nègre robuste au visage émacié, aux dents éclatantes découvertes. Aux yeux de la fille à ses pieds, il ressemble à une sculpture en bois de santal, à l'effigie d'un dieu nègre. Cette adoration de la jeune femme pour son père ne lui est pas exclusive : la réputation de *Bòs* Grospoint s'étend bien au-delà des environs. Issus de tous les coins de l'île, des gens font des kilomètres en camionnette, à pied ou à dos de bourrique pour consulter le fameux *doktè-fèy*.

Aussi ne s'étonne-t-il pas de voir poindre au milieu d'un nuage de poussière une jeep. Le véhicule s'immobilise tout près. Trois hommes en descendent, tout de gris vêtus. Ces hommes sont déjà venus, à plusieurs reprises. La jeune femme ignore le nom des deux brutes qui font office d'escorte, mais connaît celui du Nègre ventripotent au front dégarni : Barthélémy Minville, un avocat de Port-au-Prince qui, selon la rumeur, appartiendrait à l'entourage immédiat de Papa Doc.

Elle se redresse, se réfugie dans l'ombre de son père. Comme les fois précédentes, *Mèt* Minville lui lance un regard lubrique. Il avance vers *Bòs* Grospoint et lui tend la main. Son père la serre froidement, salue les deux autres hommes de la tête. L'un d'entre eux porte un attaché-case en cuir rigide.

— À l'intérieur, nous serons plus à l'aise pour discuter, dit Grospoint.

Alice devance les quatre hommes. Elle s'efforce de faire abstraction du regard de Minville qui lui donne l'impression d'être nue.

— Un beau p'tit cul, oui, fait Minville, badin.

Dieubalfeuille Grospoint grimace, mais se retient de répliquer.

La modeste case se divise en trois pièces. *Bòs* Grospoint et ses invités prennent place dans la plus vaste, qui tient lieu à la fois de cuisine, de salle à manger et de salle de séjour. On y circule entre un four au charbon, une armoire en bois vermoulu, une table bancale, des caisses de toutes tailles, des tabourets rustiques et divers objets consacrés aux *lwa*. Véritable capharnaüm, la pièce dégage néanmoins une atmosphère de sanctuaire.

Au centre de la table, une lampe *tèt-gridap* projette sa lueur tremblotante qui éparpille des ombres pâlottes sur les murs. Autour de la flamme virevolte une nuée de petites mouches. Vite attablés, les hommes acceptent volontiers le verre de *kleren* qu'Alice place devant chacun d'entre eux. Minville profite du moment où elle passe près de lui pour lui effleurer les fesses. À ce toucher, la fille frissonne.

— Décidément, votre petite a un très beau cul, *Bòs*.

— Je vous ai déjà prévenu qu'elle ne fait pas partie du marché, Minville, grogne *Bòs* Grospoint, faisant mine de se lever. Alors, bas les pattes !

— Ah ! *Bòs* mon cher, nul besoin de vous énerver, tempère Minville, avec un geste de la main. Je plaisantais seulement...

Les gardes du corps de *Mèt* Minville ont failli bondir à la défense de leur patron, mais restent assis maintenant que *Bòs* Grospoint a retrouvé son sang-froid.

— Tu peux laisser la bouteille, Alice, lui dit son père avant de lui ordonner d'aller dans la chambre.

Alice obéit sans rouspéter, non fâchée de mettre plus de distance entre le bourgeois obèse aux mains baladeuses et elle. Depuis le jour où l'avocat est venu requérir les services de *Bòs* Grospoint, la jeune femme redoute une catastrophe. Son père a beau lui assurer que son entente avec l'avocat ne peut s'avérer que bénéfique pour eux deux, Alice n'en demeure pas moins angoissée à l'idée de transiger avec un tel personnage.

Des bruits inquiétants le concernant ont voyagé de la capitale à leur lointaine commune. Des histoires de chantage, d'extorsions, d'enlèvements, de viols et de meurtres. Bien sûr, la jeune fille n'ignore pas à quel point l'imagination de ses compatriotes sait se montrer aussi fertile que funeste. Toutefois, une dizaine d'années de régime duvaliériste a démontré aux plus sceptiques qu'il n'existe aucune limite en matière d'atrocités.

De la natte tressée qui lui sert de lit, elle suit avec anxiété le déroulement de la réunion à travers les rideaux entrebâillés. Son père s'est levé pour sortir de l'armoire le flacon de verre contenant le précieux fruit de son labeur des trois dernières semaines. À la lumière de la lampe, le liquide trouble s'anime de reflets chatoyants. Le sourire de Minville s'élargit lorsque *Bòs* Grospoint lui tend la fiole. Il la prend d'une main, la considère avec exaltation.

— Ah ! ça me plaît, fait-il en flattant sa barbiche du pouce et de l'index. Vous l'avez testé ?

Dans sa chambre, Alice acquiesce de la tête en même temps que son père. Oh ! que oui, il l'a testé ! Deux fois plutôt qu'une. Après qu'il l'eut fait boire à des chiots, Alice a eu tout le loisir de constater l'effet foudroyant du sérum : tels des mâles en rut, les deux chiens se sont bagarrés jusqu'à ce que mort s'ensuive ! Ce spectacle sanguinolent avait convaincu Alice que cette expérience ne pouvait que déboucher sur une calamité.

Pendant une vingtaine de jours, elle avait assisté son père dans l'élaboration de la mystérieuse potion. Depuis la mort de sa mère, Alice servait d'apprentie à *Bòs* Grospoint. Au fil des ans, il a partagé avec elle certains des secrets les plus jalousement gardés de l'inépuisable pharmacopée des *doktè-*

fèy. Cependant, quand elle a voulu savoir à quoi servirait cette décoction, il s'est montré très évasif, se contentant de lui répondre qu'elle représentait en quelque sorte un visa de sortie de cette misère crasse où ils vivaient.

Alice n'a pas insisté, mais à le voir distiller cérémonieusement le sérum à partir d'ingrédients hétéroclites, dont du venin de serpent, de la bave de rat, du sang et de la bile de mangouste, des fleurs, du pollen, des essences animales et végétales diverses, en psalmodiant dans une langue immémoriale, elle s'est dit que ce contrat ne leur amènerait rien qui vaille...

Quand, au bout de cinq nuits, elle l'a regardé déterrer le maudit flacon, enveloppé d'une fourrure de mangouste, l'image de ces morts arrachés à leur sépulture par les *bòkò* s'est imposée avec force.

— Et elle sera efficace? relance *Mèt* Minville.

— *Hò*, qu'est-ce que vous croyez? Ignorez-vous avec qui vous êtes en affaires? s'indigne *Bòs* Grospoint, offusqué qu'on ose mettre en doute sa science et son art.

Minville se moque de la susceptibilité de son hôte. Sans cesser de rigoler, il se tape la nuque pour écraser un moustique.

— Saloperie de bestioles! dit-il en sortant de la pochette de son veston un mouchoir de soie.

— Et l'argent? s'inquiète Dieubalfeuille Grospoint.

— Non, mais! poursuit Minville en s'essuyant la paume. Pas moyen de profiter du bon air de la campagne sans que ces foutus insectes s'imaginent qu'il vous revient de les nourrir.

— Et mon argent, *Mèt* Minville?

Le soir se vautre sur les mornes, moite, poisseux. La lueur incertaine de la lampe renforce les moindres expressions faciales. L'avocat plie son mouchoir et le replace dans sa pochette. Il reprend le flacon, l'examine du goulot au fond, en poussant un bruyant soupir de satisfaction.

— Votre argent. Bien sûr.

Minville se tourne vers le sbire qui transportait la valise. Acquiesçant de la tête, l'homme glisse l'objet vers son patron. Minville le fait pivoter sur la table, s'attaque aux fermoirs. Soulevée, la coque supérieure de l'attaché-case cache son visage à *Bòs* Grospoint.

— Vous êtes un homme de parole et d'honneur, Dieubalfeuille Grospoint, comme il en reste peu en Haïti, déclare-t-il, sur le ton emphatique qu'il employait probablement en plaidoirie. Pour ça, je vous admire. La nation s'embourbe dans la barbarie, *Bòs*, une vraie tragédie ! La nation sombre, c'est irréversible, et j'ai bien peur qu'il n'y ait plus de place à bord pour les hommes d'honneur…

Il referme son attaché-case et *Bòs* Grospoint a juste le temps d'apercevoir la gueule du revolver.

Des larmes amères irriguent les joues ravinées d'Alice. Près de trente ans plus tard, les détonations lui écorchent toujours les tympans. Elle revoit éclore cette giclée rouge dans le dos de son père. Elle revoit Minville repousser son tabouret, se lever en souriant, faire feu une deuxième fois, une troisième et encore et encore sur le corps disloqué de *Bòs* Grospoint. L'arme fumante au poing, il éclate alors d'un rire rauque, plein de dédain.

— Eh bien, *doktè-fèy*, voyons si votre science saura guérir ces blessures-ci…

Les hommes de main du gros Nègre font écho à son ricanement. *Mèt* Minville rouvre son attaché-case pour y ranger son arme et la précieuse fiole, le referme et le verrouille. Les éclats de rire s'interrompent lorsque Alice, prostrée sur sa natte, échappe un piaillement de souris. Minville et ses comparses tournent alors leurs yeux vers elle : ils l'oubliaient presque ! La surprise passée, le tueur retrouve sa bonhomie. Adressant un clin d'œil à ses acolytes, il esquisse un mouvement vers la fille.

— Messieurs, regardez-moi donc le joli trésor que nous étions en train de négliger. Viens par ici, doudou. Tu as l'air d'avoir un gros chagrin. Tonton Bart va te faire de beaux câlins pour te consoler. Et si tu es gentille, peut-être que tonton Bart aura une belle récompense pour toi…

Les inflexions licencieuses de sa voix de stentor font un contrepoids incongru à ces paroles doucereuses. Pour chaque pas que Minville fait vers elle, Alice titube de deux en arrière, mais elle se retrouve vite acculée au mur de sa chambre.

— J'ai toujours considéré le meurtre comme un excellent aphrodisiaque...

Quelque chose en elle vient de se rompre irrémédiablement. Dans sa chambre de Montréal-Nord, une vie plus tard, Alice se raidit en même temps que la jeune femme du passé. La panique s'empare d'elle. Elle secoue la tête, le visage trempé de larmes, répétant à mi-voix un «non» futile. Son regard va de gauche à droite, de droite à gauche, cherchant une issue.

— Assez perdu de temps, Ti-Alice, décrète-t-il en attrapant un poignet de la jeune femme dans une de ses grosses pattes de gorille. Je n'ai pas toute la nuit pour la bagatelle.

À peine se rend-elle compte que le hurlement strident qui résonne à ses oreilles provient de sa propre gorge. Sans réfléchir, elle plante ses dents dans la main ample refermée sur son poignet. À son tour, *Mèt* Minville pousse un cri de douleur et relâche sa prise. Il la rattrape cependant et l'attire vers lui. Partagé entre fureur et excitation, il halète bruyamment, ses larges épaules se haussent et s'abaissent en cadence. Il lui écrase maintenant les deux poignets d'une seule main, resserre son étreinte, tandis que de l'autre main il déboucle sa ceinture et défait sa braguette.

Désespérée, Alice lui balance un coup de genou dans l'entrejambe. Le souffle coupé, l'homme émet un couinement, la relâche puis s'effondre par terre, recroquevillé en chien de fusil. Alice enjambe le monticule de graisse animé et bondit entre ses deux fiers-à-bras, trop abasourdis pour réagir. En un éclair, elle franchit le seuil de la porte et s'élance dans la nuit.

— Ne restez pas là, imbéciles, grogne Minville. Rattrapez-moi cette petite *bouzen*!

Inutile de se retourner pour savoir qu'ils se sont lancés à sa poursuite. La respiration sifflante, elle redouble la cadence. Sous la lune rouge, pareille à une grenade mûre, elle bifurque, plonge dans le boisé et court, indifférente aux branches qui lui lacèrent le visage.

Alice Grospoint rouvre les paupières, le visage inondé de larmes. Elle n'a jamais cessé de courir depuis son départ d'Haïti. Elle a continué de courir durant toutes ces années à Miami, New York ou Boston qui ont précédé son entrée à l'Université du Québec. Elle étouffe ses sanglots dans son poing, implorant anges, saints et *lwa* de la délivrer de son tourment. En un sens, elle est demeurée cette jeune fille terrorisée qui fuit la mort à toutes jambes à travers les hautes herbes et les broussailles.

Hallucinations

D'ArqueAngel s'éveille, l'esprit noyé dans le brouillard. Étendu tout habillé sur un lit défait d'un seul côté, il perçoit d'une oreille distraite une voix familière au-dessus du chuintement d'une douche. Une femme chantonne *My Favorite Things* en substituant un *scat* tout à fait honnête aux passages dont elle ignore les paroles.

Il secoue la tête, cherche à rapiécer ses souvenirs de la nuit passée.

Un ordre impeccable règne dans le vaste studio, dont les sections, séparées par des cloisons invisibles, sont meublées selon leur fonction. Ici, le grand lit flanqué d'une penderie étroite, d'une commode, d'un classeur et d'une table de chevet. Tout près, un ensemble de causeuses en cuir, une table de salon vitrée, une unité murale où se côtoient télévision portative et chaîne stéréo. Enfin, un piano droit adossé au mur. De l'autre côté, un comptoir entouré de hauts tabourets, cuisinière, réfrigérateur et garde-manger. Sur tous les murs, des photos de percussionnistes latinos : Chano Pozo dans l'orchestre de Diz, Machito, Tito Puente et quelques autres.

Bien sûr : la garçonnière où Nando reçoit les invitées qu'il ne peut ramener sous le toit conjugal ! Le Portoricain lui a offert de s'y installer pour la durée de son séjour à Montréal. Mais comment y est-il revenu la nuit dernière ?

Une céphalée persistante joue du marteau-piqueur à la base de sa nuque. Entre les rideaux, une promesse de soleil défie timidement la pénombre. Allongé sur le dos, immobile, D'ArqueAngel ne quitte pas des yeux les pales du ventilateur du plafond et s'évertue à réorganiser ses idées. Les visions mystérieuses et impromptues qui l'ont assailli hier soir le préoccupent. Délire indistinct où il s'est vu emporté par les flots impérieux d'un torrent de sang. Les séquences demeurent si floues qu'il n'arrive pas à en reconstituer la continuité.

Pas une hallucination, non. En lui se raffermit la certitude d'avoir bel et bien capté des images réelles.

D'un naturel sceptique, il n'a jamais cru au spiritisme ou à quelque autre notion fumeuse au parfum du Nouvel Âge. Toutefois, dès son arrivée dans la métropole, il a eu la sensation que son esprit était entré en contact avec un autre. Dimanche dernier, au son des tam-tams du mont Royal, des flashes visuels et sonores avaient fusé dans son cerveau, tels des feux de Bengale, éclipsant ses propres pensées.

Des visages terrifiés.

Des cris.

Du sang, toujours du sang.

Il a tenté d'oublier ces impressions, mais l'expérience de la veille lui fait redouter que cette présence étrangère dans sa tête ne l'expulse hors de lui-même.

L'eau de la douche s'est arrêtée. La porte de la salle de bains s'ouvre. Elaine en émerge, au milieu d'un nuage de vapeur. Enveloppée dans un drap de bain vert lime, ses boucles trempées encadrant son visage caramel, elle ressemble à une vahiné tahitienne.

— Ah, c'est toi…

— *Yes, my dear,* juste moi. Tu m'as l'air bien désappointé. Tu aurais préféré une vieille grébiche desséchée, à la bourse bien garnie ?

D'ArqueAngel fait la moue. Il s'étonne toujours d'entendre Elaine proférer ce type de gauloiseries auxquelles, pourtant, il n'hésite jamais, lui, à recourir pour éloigner les blaireaux. Prenant appui sur ses paumes, il se redresse. Ses membres sont à ce point endoloris qu'il croirait avoir passé la nuit à l'intérieur d'une sécheuse automatique en marche.

— La prochaine fois qu'un orang-outan me cherche noise, je compte sur toi pour lui expliquer qu'il ne fait pas le poids, badine-t-il.

La plaisanterie n'attire pas même l'ombre d'un sourire sur les lèvres d'Elaine. Au contraire, son visage revêt cette expression navrée qu'il se rappelle lui avoir vue la veille.

— *I wouldn't say orangutan; monkey would be more appropriate*[1]...

Du coup, les moments qui ont suivi sa sortie en trombe de la scène du Sensation Bar lui reviennent en mémoire. La course vers l'extérieur. La chaleur stagnante de la nuit. L'allée arrière jonchée de détritus. Le mouvement de pendule d'une ampoule jaune au bout d'un fil. La rumba des ombres sur les briques ornées de graffitis. Les relents nauséabonds de pourriture et d'urine.

Et au milieu de ce décor de série noire, lui, accroupi, en train de vomir ses tripes.

Il se souvient aussi du visage embrouillé d'Elaine, penché au-dessus de lui, de toutes ces voix entremêlées qui s'inquiètent de son état. Ensuite, la sensation de voguer sur une mer calme, pour échouer ici, maintenant.

Elaine l'informe qu'ils ont dû terminer la prestation d'hier sans lui, ajoutant, après une pause, qu'elle n'a pas détesté se retrouver à la tête du quartette. Décode-t-il la menace voilée? Elle ne lui fera pas la morale, ne jouera pas à la mère avec lui; ils se connaissent depuis trop longtemps pour ça. Du reste, ses années passées dans le milieu ont appris à Elaine qu'un musicien accro n'arrive à désarçonner le *monkey* sur son dos que s'il le décide lui-même.

---

1. Jeu de mots intraduisible. En argot américain, le terme «monkey» (singe) désigne un problème d'alcool ou de drogue.

Le pli habituel scinde le front de D'ArqueAngel en deux, marque de contrariété. L'espace d'un cillement, il a de nouveau treize ans. Dans le sous-sol de la résidence Reynolds, il encaisse en silence les remontrances de ses parents adoptifs dont il a vidé le bar en cachette. Qu'Elaine et les autres membres du quintette le perçoivent comme un *junkie* l'irrite au plus haut point. Vrai, il a tendance à forcer la dose d'alcool, mais il n'a pas tiré une *puff* ou sniffé une ligne depuis des lustres. Non, c'est autre chose. Mais quoi ?

Elaine se détourne, va à la fenêtre et ouvre les rideaux sur le ciel renfrogné. Par réflexe, D'ArqueAngel ramasse ses Serengeti au pied du lit et les glisse sur son nez. Sans pudeur, Elaine dénoue et laisse tomber à ses pieds sa serviette.

— Ça va mieux, au moins ? hasarde-t-elle, en se glissant dans une robe fleurie.

Il aimerait le lui laisser croire. Devrait-il lui confier en détail ses délires psychédéliques ? Et courir le risque de confirmer les hypothèses sur sa consommation de drogue ? Ça et les éléphants roses ! L'éventualité de se rendre risible aux yeux d'Elaine l'agace. Tant pis. Il se compose une autre figure et parle d'une voix si assurée qu'Elaine en déduit que son malaise de la veille est dissipé. Il paraît presque en pleine forme.

— *Gabe, what does « marasa » mean ?*

— *Marasa ?*

— *Yes.* Tu as marmonné ce mot dans ton sommeil pendant une bonne partie de la nuit...

Il hausse les épaules. Aucune idée. Elaine n'insiste pas. Il s'engouffre dans la salle de bains. Douche, rasage, vêtements propres. Elaine lui annonce que Suzanne a téléphoné de Québec tandis qu'il se douchait. Il n'a pas vraiment envie de retourner cet appel. Encore troublé, il erre dans la pièce. Un petit remontant, peut-être ?

— *Don't waste your time,* le prévient Elaine. Tu ne trouveras pas une goutte d'alcool ici...

Dans son crâne résonnent encore les sons irréels de la

veille. Entre deux bouchées de l'omelette jambon-fromage préparée en un tournemain par Elaine, il décide d'utiliser ces dissonances comme matière première pour une nouvelle composition. *Why not ?* D'ArqueAngel songe à la légende selon laquelle certaines des mélodies les plus mémorables de Gershwin lui auraient été inspirées par des hallucinations auditives dues à la tumeur au cerveau qui a fini par le tuer.

Il abandonne son déjeuner, va au piano. Il fait d'abord craquer ses doigts, puis les pose sur les touches. Les yeux fermés, il laisse monter en lui la musique. Une mélodie triste bleue s'élabore en douceur, énoncée par la basse accompagnée d'un subtil glissement de balai sur les cymbales, tout de suite reprise par le piano pendant quelques mesures et, enfin, scandée par les soufflants.

Ses mains parcourent le clavier, ses doigts s'y enfoncent, creusent et pétrissent d'insolites harmonies. Ses accords baroques ne correspondent cependant pas aux sonorités qui le hantent. Il s'apprête déjà à renoncer, mais Elaine le rejoint sur le tabouret. À la côtoyer, il renoue avec le plaisir de jouer. Cette complicité pourrait l'inciter à réviser ses positions sur la transmission de pensées. Anticipant ses mouvements, Elaine tisse sur les octaves inférieurs un filet de notes au-dessus duquel D'ArqueAngel se livre à des voltiges dignes des acrobaties de son *ad lib* d'hier.

— *¡ Madre de Dios !* lance une voix rocailleuse derrière eux. Ne me dites pas que vous êtes repartis sur votre maudit *trip* de « jazz gratis » !

Depuis toujours, Nando Sánchez a recours aux mêmes calembours douteux pour exprimer son dégoût de tout ce qui s'apparente au « free jazz », cette musique trop « *free*-vole » à son goût. D'ArqueAngel se détourne du clavier, juste à temps pour recevoir un crochet de droite sur l'épaule.

— *¡ Hijo de puta !* enchaîne le Portoricain. Ne t'avise plus jamais de me faire ce coup à la Miles : quitter la scène en plein milieu du premier *set* ! Et puis, quand on ne sait pas boire, *manolo*, on s'abstient…

De toute évidence, Sánchez fait allusion à la bonne demi-douzaine de zombies ingurgités par D'ArqueAngel en début de soirée — aux frais de la maison par-dessus le marché ! C'est sans rancune, bien sûr. En guise de punition, Sánchez lui impose toutefois l'obligation d'accorder une entrevue à une journaliste locale, l'après-midi même.

— Formidable ! Moi qui avais justement besoin d'une autre raison de dégueuler !

* * *

Pourquoi avait-il fallu que Dick accepte en son nom, sans la consulter, l'invitation de Corinne ? « *Come on, Ruby hasn't seen her grandma for such a long time...* » Comme s'il s'en souciait ! Laura croit plutôt qu'il voit en ce brunch une occasion en or de ne pas se retrouver seul avec elle.

Corinne les accueille en multipliant baisers sonores et étreintes chaleureuses. Malgré le demi-flacon de Paloma dont elle s'est aspergée, elle dégage une forte odeur de Cointreau. Pour arroser le gigot d'agneau aux flageolets, accompagné de gnocchis, la veuve fait ouvrir deux bouteilles de Cos-d'Estournel dont elle engloutit les trois quarts à elle seule. Laura s'abstient de la réprimander à ce sujet : elle n'a plus envie de materner sa mère.

Au salon, après le gâteau Opéra, cigarettes, café et digestif. La colère de Laura couve comme les braises du foyer. Faut-il ajouter une bûche, jouer du tison ? Dick s'en charge. Le temps persiste dans la grisaille. Des souvenirs rejaillissent en Laura. N'est-ce pas entre ce foyer et cette table de salon qu'elle a fait ses premiers pas ? N'est-ce pas dans ce fauteuil que Ben Reynolds les berçait, Daniel et elle, en leur lisant des contes issus des quatre coins du monde ? Et n'est-ce pas sur ce sofa qu'un soir Corinne les a surpris, Gabriel et elle, à demi nus, en train de jouer aux « mariés » ?

Ruby rechigne : c'est l'heure du biberon. Corinne insiste

pour nourrir l'enfant et Laura arrive tout juste à museler ses réticences. Elle n'aime pas sa façon de tenir sa petite, de pousser la tétine trop fort contre la petite bouche avide. Dick lui reproche parfois son côté mère poule. Il n'a peut-être pas tort. Sauf que, dans sa tête, repassent les images des boires de Gabriel...

C'est plus fort qu'elle ; Laura a repris Ruby à sa mère, la tient contre son épaule, le visage collé à une serviette, et lui tapote le dos pour lui faire faire son rot.

Pour déjouer le malaise, Corinne débite des anecdotes sur ses trois enfants. Elle parle, parle, parle. Des soupers de fête. Des vacances de l'autre côté de la frontière américaine. Des randonnées dans la campagne ontarienne en voiture. Des succès de Laura en ballet classique.

Dick se mêle peu à la conversation, sirote son cognac et fume sans arrêt, une vraie cheminée. De temps à autre, il hasarde une question ou une remarque, en anglais de préférence, destinées à donner l'illusion qu'il se sent concerné. Laura n'est pas dupe ; elle devine son désintérêt.

« Zombi Blues » tourne sur le lecteur, autre idée de Dick, qui a présumé que sa belle-mère aimerait entendre le disque. Corinne s'abstient de tout commentaire. Elle n'a jamais prisé le jazz, cette « musique de bordel ». Laura mettrait sa main au feu que sa mère en veut encore à Ben d'avoir acheté à son Gaby une trompette plutôt qu'un hautbois. On ne trouvait pas mieux que ce banal désaccord pour résumer la relation de ses parents !

Laura songe à son père, à sa contrariété qui transparaissait souvent en compagnie de son épouse. Elle observe la scène : le mari distrait, la mère esseulée et le bébé qui gazouille, inconscient du mélodrame qui se joue autour de lui. Laura imagine le diagnostic de son collègue Shepard, du service de psychiatrie : *pattern* de répétition.

Le malheur conjugal : une maladie héréditaire ?

Corinne titube jusqu'aux étagères pour y prendre des albums de photos et un coffret en acajou sculpté. Sa mémoire avinée lui fait parfois défaut, sa tendance à confondre Daniel et Gabriel s'est accentuée avec le temps. Avant d'ouvrir le petit coffre, elle le serre contre sa poitrine, pour s'en imprégner, dirait-on. Elle en extrait des souvenirs : bijoux, jouets, quelques feuilles de papier pliées en quatre. En les apercevant, Laura rougit.

— Tes poèmes, ceux que tu écrivais pour Ben. Vous savez, Dick, Laura était très douée...

Le gendre approuve d'un signe de tête. Le réputé avocat n'en a rien à faire de la poésie, Laura a eu l'occasion de le constater. Aux premiers temps de leur idylle, elle croyait l'émouvoir avec ses petits mots qu'elle glissait discrètement dans ses poches, comme elle le faisait avec son père. Complice, Ben Reynolds feignait de ne pas s'en apercevoir et rangeait précieusement dans son secrétaire les feuillets doucereux de sa fille. Avec Dick, rien de tel. Laura s'est vite aperçue que le brillant étudiant en droit ne se donnait même pas la peine de lire ses rimettes de midinette pâmée.

Réprimant une larme, Laura s'empare d'un album. Elle le feuillette, s'arrête sur un portrait de Daniel, dont elle conserve un souvenir plus diffus encore que cette photo au grain imprécis. Elle sourit à la vue de son père en train de l'applaudir, elle, à cinq ans, en train de danser pour lui, au son des *Gymnopédies* de Satie.

Puis, un portrait de groupe : Gaby et sa classe de quatrième année. Au milieu de la vingtaine d'enfants blancs, il n'est pas difficile à repérer. Outre sa couleur, d'autres détails le distinguent de ses camarades. D'abord, il ne sourit pas. Il se tient les poings fermés sur les hanches, l'air pugnace. Plus remarquable encore, sous ses sourcils froncés, ses pupilles reflètent une lueur écarlate qu'on pourrait attribuer à l'éclair du flash... mais, sur la photo, ses yeux sont les seuls à briller de la sorte.

Partie III

Parce que nous vous haïssons vous et votre raison,
nous nous réclamons de la démence précoce
de la folie flambante du cannibalisme tenace

AIMÉ CÉSAIRE

Gloomy Sunday

Les éclairs embrasent les nuages. Le tonnerre gronde. Tout le paysage frémit sous la menace. Un vent frisquet gonfle le rideau de la fenêtre entrouverte, respiration irrégulière et pas du tout rassurante. Depuis le lever du jour, Jacynthe Roussel fait les cent pas. Elle n'a pas beaucoup dormi. Sitôt le repas du soir avalé, elle s'est retirée pour la nuit, mais Minville est venu la rejoindre, comme tous les soirs depuis son entrée à son service.

«Gouvernante, mon cul!» songe-t-elle, amusée par ce calembour involontaire.

Des parfums de sueur et de sperme émanent des draps froissés et humides. Son odeur à lui. Bien qu'elle ait pris une douche, Jacynthe se sent imprégnée jusqu'à la moelle de l'odeur de Barthélémy Minville.

Elle a presque honte du détachement avec lequel elle subit ses assauts nocturnes. Au début, elle avait pris un plaisir pervers à ces étreintes aussi fugaces que brutales, mettant au rancart ses craintes concernant le sida. De toute façon, il refuserait d'enfiler un condom.

Le gros Nègre aime la prendre en levrette, à froid, escamotant toute forme de préliminaires. Il lui serre les hanches de ses énormes mains, va et vient en elle à coups de boutoir, en grognant de satisfaction, sans lui adresser un mot, sans se soucier de sa jouissance à elle.

Jamais elle n'avait songé qu'il puisse en être autrement avec lui : de la baise pure, bestiale, de la baise de carnivore ! Elle s'était cependant étonnée de constater la taille somme toute ordinaire du sexe de son amant, qu'un vieux mythe et une certaine affiche de cinéma lui avaient fait s'imaginer gigantesque. En érection, il n'est pas plus imposant que celui de Christian ; même que, planté au milieu de son corps massif, le pénis de Minville a l'air d'un jouet.

Minville ne dormait jamais avec elle. Il quittait son lit sans un mot dès qu'il avait joui — ce qui généralement arrivait assez vite. Et une fois l'attrait de l'inédit estompé, ces enlacements mécaniques, dénués de tendresse, l'avaient vite lassée, l'écœuraient presque.

Au fil des jours, elle n'a cessé de se demander ce qui la retient ici. Pourquoi ne retourne-t-elle pas aux rues paisibles de Rosemont, à Christian et à leur chatte Miouffe, à son ancienne vie, sa vraie vie ? Le reflet encadré dans le miroir de la commode lui donne la réponse. Tout ce luxe dont Minville la gave agit sur elle comme une drogue.

Femme entretenue.

Maintenant qu'elle étrenne sa garde-robe neuve lors de concerts symphoniques ou de soirées de théâtre, qu'elle mange tous les jours dans de la porcelaine de Limoges, avec des couverts de chez Christofle, des mets exotiques préparés avec grand art expressément pour eux par un traiteur et arrosés de vins de crus supérieurs, cette étiquette ne lui paraît plus aussi péjorative qu'auparavant.

« T'es sa pute, t'es devenue sa crisse de pute ! » lui avait craché Christian, le matin où elle était retournée chez eux pour lui annoncer sa décision. Il avait raison, elle le reconnaît volontiers. Je lui appartiens. Il m'a achetée. Je suis sa chose.

Jusqu'ici, elle a réussi à se persuader que sa nouvelle existence ne lui faisait pas honte, même si elle hésite encore à donner de ses nouvelles à ses copines ou à sa mère, à Joliette. En un sens, elle s'est isolée de son monde en entrant dans celui de *Mèt* Minville. Elle en a pleinement conscience et l'accepte volontiers. Ce matin pourtant, après une nuit blanche, son esprit n'admet plus son statut avec la même complaisance.

De minuit à l'aube, elle n'a pas cessé de s'interroger sur ces cris et ces coups de feu qui avaient retenti alors que Minville la tringlait. Instantanément, il avait bondi hors du lit et avait enfilé son peignoir. Après lui avoir formellement interdit de sortir de sa chambre, il avait couru au rez-de-chaussée. Pendant un moment, elle a écouté avec un mélange de curiosité et d'inquiétude les voix étouffées de Faustin, de Minville et de l'autre, ce Caliban, que Minville surnommait Grand-Blanc.

Jacynthe se rappelle sa stupéfaction au son de cette voix, plus grave encore que celle de Minville, qu'elle n'avait jamais eu l'occasion d'entendre. Depuis qu'elle s'était installée ici, pas une seule fois l'albinos n'avait ouvert la bouche, si bien qu'elle avait fini par le croire muet. À table, il mangeait parcimonieusement, toujours en silence, et ne buvait jamais une goutte de vin. Même si sa présence ne l'incommode plus autant que lors de leurs premières rencontres, elle ressent toujours un malaise à proximité de lui. Alors qu'avec Faustin elle a des rapports presque conviviaux, elle n'arrive pas à cerner ce Caliban…

Jacynthe n'a rien compris de ce qu'ils racontaient, tous trois parlaient en créole. Mais elle n'a pas été bernée par Minville quand il est remonté lui dire que tout allait bien, qu'elle pouvait dormir sur ses deux oreilles. Ses paroles ressemblaient davantage à un ordre qu'à une berceuse. Elle a entendu claquer le coffre de la Jaguar puis les portières ; ensuite, le vrombissement du moteur qui décroissait dans la nuit.

Nue au milieu des draps emmêlés, elle est restée longtemps à guetter le moindre son. Le sifflement de la brise qui s'infiltrait par la fenêtre, le bourdonnement d'un maringouin, le craquement infime du bois. Les bruits lui avaient paru venir de la cour arrière. Elle s'est levée pour aller quêter un signe dans l'obscurité, n'importe lequel, qui lui redonnerait la tranquillité d'esprit. En vain.

Jacynthe a passé le plus clair de la nuit assise sur le coin du lit, le souffle court, luttant contre l'envie d'allumer ne serait-ce qu'une veilleuse, de peur de ramener Minville auprès d'elle. Depuis le matin, elle scrute le jardin derrière la maison, à la recherche d'un indice sur ce qui s'est passé hier. Mais le jour semble avoir effacé toute trace du drame, réel ou rêvé.

Bientôt quatorze heures. Jacynthe n'est toujours pas habillée. Elle entend Minville et Faustin qui achèvent leur repas dans la salle à manger en bas.

Par trois fois, Minville l'a appelée, mais elle a fait semblant de dormir. Malgré sa faim aiguisée par l'insomnie, elle n'ose pas descendre.

Elle a peur, mais elle ne saurait dire de qui ni de quoi.

* * *

Il pleut, une de ces pluies torrentielles digne des Tropiques. Chaque rafale de vent balance une gifle liquide contre le pare-brise. Lorenzo Appolon crispe ses deux mains sur son volant, fermement résolu à garder sa Mercury Cougar sur l'autoroute. Sous un pareil déluge, il ne serait guère exceptionnel qu'une voiture quitte la chaussée, véritable patinoire estivale. Il préférait éviter de se retrouver dans les statistiques des accidents routiers du week-end.

Il y a sûrement des façons plus agréables de passer un dimanche. Dire qu'il a dû annuler un rendez-vous avec Véro, son flirt du moment, pour répondre à l'appel de Josie !

— Lorenzo, merci Bon Dieu ! s'était-elle exclamée en lui ouvrant.

Il y avait si longtemps qu'il n'avait vu Josie Dauphin. Il a eu besoin d'une fraction de seconde pour substituer au visage qu'il avait gardé en mémoire celui qui s'illuminait en face de lui. Elle avait un peu engraissé, ses cheveux lissés grisonnaient çà et là, mais elle lui paraissait toujours aussi radieuse, malgré l'anxiété. Comment la regarder sans songer à Marjorie ? Josie et son ex étaient comme des sœurs, quasiment plus intimes que Ferdinand et lui...

— Je suis venu aussi vite que possible.

Ultrabref, l'échange de salutations. Josie l'avait fait entrer, mais il l'avait doublée dans le corridor en courant presque. Le détective n'avait pas besoin d'un guide. Certes, la décoration avait passablement changé depuis sa dernière visite, mais Lorenzo n'était pas venu pour discuter aménagement intérieur.

Au salon, il a trouvé Ferdinand affalé sur le divan, dans une chemise blanche en lambeaux, tachée de boue et de sang coagulé. Grelottant de la tête aux pieds, le visage couvert de plaies et d'ecchymoses, les yeux dans le vide, il ressemblait à un *junkie* en manque.

— *Adjae!* Mais dans quel foutu merdier es-tu allé te fourrer, tonnerre ?

— Lorenzo, écoute-le, je t'en prie, s'est immiscée Josie.

— Non, à lui de m'écouter, merde ! a crié le policier. Je t'avais pourtant prévenu de foutre la paix à Minville.

À ces mots, Ferdinand a éclaté d'un rire malsain qui s'est prolongé, s'est imposé et a carrément pris possession de la pièce.

Lorenzo a froncé les sourcils. La colère cédait la place à l'inquiétude. Il s'est accroupi devant son ami, a croisé les avant-bras sur les genoux de celui-ci. Ferdinand ne disait rien, n'esquissait pas un geste. Son regard inexpressif traversait le policier comme s'il était invisible.

— Quand j'étais petit garçon en Haïti, a-t-il débuté d'une voix traînante, Hector prenait un malin plaisir à m'effrayer avec des histoires de loups-garous et de zombis. Des contes de bonnes femmes : même enfant, je le savais. Mais ces histoires me terrifiaient...

— Ferdinand, qu'est-ce qui s'est passé la nuit dernière ?

Ferdinand a retrouvé un semblant de contenance. Plissant les paupières, il a plongé son regard dans celui de Lorenzo.

— Je me suis aventuré sur le territoire du Baron Samdi*...

Là-dessus, Lorenzo a toussoté, s'est tourné un instant vers Josie avant de reporter son regard sur Ferdinand. Celui-ci a enchaîné comme si de rien n'était, mais la suite de son récit semblait si invraisemblable que le policier n'a pu s'empêcher de s'interroger sur sa santé mentale.

— Allons donc, tu n'es pas sérieux...

— Je te le dis, Appolon : grand, sombre, il bougeait si vite qu'on pouvait à peine l'apercevoir. Mais mes yeux ont croisé les siens. Ils brillaient dans le noir. Des braises !

Non, il n'avait pas bu ni fumé de l'herbe avec les Jamaïquains. Ferdinand jurait avoir vu cette créature maléfique saigner six hommes. Il parlait en agitant les mains, attirant malgré lui l'attention sur son poignet momifié. Il revivait la scène en la contant, revoyait le sang l'éclabousser, sentait les griffes lui taillader la peau. À partir du duel entre T-Master et la chose, sa narration s'est embrouillée. Il n'aurait su dire comment il avait réussi à enjamber le muret de pierres et à courir jusqu'à la familiale des Jamaïquains.

Ferdinand s'est tu. Lorenzo a secoué la tête, réprimant ce frisson qui le chatouillait toujours entre les omoplates lorsqu'il interrogeait un fêlé. La mine de Ferdinand s'est modifiée. La peau de son menton s'est froissée, les coins de ses lèvres se sont inclinés et toute sa bouche s'est mise à trembler.

Une heure plus tard, Appolon n'est pas encore revenu de sa stupéfaction. Que penser de cette histoire abracadabrante ? Pour calmer Josie, mais aussi pour en avoir le cœur net, il a accepté de rendre visite à Barthélémy Minville. Mais tout au long du trajet, il se répète qu'il existe sûrement des façons plus agréables de passer ses dimanches...

L'averse redouble d'ardeur. Les essuie-glaces aplatissent d'un bord à l'autre du pare-brise d'énormes flaques d'eau. La route s'étire à perte de vue. Appolon ralentit à l'approche de la sortie. Bientôt, la Cougar s'engouffre dans la grotte formée par les arbres touffus qui enserrent le chemin de campagne. La voiture bringuebale dans les crevasses et les éclaboussures de boue barbouillent la carrosserie. Au sortir de ce tunnel de végétation luxuriante, Appolon constate que la pluie a cessé. Après avoir décliné son identité à l'interphone de la grille d'entrée, qui s'ouvre automatiquement, le policier engage son véhicule dans l'allée qui mène vers la maison. Il hoche la tête à la vue de la splendide demeure. Il se gare, notant avec un léger agacement qu'à côté de la rutilante Jaguar, sa Cougar, pourtant récente, fait piètre figure. Décidément, rien n'est trop beau pour les cadres de la fonction publique haïtienne à la retraite…

De l'orage ne subsiste plus que ce vent sec, étonnamment glacé pour la saison. Le détective se surprend à regretter de n'avoir parlé à personne de cette visite chez Barracuda. S'il fallait que le récit de Ferdinand se révèle exact… Le vieil adage s'appliquerait-il encore ? À savoir qu'on peut bien sortir un gars d'Haïti, mais jamais Haïti du gars. Conneries ! Le policier claque la portière. Son esprit rationnel ne peut admettre l'existence d'un *zobòp*…

Vraiment ? Alors pourquoi prend-il la peine de s'assurer de la présence de son revolver en se tâtant le flanc ?

Il gravit les marches du porche à pas circonspects. La porte s'ouvre avant qu'il ait cogné. Un grand sec l'invite à entrer d'une voix haut perchée. Appolon le reconnaît d'après les photos publiées dans les journaux, où il figure toujours à l'arrière-plan : Claude-Henri Faustin, bras droit de Barthélemy Minville. Une fois l'insigne du détective vérifié, Faustin l'invite à passer au boudoir.

Appolon s'extasie devant le faste de la maison. Hauts plafonds. Moquettes épaisses. Bibliothèque et discothèque abondamment garnies. Ameublement dernier cri importé d'Italie. Lampes halogène. Toiles et sculptures disposées avec goût. Tout ici dégage une arrogante prospérité et concourt à faire en sorte que le policier se sente miteux. Il n'y a pas à dire, l'argent peut tout acheter. À preuve : le permis de séjour au nom de Minville délivré en un temps record par les autorités fédérales…

— Détective Appolon, bienvenue !

Flanqué de Faustin, Barthélémy Minville fait son entrée. Appolon s'étonne de sa taille somme toute moyenne ; sans doute la légende avait-elle décuplé la stature du personnage dans son esprit. Vêtu d'une robe de chambre très chic, le gros homme dégage un magnétisme à donner le vertige. Même sa voix rauque, aux inflexions chaudes et sensuelles, possède un charme indéniable. Une voix de *Gede*, songe le limier.

Poignée de main ferme et cordiale, air affable, regard franc : Barracuda n'a rien du truand à la petite semaine. Sous la politesse affectée couve néanmoins le feu d'un antagonisme mal réprimé. Le teint pâle d'Appolon témoigne de son appartenance à la caste honnie par les duvaliéristes purs et durs.

— Que me vaut l'honneur, détective ?

— J'enquête sur des bruits entendus hier soir. En provenance de votre propriété, sinon de très près…

Faustin tressaille, mais son patron demeure imperturbable. Sa voix de baryton ne trahit pas la moindre émotion.

— Vraiment ? Quelle sorte de bruits ?

— Des coups de feu. Nombreux. Et des cris.

— Sans blague. Je vous avoue n'avoir rien entendu. Je dormais profondément. Le sommeil du juste, si je puis dire. Et vous, Faustin ?

Sous le regard de Barracuda, l'homme fait non de la tête. Minville frotte ses mains l'une contre l'autre en présentant au policier ses paumes blanches, geste usuel chez les Haïtiens pour signifier leur impuissance devant une situation problématique. Insatisfait, Appolon arpente la pièce, inspecte les étagères. Le flegme de Minville l'agace.

— Une bien belle maison que vous avez achetée là, maître Minville. Et vous habitez ici rien que tous les deux ?

À dessein, Appolon donne à cette interrogation une intonation assez énigmatique pour laisser planer un doute sur la

116

nature de leur relation. Le visage de Minville se durcit. Bien. Les vieux trucs sont souvent les plus efficaces. Il suffit parfois d'une légère insinuation mettant en cause leur virilité pour faire perdre leur sang-froid à certains Haïtiens.

— Non, il y a aussi mon fils Caliban et ma gouvernante.

— Votre fils ? Je ne savais pas que vous en aviez un. Et ils n'ont rien entendu eux non plus ?

— Ils m'en auraient parlé.

— Je peux en discuter avec eux ?

— Caliban est sorti. Mademoiselle Roussel dort encore.

— À cette heure-ci ?

— Aujourd'hui, c'est dimanche, détective. Elle travaille fort toute la semaine et a bien le droit de se reposer.

Appolon tourne en rond et il le sait. Il désespère de trouver une raison de prolonger sa présence ici. Sur l'étagère, il prend un bibelot, un coq en bois peint de couleurs vives, l'examine sous tous les angles.

— C'est vraiment très bien chez vous, maître. Très grand aussi, seulement pour vous, votre ami, votre fils et une gouvernante. Pas de domestiques ni de gardes du corps ?

Contraction des lèvres : Barracuda retrouve son fameux sourire, celui des fastes banquets au Palais national, celui des « entrevues » dans les cachots de Fort-Dimanche.

— Les domestiques ne travaillent que la semaine et ne dorment pas ici. Quant aux gardes du corps, disons que mes années au ministère de l'Intérieur m'ont habitué à veiller sur ma sécurité par mes propres moyens…

L'estomac d'Appolon se resserre. Il pose la statuette. Dans les grands yeux de Minville brille une lueur malsaine.

— C'est ce qu'on dit, en effet.

Silence. Faustin tape du pied, en regardant le parquet avec une expression indéfinissable. Et si vraiment ils avaient quelque chose à cacher ? Déterminé à ne pas lâcher prise si tôt, le limier relance sur son ton le plus désinvolte :

— Ça vous ennuierait si je jetais un coup d'œil dans votre cour arrière ? Par curiosité.

Minville dévisage Appolon en hochant la tête, avec l'air de soupeser une décision capitale.

— Depuis mon arrivée à Montréal, les Haïtiens d'ici n'ont pas cessé de m'importuner, dit-il sur un ton glacial. J'en ai marre, comprenez-vous? Je vous ai dit que nous n'avons rien entendu. À moins que vous ayez en votre possession un mandat de perquisition en bonne et due forme, je vous demanderais de quitter ma demeure. En tant qu'officier de la police métropolitaine, vous n'avez aucune juridiction ici. Alors je vous prierais de partir sur-le-champ. Sinon, soyez sûr que je porterai plainte contre vous auprès de vos supérieurs. Est-ce clair?

On ne peut plus clair. Escorté par Faustin, le policier reprend le chemin de la sortie. Il s'en veut d'avoir enfreint les règles de procédure. Si Minville porte plainte, comment Appolon pourra-t-il convaincre le capitaine Gobeil de la légitimité de son initiative?

L'averse a repris. Lorenzo Appolon se précipite vers sa voiture, honteux et frustré.

* * *

À l'étage, Jacynthe tremble malgré elle. Elle aimerait pouvoir attribuer sa chair de poule au courant d'air, mais elle n'a plus le culot de se raconter des histoires.

Il a menti au policier. Sans vergogne. À propos des coups de feu de la nuit dernière. À propos de Grand-Blanc. De sa chambre, Jacynthe a tout entendu. Elle ne saisit pas les motifs de Barthélémy Minville, mais il est clair qu'il se passe ici quelque chose d'étrange.

Elle s'assied dans le renfoncement de la fenêtre. Que faire? Appeler le flic en bas, lui hurler de la délivrer de ce sombre donjon, elle, princesse prisonnière du Roi Nègre?

Elle n'en fera rien, bien entendu, de peur que n'accoure Grand-Blanc, couché à l'autre bout du couloir.

En dépit du semblant d'intimité qu'elle partage avec Min-ville, elle ne sait rien de lui et de ses comparses. Et ce mystère qui entoure cette maison ne suscite plus d'excitation chez elle. Bientôt, la voiture du policier démarre, s'ébranle et disparaît au bout de l'allée.

Frissonnante, Jacynthe referme la fenêtre, mais demeure un long moment à scruter le paysage lessivé. Elle se mord la lèvre. Ce qui, cette nuit, n'était qu'une angoisse vague se précise, se métamorphose en panique oppressante.

Introspection

D'ArqueAngel a accepté de se prêter à l'entrevue pour ne pas saboter les efforts de promotion déployés par Nando Sánchez. Le Portoricain espère beaucoup de cet entretien avec Ginette Gingras du journal *Impact*, un hebdo culturel branché. Selon lui, l'article pourrait s'avérer aussi bénéfique pour le chiffre d'affaires du Sensation Bar que pour les ventes de «Zombi Blues», sorti depuis peu à Montréal. La Gingras compte parmi les commentatrices culturelles les plus «remarquables» du milieu. Et pour cause : aux dires de Sánchez, elle serait assez laide pour donner mal à la tête à une aspirine !

Au Sensation Bar, la journaliste les attend déjà. Attablée devant un Perrier citron, elle porte un ciré noir qu'on croirait taillé dans un sac de poubelle. Elaine s'imaginait que Sánchez exagérait au sujet de son aspect physique, mais Gingras pourrait effectivement passer pour la jumelle de Quasimodo.

Malgré son accent affecté, Ginette Gingras a une voix qui étonne agréablement D'ArqueAngel par sa musicalité. La journaliste partage avec ses collègues d'*Impact* cette manie de tout réduire à des formules percutantes, mais creuses. Ainsi, l'interviewé se réjouit d'apprendre que son œuvre «s'inscrit dans la mouvance d'un certain jazz progressif d'inspiration néo-bop modal, mâtiné de traditionalisme».

D'ArqueAngel et Elaine échangent des sourires ironiques. Le trompettiste n'a rien à branler des étiquettes. Il joue de la musique, un point c'est tout. Il consent toutefois à discuter de ses modèles : Miles, Brownie, Lee Morgan et même, dans une moindre mesure, Lester Bowie.

Sous le regard de Mike Picard, arrivé sur ces entrefaites, D'ArqueAngel insiste sur la nécessité, pour un musicien, de transcender ses influences, de s'exprimer dans un style personnel. La vivacité de ses répliques le déconcerte lui-même. Prendrait-il goût à l'entretien ? En tout cas, il parle avec verve de la formation classique que lui a fait suivre, dès son plus jeune âge, son père adoptif, fanatique de musique symphonique.

La journaliste ouvre une parenthèse pour souligner la qualité du français de D'ArqueAngel, étonnante pour quelqu'un qui vit depuis tant d'années aux États-Unis.

— Je suppose que le fait d'avoir grandi à Hull, sur les territoires occupés de la «bande de Gatineau», a nourri ma résistance à l'impérialisme anglo-saxon, plaisante-t-il pour flatter la fibre nationaliste de son interlocutrice.

Après de savantes divagations sur le rapport entre métissage culturel et jazz, Gingras le prend par surprise avec une question concernant la situation politique haïtienne et la présence à Montréal d'un bonze duvaliériste.

Encore. D'ArqueAngel ignore pourquoi il devrait se prononcer là-dessus. Certes, en tant que natif d'Haïti, il se tient au courant, il a une opinion, qui demeure cependant une opinion d'étranger. Il n'a après tout jamais vécu dans son île natale et ses parents adoptifs n'ont pas encouragé outre mesure son intérêt pour la culture créole. Il ne s'y est intéressé que sur le tard, pendant ses années à New Orleans.

Il bafouille, en proie au vertige. Du haut de son tabouret, il a l'impression que le plancher gondole, que les murs vacillent, prêts à s'effondrer. Sa vision s'embrume. Il glisse l'index et le pouce entre son arcade sourcilière et la monture de ses verres, se masse les paupières. *Delirium tremens ?* Non, le manque d'alcool ne pourrait avoir un pareil effet. Il porte son espresso à ses lèvres, geste mal assuré. Sa main est agitée par des spasmes.

Mike Picard arque un sourcil. Sánchez trépigne, redoutant une nouvelle crise. Elaine avance une main vers celle de D'ArqueAngel, crispée sur l'anse de sa tasse. Ce trouble fait écho à son malaise d'hier. Par bonheur, Ginette Gingras ne remarque rien, trop occupée à retranscrire ses réponses dans son calepin.

Avant même qu'elle ait posé une autre question, il se précipite à la toilette. Là, il ôte ses lunettes, fait couler le robinet, s'asperge le visage d'eau glacée. Du calme. Il surprend dans le miroir son visage grimaçant, hostile, bestial. Un visage d'ogre.

On frappe à la porte, des coups sourds qui l'agressent.

— *Gabe, are you all right ?* demande Elaine.

— Ça va.

Rien n'est moins sûr. Depuis une semaine, son cerveau croule sous le poids de visions surréalistes. Surgie de nulle part, cette surcharge d'images l'obnubile, à croire qu'on déverse dans sa tête le trop-plein d'un autre esprit.

Des visages défigurés par l'effroi.

Des peaux déchiquetées à coups de griffes.

Des chairs à vif, des éclaboussures rouges.

Le plus inquiétant, c'est que la fréquence et l'intensité de ces conflagrations augmentent.

Pendant un instant, il a l'impression que son reflet dans le miroir s'effrite. Sa peau s'égrène, tombe en poussière, révélant un visage crayeux arborant une expression hostile. Il frémit en confrontant le regard de son double inversé, un regard cruel illuminé d'une lueur écarlate. Encore un peu et il s'attendrait à ce que son reflet tende ses doigts griffus à travers la glace pour lui saisir le cou et l'égorger.

D'ArqueAngel secoue la tête, presque étonné de retrouver dans le miroir son reflet normal.

Resserrer les paupières. Inspirer profondément. Fredonner un air, siffler très fort. Attendre que le rideau de brume se soit effiloché avant de rouvrir les yeux. Ça y est. Il arrache quelques serviettes en papier à la distributrice, s'éponge le front, geste qui évoque Armstrong.

Une lueur d'amusement atténue la dureté de ses traits. Peut-être devrait-il s'esclaffer à la manière du vieux Satchmo[1], qui, d'un éclat de rire, balayait sous le tapis les tracasseries du quotidien.

* * *

Fauve en cage, Claude-Henri Faustin arpente la chambre de long en large.

Sur le lit adossé au mur du fond, Caliban Minville repose dans la posture d'un gisant, les doigts enchevêtrés sur son ventre nu, comme si tout son corps implorait une délivrance qui tardait à venir. Avec son teint farineux, il ressemble à une statue de roi africain sculptée dans l'albâtre.

Assis à son chevet, Barracuda lui lisse le front avec une douceur déconcertante pour une main davantage rompue à la discipline des coups. Difficile de ne pas lui trouver des airs de sorcier officiant un rituel secret destiné à arracher ce cadavre aux griffes de la mort. « À quoi peut-il bien penser ? » s'interroge Faustin. Il a l'air si soucieux. Redoute-t-il que Grand-Blanc ne recouvre pas ses forces ?

Minville promène ses doigts dans la toison cendrée, palpe le torse pâle du convalescent, à peine soulevé par sa respiration régulière. Ses gestes témoignent d'un attendrissement trop spontané pour ne pas être sincère. Au policier, tout à l'heure, Minville a parlé de Grand-Blanc comme de son fils, ce qui n'est ni tout à fait exact ni tout à fait faux, estime

---

1. Abréviation de Satchelmouth (bouche en forme de besace); le plus célèbre des surnoms donnés à Louis Armstrong (1901-1970).

124

Faustin. À regarder le gros homme cajoler son protégé, on pourrait s'émouvoir, à condition de tout ignorer du rapport scandaleux qui les unit depuis l'enfance de l'albinos.

— Cessez de tourner en rond comme ça et posez votre cul quelque part, grogne Minville, sans lever les yeux. Vous m'énervez à la fin, oh!

Faustin obéit sans rouspéter. De sa chaise, il observe le tendre mouvement de la main de Minville sur le visage de Grand-Blanc. Malgré lui, Faustin revoit des scènes semblables où ces mêmes doigts, courts et massifs, se sont enfoncés dans l'orbite d'un œil tuméfié...

Un frisson parcourt le corps de Caliban.

— Il sera bientôt sur pied, annonce Minville, rêveur.

Faustin ne mettra pas ce pronostic en doute. Après toutes ces années, il ne lui viendrait pas à l'esprit de s'étonner des capacités exceptionnelles de régénération de Grand-Blanc. Le *Mèt*, lui, semble encore s'en émerveiller. Pendant un interminable moment, il contemple le corps blême avec une lueur d'adoration.

À vrai dire, cet éclat au fond des prunelles de Minville a été attisé par les murmures de Caliban, à demi conscient. Dans ce délire fiévreux, il est question de musique, un torrent de notes discordantes, issues de nulle part, et d'une présence étrangère dans sa tête, une visitation. À croire qu'un *lwa* l'avait «chevauché[1]». Depuis une semaine, Caliban n'a pas cessé d'évoquer cet esprit inconnu dont il partageait les pensées par à-coups et ces musiques obsédantes qui le rendaient plus tendu que d'habitude. Pour l'instant, Minville ignore comment interpréter les impressions de son «fils», mais il anticipe avec délectation un revirement de situation aussi inattendu que réjouissant.

— Vous êtes bien silencieux, Faustin...

— Je peux parler franchement?

---

1. Lors de cérémonies vodou, quand un esprit surnaturel prend possession du corps d'un officiant, on dit qu'il le «chevauche».

La voix haut perchée de Faustin trahit sa contrariété. Il passe une main dans ses cheveux crépus. Une sensation de fraîcheur humide entre ses doigts : la sueur qui imbibe son cuir chevelu lui donne des démangeaisons.

— Bien sûr. Ne vous y ai-je pas toujours encouragé ?

Faustin ne relève pas ce sarcasme. Toutes ces années au service de Barracuda l'ont rendu imperméable.

— Je n'aime pas ça, non. Cette tentative d'attentat, la visite de la police... Ça sent mauvais ! Et puis, la présence de cette Canadienne ne facilite rien !

Minville se détourne du convalescent. Il regarde son secrétaire en silence, avec une esquisse de sourire. Le gros Nègre retrouve avec un plaisir chaque fois décuplé cette expression sur le visage de Faustin, cet air de gibier traqué. Il se délecte de cette panique comme du bouquet d'un tafia longuement mûri.

— La police ne peut rien contre nous et si ce petit mulâtre croit pouvoir m'intimider, il se met le doigt dans l'œil jusqu'au coude. En ce qui concerne mademoiselle Roussel, je ne vois pas de quoi vous vous inquiétez.

— Il avait l'air au courant pour les coups de feu.

— J'ai idée que notre fuyard d'hier y est pour quelque chose.

— Alors Appolon sait tout.

— Il ne sait rien ou si peu. Il n'avait pas de mandat, c'est dire que sa visite n'était pas officielle. Au mieux, il a dû faire dans son froc en entendant le récit hystérique de son informateur. Récit qu'il n'a pas osé communiquer à ses supérieurs, de peur de passer pour un primitif...

— Que comptez-vous faire ?

Minville expire par le nez.

— Au sujet d'Appolon ? Rien du tout, mon cher, il ne m'intéresse pas le moindrement.

Il se tourne vers la table de nuit, tend la main vers un portefeuille en cuir. Il en sort un bout de carton fripé, une carte de visite modeste, ornée de cocotiers : « Restaurant-bar Manje Lakay, cuisine haïtienne ». Minville fait tourner la carte entre son index et son majeur, geste d'illusionniste qui prépare un tour de prestidigitation.

— Vous savez quoi, Faustin ? Ce n'est pas pour déprécier les plats que nous mitonne le traiteur, mais j'ai une soudaine envie d'un bon mets bien de chez nous... Pas vous ?

Eye of the Hurricane

— Ferdinand ? Ferdinand, tu dors ?

Il entrouvre les yeux. Il a peine à reconnaître son propre salon. Pourtant, rien n'a bougé. Ni les meubles, ni la télé, ni les cadres, ni les bibelots. Tout est à sa place, dans l'ordre impeccable où Josie maintient leur logis depuis bientôt seize ans. Entre ces murs, il croyait avoir aménagé pour sa famille et lui un havre de quiétude, à mille lieues des horreurs du passé. Au sortir de son assoupissement, il a maintenant l'impression de s'éveiller dans un décor en carton-pâte. Du toc, que du toc !

Le monde n'est pas cet endroit paisible et sûr qu'il s'était imaginé. Son excursion catastrophique de la veille en témoigne avec éloquence.

Que ne donnerait-il pas pour retrouver ce bonheur chimérique ?

Il secoue la tête, cligne des yeux, ébloui par la lumière qui filtre à travers les rideaux.

— Lorenzo au téléphone.

Ferdinand écarte avec brusquerie sa femme de son chemin. Il n'a rien à faire de son regard attendri, de sa pitié. Elle croit sans doute qu'il a perdu la boule. Il se précipite à la cuisine, saisit le combiné avec une telle hâte qu'il manque d'arracher le téléphone mural. Des éclats de rire retentissent, en provenance du sous-sol : les garçons et leurs copains. Ferdinand plaque sa main sur l'appareil et les fait taire avec quelques mots crus. Dans le silence de sa cuisine, il écoute, statufié. La voix à l'autre bout du fil est rauque, hésitante. Le front de Ferdinand se plisse, ses paupières serrées ne laissent apparaître qu'une mince fente où se réfléchit la lumière. Josie le regarde, tendue. Elle songe à ce jeune homme ambitieux et drôle qu'elle a connu à Jérémie. Ses pensées glissent vers ces rêves qu'ils faisaient à deux, ces fils qu'elle lui a donnés, ces années de vaches maigres à suer dans les *factories* de l'est de la ville et leur amour, indéfectible. Cet homme aigri et distant, s'agit-il bien du même Ferdinand Dauphin ?

— Foutre tonnerre ! hurle-t-il avant de raccrocher.

Il aurait dû prévoir qu'Appolon ne trouverait rien. Depuis le temps, Minville était passé maître dans l'art de faire disparaître la trace de ses crimes. À l'heure qu'il est, les cadavres des Jamaïquains ont dû prendre le chemin d'une cache dont ils ne ressurgiraient pas de sitôt. Ferdinand donne un coup de poing sur le comptoir, ravivant la douleur de son poignet moulé dans le plâtre.

Josie Dauphin ne dit rien. L'attitude de son mari la terrifie. Il se mord les lèvres, ses narines amples se gonflent, sa respiration semble pénible. Tout son corps est parcouru par des tremblements.

Des images assiègent l'esprit de Ferdinand. Hector, abandonné dans un cul-de-sac de Port-au-Prince. T-Master et ses hommes, massacrés par une abomination issue du folklore haïtien.

Simbi-je-rouj.

Sous les morsures, ses lèvres sont devenues pourpres. Ses membres endoloris élancent. Il a chaud. Des gouttes de sueur coulent sur ses joues tailladées, le long de son nez, en filets parallèles, comme des larmes. Les effluves du bœuf en aubergine qui s'échappent de la cocotte sur le feu — son mets préféré, que Josie a sans doute préparé dans l'intention de l'amadouer — n'arrivent pas à le distraire de son angoisse. Si seulement il pouvait se rappeler les formules magiques qu'on lui avait apprises, enfant, ces incantations destinées à conjurer les mauvais sorts, à chasser les esprits funestes.

Cette femme lui parle, lui touche une épaule, mais il ne l'entend pas, ne sait plus qui elle est.

Soudain, il porte ses mains aux poches de son pantalon. Vides ! Il retourne au salon, au cas où... Peine perdue.

— Qu'est-ce qu'il y a ? Qu'est-ce que tu cherches ?

— Mon portefeuille. Tu n'as pas vu mon portefeuille ?

Ferdinand Dauphin récapitule les étapes de sa soirée d'hier, tente de se persuader qu'il a dû l'oublier au restaurant, dans sa voiture, dans la camionnette des Jamaïquains...

* * *

Les haut-parleurs du Sensation Bar distillent en sourdine *Insensatez* par Maria Toledo, demande spéciale d'Elaine McCoy, un de ces airs de bossa-nova dont elle disait qu'ils vous saignent le cœur. Seuls quelques couples d'irréductibles traînent encore sur la piste de danse, parmi lesquels Picard, Archambault et leurs conquêtes de la soirée. De son côté du zinc, Vanessa Sánchez, la fille de Nando, annonce pour la quatrième fois le dernier service ; à peine une heure, mais le club ferme ses portes tôt le dimanche. Personne ne prête attention à la serveuse. Sourde au baratin que lui susurre Marvin Drummond de sa meilleure voix de *crooner*, Elaine pige dans le bol d'arachides devant elle, puis pivote sur son tabouret, cherchant D'ArqueAngel.

Le voilà, attablé devant un pichet de bière en fût, à rigoler avec Nando et quelques musiciens latinos, membres de l'orchestre du percussionniste, lesquels se sont joints au quintette à la fin du dernier *set*. Le Portoricain ressasse les anec-

131

dotes grivoises qui constituent l'essentiel de sa conversation. Elaine avale une gorgée de son Virgin Mary et sourit, satisfaite du spectacle de ce soir. À n'en pas douter, la prestation de Gabriel a amplement compensé pour celle d'hier. À vrai dire, le quintette a livré une performance extra. Elaine s'en réjouit, d'autant plus que la prise de bec qui avait précédé l'entrée en scène du groupe augurait mal. Dans la loge, Picard et D'ArqueAngel en étaient presque venus aux coups. L'altiste en avait plein le cul du rôle de faire-valoir auquel le leader le confinait. À ces accusations pas tout à fait inexactes, le trompettiste avait rétorqué, avec une de ces phrases assassines dont il avait le secret, une de ces répliques qui donnent à ses interlocuteurs l'impression de mesurer à peine un mètre. Conciliatrice née, Elaine avait dû faire des pieds et des mains pour calmer les antagonistes échauffés.

Elaine s'explique mal cette hostilité entre les deux soufflants. Peu doué pour la diplomatie, D'ArqueAngel a toujours eu tendance à se montrer détestable, voire carrément répugnant lorsque le jeu d'un *cat*[1] ne l'enthousiasme pas. Cependant, aux yeux d'Elaine, rien ne justifie le dédain du trompettiste pour le Saguenéen. La pianiste éprouve un vague ressentiment à l'idée que Gabe mette implicitement en doute son bon jugement. Après tout, c'est elle qui a recruté Picard…

En dépit des frictions entre le leader et le Bleuet, le quintette a atteint ce degré de cohésion nécessaire pour exprimer davantage que de la virtuosité dénuée d'émotion. Au fil des *sets*, les cinq musiciens ont développé une télépathie stupéfiante pour des gens qui se côtoient depuis si peu de temps. Entre Drummond et Gabe se sont tissés ce type de liens de tout temps essentiels entre trompettiste et batteur, de Louis Armstrong et Baby Dodds à Brownie et Max Roach.

Sur la chaîne stéréo, Lalo Rodríguez enchaîne avec *Devó-*

---

1. Dans le jargon des jazzmen, musicien.

rame Otra Vez. Des sous-entendus plein la voix, Drummond presse Elaine d'achever sa consommation, désireux de gagner en sa compagnie un endroit plus intime. Décidément, il ne lâche pas prise aisément, le Casanova !

Taquine, elle dépose du bout des lèvres un bécot tout à fait gentil sur le nez du batteur et s'en va rejoindre D'ArqueAngel.

— *What would you say if we called it a night ?* lui demande-t-elle, en se dérobant à la main que tendait vers elle Pablo, un guitariste portoricain.

Elle a prononcé cette phrase sans la moindre inflexion réprobatrice. Gabriel lève la tête vers elle, mouvement ralenti par l'ivresse. Elaine a raison : il a encore trop bu, il le sait. Il vide son verre de Belle Gueule et se lève. Émoustillé, Pablo veut forcer la pianiste à s'asseoir sur lui.

— *Aye, muchacha,* pourquoi perdre du temps avec ce *chiquillo* quand tu pourrais finir la soirée avec *uno real macho* ?

— Encore faudrait-il que j'en trouve un, Pablum, répond-elle en saisissant cette main audacieuse qui remontait le long de sa hanche.

Elle lui cogne durement le poignet sur le coin de la table, au grand amusement de ses *compadres*. Atteint dans son orgueil, Pablo bondit sur ses pieds, renversant sa chaise du même coup. À son tour, il saisit le poignet d'Elaine et le serre à le faire craquer. Surprise par la douleur, la pianiste fléchit les genoux.

— *¡ Puta !* Je t'apprendrai les bonnes manières...

— Hé ! du calme, Pablo, intervient Nando.

— Tu te mêles de tes affaires, Sánchez ! Cette pouffiasse mérite une leçon, fait-il en resserrant sa prise.

Cette fois, Elaine ne peut réprimer un cri. D'ArqueAngel prend le pichet de bière à moitié vide et en asperge le visage de Pablo. Décontenancé, le type relâche Elaine. Secouant la tête, rageur, il porte une main à la poche arrière de son jean et sort un couteau à cran d'arrêt.

Sidérés, les autres se lèvent et s'écartent.

— ¡ *Pendejo !* Je vais ajouter une boutonnière à ta chemise !

La lame jaillit à la hauteur du ventre de D'ArqueAngel.

— ¡ *Caramba !* Pablo, cesse de faire l'imbécile ! ordonne Nando.

En vain. Déjà, Pablo darde son arme en direction du trompettiste. D'ArqueAngel tente d'esquiver le coup, mais ses gestes ont la lenteur de ceux d'un camé. La lame déchire la chemise au flanc. Une fleur écarlate éclôt sur la soie dorée. D'ArqueAngel empoigne l'avant-bras de son assaillant, l'attire vers lui et lui décoche un crochet de droite sur le côté de la tête. Groggy, Pablo tombe sur la table, qui cède dans un fracas de verre et de bois. Étendu sur le dos, le Portoricain bat des pieds et des bras, à la manière d'une tortue qui cherche à se remettre sur ses pattes. D'ArqueAngel le ramasse par le col de chemise, lui boxe le visage. Il frappe et frappe encore, indifférent au craquement de ses jointures sur le nez ensanglanté. Son propre sang bat si fort à ses tempes qu'il n'entend plus que ce bourdonnement assourdissant, ce bourdonnement et les dissonances de la veille, magma informe, sabres qui s'entrechoquent, grognements bestiaux.

Ce n'est que lorsque Sánchez, Drummond et Picard réussissent à lui faire lâcher la gorge empourprée de Pablo que l'environnement sonore du Sensation Bar recouvre peu à peu sa densité. Il contemple Pablo à ses pieds, le visage en bouillie, puis regarde son poing, ses jointures fendues et sa blessure au flanc.

L'air sombre, Nando fait signe à deux de ses musiciens d'aider Pablo à se relever. Porte-poussière, torchon et poubelle en main, Vanessa ramasse les débris. Éberluée, Elaine considère D'ArqueAngel en massant son poignet.

* * *

Jacynthe ne pouvait passer toute la journée dans sa chambre ; il avait bien fallu qu'elle descende pour le repas du soir.

Comme à l'accoutumée, le traiteur avait livré un festin de roi, des poulets de Cornouailles aux cèpes, arrosés de quelques bouteilles de Château Margaux rouge et capiteux. Pareil à du sang, a-t-elle pensé.

Elle n'a pris que quelques bouchées de salade de chicorée. Faustin a fait remarquer à Minville le désintérêt de Jacynthe pour la nourriture devant elle. Leur manie de parler d'elle à la troisième personne commençait à l'agacer.

— J'ai un appétit d'oiseau, ces jours-ci...

— Curieux : un appétit d'oiseau, mais vous ne mangez pas votre volaille, a ricané Minville, fier de son jeu de mots. Personnellement, a-t-il ajouté en ramenant vers lui l'assiette de Jacynthe, j'ai une faim de loup.

Ils étaient trois à table : Faustin, Minville et elle. Jacynthe n'avait pas aperçu le bout du nez de Grand-Blanc depuis la veille. L'albinos demeurait dans sa chambre, à psalmodier une sorte de litanie inintelligible qui faisait office de trame sonore au repas. Ces murmures monotones conféraient à l'atmosphère du souper un caractère cérémonieux, à peine troublé par les occasionnelles blagues grivoises de Barracuda. En un sens, le repas évoquait la Cène.

Guère loquace, Jacynthe s'est bornée à observer Barracuda avec une fascination morbide. Ses gestes ne manquaient pas de grâce ; au contraire, le moindre mouvement du gros Nègre témoignait d'une élégance surprenante pour quelqu'un de son gabarit. Jacynthe était captivée par le sérieux, l'application qu'il mettait dans la consommation de ses aliments, l'infinie concentration avec laquelle il mordait dans la viande et la mastiquait.

Jacynthe venait juste de le remarquer : il affichait alors la même expression que lorsqu'ils mimaient les gestes de l'amour et, probablement, la même que lorsqu'il procédait à un interrogatoire ou ordonnait une exécution.

De toute façon, il s'agissait toujours de consommer de la chair, non ?

À cette pensée, elle a fermé les yeux, se demandant comment elle ferait, plus tard, pour ne pas vomir quand ces mains, qui déchiquetaient le petit poulet, viendraient la tripoter en ses endroits les plus intimes.

Mais qu'était-elle donc venue faire dans cette galère, perdue en mer au beau milieu du territoire de chasse d'un barracuda ?

Après le départ du traiteur et de ses aides, Faustin, Minville et elle se sont retrouvés au boudoir, pour déguster un cigare dominicain et un pousse-café au son d'un opéra wagnérien. La musique adoucit les mœurs, paraît-il, et calme la bête qui nous habite, a ironisé Minville, avant d'entreprendre une dissertation fort savante sur les différences fondamentales entre l'œuvre de Beethoven et celle de Wagner.

En fin de soirée, Faustin comprend, à un signe discret, que l'heure est venue de se retirer dans ses quartiers. À peine a-t-il refermé la porte que déjà Minville, avachi dans son fauteuil, les jambes écartées, ouvre sa braguette, une lueur sans équivoque dans le regard.

Avec une docilité qui à la fois l'étonne et la dégoûte, la jeune femme s'agenouille sur la moquette à la hauteur du sexe rondouillard et très noir, braqué vers elle tel un canon de revolver. Elle ferme les yeux et engouffre entre ses lèvres le pénis gorgé de sang.

Tandis que son phallus bute contre la luette de Jacynthe, Minville tire une profonde bouffée de son Cibao, vide d'un trait son ballon de Vieux Calvados, puis dépose verre et cigare sur la table du salon. D'une main, il se met à triturer le bout d'un sein de sa maîtresse, tandis que de l'autre, il tient sa nuque, l'oblige à le prendre plus profondément. Elle étouffe un gémissement de douleur. Il lui fait mal, il le sait. Elle accélère le va-et-vient pour concurrencer le rythme des halètements de Minville.

Il se crispe, au bord de l'explosion, puis relâche peu à peu sa prise. Ses mains retombent, molles, de chaque côté du fauteuil. À la grande surprise de Jacynthe, le pénis rétrécit, sort de sa bouche.

Ivre mort. Apparemment, il avait eu les yeux plus grands que sa panse imposante...

Pendant un moment, Jacynthe demeure affalée contre sa cuisse, désorientée.

Elle se redresse, relève la mèche de cheveux qui lui barre le front et essuie sa langue sur le revers de sa main. Debout, elle le regarde — la bite pendouillant hors de sa braguette ouverte — avec dégoût. Comment a-t-elle pu trouver du charme à ce goujat? Comment a-t-elle pu coucher avec lui?

La maison est silencieuse, obscure. On y entend presque respirer le diable. À pas de souris, Jacynthe se glisse hors du boudoir, vers le téléphone au pied de l'escalier. C'est idiot, son cœur doit bien pomper du cent battements à la minute. Elle décroche, forme le numéro qu'elle s'est juré d'oublier. Un coup de sonnerie, deux. Réponds, s'il te plaît. L'horloge indique une heure; impossible qu'il dorme déjà, lui qui ne travaille jamais au garage le lundi matin. Trois coups, quatre. Enfin, elle entend décrocher. Quelle n'est pas sa surprise de reconnaître sa propre voix lui confirmer qu'elle a bel et bien rejoint le domicile de Christian Jomphe et de Jacynthe Roussel, qui sont présentement dans l'impossibilité de...

Jamais un message sur un répondeur ne lui a paru aussi long et insignifiant. Impatiente, elle attend la fin de la série de bips. De toute évidence, son ex est sorti ou alors il fait la sourde oreille.

— Allô, Christian! Si tu es là, réponds-moi tout de suite. Je t'en supplie, c'est...

Au cliquètement de l'interrupteur, la lumière crue du lustre l'aveugle. Elle échappe le combiné et pare ses yeux d'une main. Dans son éblouissement, l'albinos à demi nu a des airs d'apparition surnaturelle.

Muerte

Au milieu du brouhaha de la salle des détectives, Lorenzo Appolon frappe sur son bureau. Ébranlée par le choc, sa bouteille de jus de fruits se renverse sur son exemplaire du *Haïti-Observateur*. Le liquide rouge se répand sur les manchettes. Une mare de sang. Un juron se faufile entre ses dents serrées. À la une figure la nouvelle de l'assassinat sordide d'un travailleur social de Port-au-Prince, de sa femme et de ses enfants, massacrés à coups de machette. Rentré au pays au lendemain du *dechoukaj*, après vingt ans passés à Miami, le type s'était fait connaître pour son œuvre exemplaire dans les bidonvilles de la capitale... et son opposition farouche au «makoutisme» rampant. Pour l'instant, aucun indice sérieux n'avait été découvert sur les lieux du crime, mais tout portait à croire que le meurtre avait été commandité par d'ex-duvaliéristes...

Tout cela ne finira-t-il donc jamais? Une malédiction pèserait-elle sur la pauvre Haïti? Dans la tête du policier, Barthélémy Minville esquisse son sourire plein de morgue.

Appolon chiffonne le journal trempé et le lance vers la corbeille non loin de son pupitre. Le ballon improvisé heurte le rebord du panier, mais tombe à côté.

— Manqué, à cette distance? Et moi qui croyais que vous aviez le basket-ball dans le sang...

Inutile de se retourner pour deviner qu'il s'agit de Boivin. Sans un regard pour son partenaire, il se lève, ramasse la boule de papier et la fourre dans le panier.

— Point de match, grommelle-t-il.

La main de Boivin se referme sur l'épaule de l'Haïtien.

— Va falloir remettre tes pratiques sportives à plus tard. On a besoin de nous... Je t'expliquerai en route.

Embêté par les sempiternels bouchons de l'autoroute Décarie, Paul-Émile Boivin tambourine sur son volant. Les explications promises fusent, expéditives et sommaires. Le capitaine Gobeil les envoie dans un dépotoir du nord de la ville, où l'on a découvert une demi-douzaine de cadavres sévèrement mutilés. Des Noirs.

— Sans doute un règlement de comptes entre gangs rivaux, dit Boivin. On en saura plus rendus sur les lieux...

Les lieux en question évoquent un décor d'holocauste nucléaire. Des carcasses de voitures et de camions accidentés s'entassent sur le vaste terrain vague, tels des squelettes dans un cimetière d'éléphants. Une suffocante odeur de rouille imprègne l'air très sec. De temps à autre, quelques bouts de ferraille dévalent en tintant le long de ces montagnes métalliques. Appolon redoute un instant qu'une avalanche n'ensevelisse l'auto.

Dès que les deux détectives descendent de leur véhicule, un homme bedonnant et pataud, en short et camisole, sort de la baraque qui lui sert de bureau, marteau en main, escorté par son chien, un vieux bâtard infiniment laid et bruyant.

Arrivé à deux pas des inspecteurs, l'homme sourcille en voyant Appolon. Comme encore beaucoup de Montréalais, il n'a pas l'habitude d'avoir affaire à un policier noir, même un Noir au teint aussi pâle et aux attributs négroïdes aussi discrets. L'homme serre la main de Boivin, ignore son collègue. L'Haïtien ne prend pas la peine de s'en offusquer.

— Gontran Berthier, dit-il, criant presque, comme s'il s'adressait à des malentendants. C'est moi le propriétaire...

140

— Détective Paul-Émile Boivin, répond le flic. Voici mon adjoint, Lorenzo Appolon.

Appolon scrute l'homme des pieds à la tête, incapable de l'imaginer autrement qu'en ferrailleur. Comme quoi les préjugés ne circulent pas en sens unique !

Le chien sautille autour des trois hommes en aboyant.

— Ferme-la, si tu veux pas un coup de marteau, Redge, hurle Berthier en balançant une claque derrière la tête de l'animal. Tu me feras pas honte devant la visite…

Du coup, l'animal interrompt ses jappements et se couche aux pieds de son maître. À force de se côtoyer, la bête et l'homme ont fini par se ressembler. Redge a hérité de Berthier cette allure voûtée, la tête enfoncée entre les épaules pointant vers l'avant. Le ferrailleur, lui, tient de son chien cette façon de parler haut, par saccades, d'une voix tonitruante semblable à un aboiement.

En escortant les flics vers le site de la macabre découverte, Gontran Berthier récapitule les événements de la matinée. Lors de leur ronde habituelle, Redge a trouvé les six cadavres, étendus au milieu de la ferraille. Toute cette viande ensanglantée a tant excité le chien qu'il s'est permis d'y prendre quelques bouchées. Il a fallu lui envoyer deux ou trois coups de pied au cul bien sentis pour qu'il laisse les corps en paix…

— Remarquez, j'ai rien contre les étrangers, affirme Berthier, en guise de conclusion. Mais tant qu'à venir *icitte* s'entretuer, il me semble qu'ils pourraient rester chez eux.

Paul-Émile Boivin renchérit avec une de ses blagues.

— Tiens, vous savez ce qu'on fait avec les Nègres morts ? demande-t-il, insensible au charnier à ses pieds. On les vide pour en faire des habits de plongée. Et ce qu'on fait avec les habits de plongée usés ?

— On les remplit de merde pour en faire des Nègres, répond Appolon. Tu te fais vieux, P.-E. Tu radotes.

Boivin s'agenouille près de l'un des corps, en écarte l'essaim de mouches qui le survole, puis le retourne sur le dos, révélant les profondes estafilades qui sillonnent sa poitrine, du ventre à la gorge. Le macchabée a gardé les yeux grands ouverts, comme si, même dans la mort, il refusait de croire à ce qui lui était arrivé.

Dans un état second, Appolon scrute le cadavre. L'angle de pénétration probable de l'instrument tranchant laisse supposer que la victime a été attaquée de face. Des coupures nettes, du vrai travail de pro. Boivin prévoit que le rapport du médecin légiste attribuera le décès à ces incisions d'une profondeur d'environ cinq centimètres à la base du cou, effectuées à l'aide d'une arme à lames multiples, apparentée à une patte d'ours ; les coupures avaient sectionné les principales artères, causant l'hémorragie massive qui avait entraîné la mort.

En termes plus crus, on l'a saigné à blanc.

Avant l'arrivée des renforts et des ambulances, les deux policiers constatent des blessures analogues sur les cinq autres cadavres.

Ce n'est qu'au moment où les ambulanciers s'apprêtent à embarquer l'avant-dernier qu'Appolon secoue sa torpeur, horrifié. Il porte une main à sa bouche en reconnaissant le visage scarifié de T-Master.

* * *

À l'arrivée du petit groupe dans le Manje Lakay, Marie-Marthe est en train d'essuyer le dessus des tables à grands coups de bras, en sifflotant un air populaire. Elle lève la tête vers eux. Ils sont quatre : trois hommes, dont deux Noirs probablement haïtiens, et une Québécoise.

— Désolée, si c'est pour manger, vous arrivez un peu tard. La cuisine vient de fermer…

— Je suis sûr qu'il vous reste encore quelque chose de chaud sur le feu, réplique le gros Nègre au crâne dégarni, selon toute apparence le leader du petit groupe.

Sans même attendre sa réponse, il prend place à une table tout près de la fenêtre. Ses compagnons l'imitent, y compris la Blanche, qui semble embarrassée. D'ailleurs, l'autre Haïtien, le maigrichon à la tête grisonnante, a également l'air mal à l'aise.

Marie-Marthe se demande si, en insistant subtilement, elle ne pourrait pas les persuader d'aller ailleurs. Elle porte un poing à une hanche et soutient le regard du gros chauve, mais il ne semble pas du genre à se laisser intimider.

— Allons, allons, activité, activité, fait-il en tapant dans ses mains. Apportez-moi la carte ou allez demander au chef ce qu'il vous reste. Je n'ai pas toute la nuit, non.

L'homme s'exprime dans ce français ronflant, typique d'une certaine bourgeoisie port-au-princienne. En cela, il rappelle à Marie-Marthe un avocat dont elle a jadis été amoureuse. La ressemblance s'arrête là, cependant. La voix de l'homme, grave et autoritaire, coupe toute envie de discuter. De toute évidence, elle se trouve en présence d'un *granbanda* qui a l'habitude de se faire obéir sans palabres. Avec une moue résignée, elle tend des cartes à ces importuns.

De près, elle remarque avec étonnement que le troisième homme, celui qu'elle avait pris pour un Blanc, un slave, est un Nègre lui aussi. Un *grimo*, comme on dit en Haïti, ou plutôt un albinos. Aussi long qu'un jour de famine, avec son visage de marbre, couronné par une chevelure blond cendré coupée en brosse et masqué par des lunettes noires, et ses mains gantées aux doigts exagérément longs et effilés, on jurerait un zombi.

— Je vais demander au cuisinier ce qu'il peut vous offrir, articule-t-elle d'une voix presque assurée. Autant vous prévenir tout de suite, il n'y a pas de *lambi*, on n'a pas reçu la commande…

— Bien. En revenant, apportez-nous l'apéro. Campari soda pour moi. Et pour ces messieurs dame ?

— Je n'ai pas très soif, bredouille le freluquet, dont la voix de castrat contraste avec celle de son compagnon.

143

— Moi non plus, renchérit la Québécoise.

— Foutre, ne me faites pas regretter de vous offrir à dîner dans ce chic établissement, non ! les prévient-il en brandissant un index menaçant.

Puis il se retourne vers Marie-Marthe :

— Trois Campari soda pour mademoiselle, mon ami et moi, plus un jus de corossol pour mon fils.

Personne ne conteste. Marie-Marthe hausse les épaules et va à la cuisine, en espérant que Gary sera assez conciliant pour préparer quatre assiettes. En poussant les volets de la porte battante, elle s'interroge sur l'identité du gros Nègre. Où a-t-elle bien pu l'apercevoir ?

Barthélémy Minville suit la serveuse des yeux, en portant une attention particulière à son cul. La vue de cette croupe rebondie, enserrée dans une jupe aux couleurs éclatantes, le remplit d'une gaieté teintée de nostalgie et le ramène à sa prime jeunesse où les femmes de chez lui, belles, joufflues et rieuses, lui promettaient mille extases en échange de quelques billets américains...

Il pousse un soupir puis braque son attention sur Jacynthe. Il la détaille de la tête à la ceinture : yeux bruns, regard impertinent, nez en trompette, lèvres pulpeuses, incisives légèrement écartées, cheveux blonds courts, poitrine d'une générosité frisant l'insolence, mais fesses plates et larges. Dès leur première rencontre, il l'a désirée comme une terre sèche réclame la pluie. Cette idée lui soutire un rire méprisant. Elle est sa maîtresse depuis quelque temps déjà et il anticipe avec détachement la fin de cette histoire.

— Que se passe-t-il, ma chérie ? demande-t-il en insistant exagérément sur le « ma chérie ». Vous avez la mine funeste d'un cabri qu'on conduit à l'abattoir.

Barracuda adore télégraphier ses intentions, question d'attiser le stress de ses victimes. Au beau temps de Fort-Dimanche, il aimait par-dessus tout révéler avec force détails à ses prisonniers l'ordre exact des supplices qu'il comptait leur infliger.

Un temps, Jacynthe Roussel demeure muette, avec dans la bouche un goût âcre à faire vomir. Elle fuit son regard, comme si elle l'avait trompé. Elle repense à son expression, hier, quand il a exigé qu'elle justifie son coup de fil nocturne. En décrochant le combiné, elle avait mis un point final aux noces barbares qui l'avaient unie à Barracuda. Le conte de fées s'achève et la princesse voit s'esquisser un triste dénouement...

Marie-Marthe revient avec les apéritifs. En se penchant pour déposer les verres, elle offre involontairement sa poitrine plantureuse aux yeux de Minville. Il fait courir son regard dans l'échancrure, dévore en imagination ses seins, mangues mûres et juteuses. Elle les informe que, malgré leur envie, elle ne pourra leur servir que du *griyo*, accompagné de *ri-ak-pwa* et de bananes plantains bouillies.

— Oh! ce sera tout à fait à notre goût! acquiesce Minville. *Griyo* pour tout le monde, avec un litre de votre vin rouge maison, s'il n'est pas trop imbuvable. Une seule addition; c'est ma tournée...

Marie-Marthe rebrousse chemin, agacée par son incapacité à mettre un nom sur ce visage.

— Jeune fille, l'interpelle de nouveau *Mèt* Minville. Le chef, c'est bien Ferdinand Dauphin, n'est-ce pas?

— Non. Monsieur Dauphin est le propriétaire.

En prononçant le nom de son patron, la lumière se fait dans la tête de Marie-Marthe. Soudain, elle reconnaît l'homme. Elle en échappe presque son plateau.

— Ah bon! Très bien. Et il est ici ce soir?

— Non, il n'est pas venu de la journée, bredouille-t-elle. Pourquoi? Vous le connaissez?

— En quelque sorte. Nous sommes de vieux copains de Port-au-Prince. En fait, je suis surtout venu ici ce soir pour lui remettre ceci. Il l'a égaré lors d'une visite chez moi, samedi soir.

Le gros homme tend le portefeuille à Marie-Marthe. Elle le prend, d'une main qu'elle voudrait plus sûre.

145

— Je compte sur vous pour le lui rendre. Et aussi pour lui dire que j'ai la ferme intention de le revoir avant longtemps…

L'homme a proféré cette phrase avec un grand sourire, sur un ton dénué de toute animosité. Pourtant, elle résonne aux oreilles de Marie-Marthe comme une sentence d'exécution…

Stormy Weather

Le vacarme des éboueurs arrache Christian Jomphe à son sommeil agité. Il se redresse sur le lit, la tête lourde, les joues irritées par une barbe de cinq jours, la langue saumurée dans une salive épaisse. Il s'étire en bâillant, puis se masse les paupières. Il jette un coup d'œil sur le réveille-matin, s'étonne de l'heure tardive. Qu'à cela ne tienne, le garage se passera de lui encore aujourd'hui. Et tant pis si le *boss* décide de le «chrisser» à la porte !

Chancelant, Christian se fraie un chemin entre les décombres de ses quatre nuits de galère. Une odeur désagréable, mélange de robine, de cigarette et de pipi de chat, flotte dans l'air. Il se répète qu'il doit remplacer la litière de Miouffe avant qu'elle porte plainte à la SPA.

Il songe à Jacynthe : ce qu'elle fulminerait devant ce bordel. Malgré son amertume, il n'a pas trouvé le courage de décrocher ce cadre où on les voit, tous les deux, sur une plage du Maine, plus rouges que des homards.

Dans la cuisine, Christian s'abstient d'engloutir le reste d'une Bud chaude et plate qui traîne. Il la vide dans l'évier encombré de vaisselle, puis met de l'eau à bouillir. Sous ses pieds, le plancher est glacé. Miouffe s'approche à petits pas, s'étire en feulant, puis s'enroule autour des chevilles de son maître. Christian ne se sent pas d'humeur aux câlineries ; il donne un coup de pied à la chatte, qui s'éloigne, offusquée.

Le café coule à travers le filtre avec son gargouillis coutumier. Son parfum arrive presque à masquer la puanteur ambiante. Christian ouvre la fenêtre pour faire entrer un peu d'air frais.

Sa tasse à la main, il débarrasse un coin de la table. La nostalgie lui serre la gorge. Il revoit Jacynthe, le soleil du matin dans les cheveux, attablée devant les *pancakes* ou le pain doré qu'il lui préparait les fins de semaine, au son de Beau Dommage, des Séguin et d'autres vieilleries qui avaient bercé leur jeunesse. Jacynthe, avec sa gueule de Madone. Jacynthe, sa sainte, comme il disait parfois pour la rime. Son amour au visage plissé des lendemains de veille, et ses sourires, et ses moues.

Christian balaie le dessus de la table du revers de la main, envoyant valser sur le sol le carton de pizza vide et le cendrier plein. Au point où en est le désordre...

Soudain, il remarque que le voyant lumineux du répondeur clignote. Il rembobine la cassette. Après une suite interminable de messages insignifiants, cette voix qu'il croyait ne plus jamais entendre le foudroie. Ces quelques phrases laissent deviner une telle angoisse...

Du coup, il est dégrisé.

Le temps de retrouver cet article de journal sur le fameux Minville au fond du bac de récupération et Christian Jomphe saute au volant de son tout-terrain. Les coins de rue ne défilent pas assez vite à son goût. D'après ses calculs, le message remonte à la nuit de dimanche. Pourvu qu'il n'arrive pas trop tard.

Au moment de quitter la Métropolitaine, il manque d'emboutir une berline qui l'a doublé par la droite. La rapidité de ses réflexes l'étonne, en ce lendemain de cuite. Furieux, il klaxonne la conductrice. Conne ! Il se rappelle combien il aimait souligner les maladresses des femmes au volant, pour faire enrager Jacynthe. « Vous n'avez pas l'air de savoir que conduire, c'est une job à temps plein», avait-il coutume d'épiloguer.

Sous ce ciel parsemé de nuages, la chaleur est suffocante. Christian essuie la sueur sur son front, défait deux boutons de sa chemise. Sur la radiocassette, un *bluesman* chevrote sa chanson, en s'accompagnant à la guitare sèche :

« I got them voodoo blues
Them evil hoodoo blues
Petro Loa *won't leave me alone*
Ev'ry night I hear the zombies moan
Lord, I got them mean ol' voodoo blues[1] *»*

Son anglais rudimentaire ne lui permet pas de saisir pleinement le sens des paroles. Pourtant, il a l'impression que cette complainte le concerne. Du vodou, bien sûr ! Voilà qui explique tout ! Les connaissances de Christian sur le sujet se limitent à ce qu'il a vu dans un reportage télévisé, mais il est persuadé que Minville en a usé pour lui voler sa blonde. L'enfant de chienne de Nègre !

Raciste, Christian Jomphe ? Il ne saurait le dire. Pendant longtemps, il a côtoyé un garagiste haïtien, Philidor Machinchouette, avec lequel il s'entendait assez bien. Et Jacynthe a souvent reçu à la maison ses consœurs du Vogue, parmi lesquelles une Noire anglophone qu'il trouvait tout à fait charmante. Alors, raciste, lui ? Il ne s'était jamais posé la question avant le départ de Jacynthe.

Passé le pont, le tricot serré de la circulation s'effiloche. Le garagiste piétine l'accélérateur. Il écrase son mégot dans le cendrier plein à déborder. Dans une demi-heure, il sera chez Minville. Il se promet d'en faire voir de toutes les couleurs au gros Nègre !

Le domaine de l'ex-*makout* se trouve au bout d'une petite route de campagne cahoteuse, au milieu d'une forêt touffue.

---

1. *Voodoo Blues*, paroles et musique d'Edison « Toots » Sweet.

On sait bien : avocats ou pas, la nostalgie de la jungle les travaille ! Christian Jomphe immobilise son tout-terrain devant la grille d'entrée, hésite un instant. Tout à coup, son comportement de preux-chevalier-bondissant-au-secours-de-la-dame-en-détresse lui semble bien ridicule.

Le souvenir de la voix de Jacynthe sur le répondeur dissipe ses hésitations. Il étire son bras à travers la vitre baissée et enfonce le bouton de l'interphone en bordure du chemin.

— Qui est là ? grésille une voix aiguë.

— Christian Jomphe. Je viens chercher Jacynthe.

Une pause se prolonge. Christian appuie de nouveau sur le bouton, avec davantage d'insistance.

— Vous feriez mieux d'ouvrir la grille tout de suite, sinon je la défonce ! grogne-t-il dans le micro.

Une nouvelle pause lui apparaît comme un défi de mettre sa menace à exécution. Mais bientôt, les deux pans de la grille s'écartent. Il engage son véhicule dans l'allée menant à la maison.

Pour une fois, les journaux n'ont pas exagéré : le domaine de Barthélémy Minville est un véritable château.

Le château du Diable, oui !

Christian sort du véhicule, mais laisse tourner le moteur. Il n'a aucune intention d'éterniser cette visite. Il gravit en deux bonds les marches du porche. Dès que la porte s'entrouvre, il la pousse d'un coup de pied. Surpris, un Haïtien maigrichon se met en travers de son chemin.

— Monsieur Minville aurait préféré que vous…

Avant que Claude-Henri Faustin ait achevé sa phrase, Christian lui plaque une main sur le visage et l'écarte violemment. Faustin se retrouve sur le cul devant l'escalier en colimaçon au milieu duquel se tient Jacynthe. La vue de son ex coupe le souffle à Christian. Elle porte un polo bleu marine et des pantalons de soie, des pendentifs en ivoire se balancent à ses oreilles. Mais cette élégance ne compense pas pour ses joues blêmes et creuses, ses cernes profonds, cet air de rescapée d'Auschwitz. Qu'est-ce que ces salauds lui ont fait ?

— Christian, je...

— Viens-t'en, Jacynthe. On s'en va.

— Que signifie tout ce charivari ? intervient une voix grave. Christian se tourne vers Barthélémy Minville, queue de billard à la main et cigare au bec, encadré dans l'embrasure de la double porte sous l'escalier. De si près, le corpulent Haïtien donne l'impression d'avoir été taillé d'un bloc dans le graphite. Le maître de maison s'avance d'un pas pesant vers le nouveau venu, talonné par un colosse au teint excessivement pâle pour un Nègre.

— En voilà des manières, monsieur Jomphe ! Vous entrez chez moi en coup de vent, vous agressez mon employé...

— Ta gueule, mon câlice. J'ai pas de compte à te rendre. Je suis venu chercher Jacynthe !

Christian mesure ses chances de ressortir vainqueur d'une bagarre. Le freluquet par terre ne fait pas le poids, c'est sûr. Mais il ne sait pas quoi penser de Minville et de son gorille albinos.

— À ma connaissance, mademoiselle Roussel n'est pas prisonnière. Elle est entièrement libre de ses faits et gestes. Pas vrai, Jacynthe ?

Pétrifiée, Jacynthe n'ose répondre. Sous le regard de Barracuda, elle ne se sent pas du tout libre de ses mouvements, à croire que les yeux de l'Haïtien tissent autour d'elle un filet d'acier dont elle ne saurait s'extraire.

— Si elle vous a quitté, Jomphe, mon cher, souffle-t-il avec un nuage de fumée, c'est qu'elle a trouvé ici quelque chose que vous ne pouviez lui donner...

Cette insinuation fouette la fierté de Christian Jomphe. L'image de Jacynthe, sa Jacynthe, nue, collée contre ce corps noir énorme, frémissant sous les caresses, le fait sortir de ses gonds.

— Mon hostie de gros sale, t'impressionnes personne avec ta queue violette de Nègre !

— Je ne vois pas l'utilité d'une telle vulgarité, monsieur Jomphe. Nous sommes entre gens du monde...

151

— Jacynthe va repartir avec moi, c'est clair ?

Minville arque un sourcil et considère avec amusement Jomphe, puis Jacynthe, qui n'a pas descendu une marche.

— Jacynthe, avez-vous vraiment l'intention de suivre ce monsieur ?

Silence. Barracuda éclate d'un gros rire dédaigneux.

— Vous voyez bien qu'elle ne veut plus de vous, monsieur Jomphe. Épargnez-vous donc davantage d'humiliation et disparaissez de ma propriété avant que je ne vous chasse. Vous n'êtes pas le bienvenu ici...

En guise de réponse, Christian balance à Minville un crochet de droite en pleine gueule, envoyant voler son Cibao à l'autre bout de la pièce. Jacynthe étouffe un geignement. La queue de billard claque puis roule sur le parquet. Christian secoue la main, pour se défaire de l'engourdissement qui gagne ses jointures, se préparant à encaisser la réplique qui tarde à venir. Minville a vacillé vers l'arrière, un peu ébranlé, mais il retrouve maintenant son équilibre. Flegmatique, il se masse la mâchoire et lèche du bout de la langue le sang à la commissure de ses lèvres. Il tourne vers Jacynthe un regard sombre.

— Vous me désappointez, Jacynthe. J'étais persuadé que vous aviez meilleur goût en matière d'hommes. De toute évidence, ce monsieur est un malotru. Et j'ai bien peur qu'avec des types de son acabit, même les gens de bien n'ont pas le choix de retirer les gants blancs et d'adopter le seul langage qu'ils comprennent...

Minville n'a plus besoin d'ajouter quoi que ce soit. Déjà, Grand-Blanc le contourne sans hâte en direction de Christian.

— Non ! hurle alors la jeune femme, terrorisée.

À peine lancé, son cri n'a plus aucune signification.

Riot

Le crépuscule achève sa laborieuse digestion des vestiges du jour. À son corps défendant, D'ArqueAngel s'est laissé entraîner par Nando Sánchez à une réception que donnait un ami, sous prétexte que cette fiesta l'aiderait à décompresser. Leur hôte, un Camerounais dont D'ArqueAngel ne se rappelle pas le nom, les accueille avec sourires et accolades dans son « modeste » logis. L'appartement, un immense dix-pièces, occupe tout le dernier étage d'un immeuble à la lisière de Côte-des-Neiges et d'Outremont. En dépit de la mise faussement négligée du Camerounais, D'ArqueAngel reconnaît en lui un authentique « sapeur », un de ces gosses de riches qu'on envoie à l'étranger pour étudier, mais qui dilapident leurs bourses en fringues de luxe.

Après avoir indiqué à D'ArqueAngel où trouver victuailles et boissons, l'hôte entraîne Sánchez à la rencontre de quelqu'un qu'il doit absolument lui présenter. Le trompettiste grimace. Le voilà perdu au milieu d'une foule d'inconnus, la communauté élargie des immigrants dont la bohème gravite autour du Sensation Bar.

Des effluves d'alcool, d'épices et de cigarettes entremêlés enveloppent D'ArqueAngel. Il se faufile entre les grappes d'invités — une trentaine d'hommes et de femmes, la plupart africains ou latino-américains — en direction du buffet.

Le festin ne manque pas de raffinement. Sur la table garnie s'entassent des plats divers, bouchées chaudes et froides, fruits exotiques et un régiment de bouteilles dressées au garde-à-vous. D'ArqueAngel arrête son choix sur une bouteille de Glenlivet.

Au salon, quelques danseurs se trémoussent au son de Youssou N'Dour ou Geoffrey Oryema, D'ArqueAngel ne saurait dire. Il a la tête ailleurs. Ses hallucinations, de plus en plus fréquentes, ont des répercussions sur le climat de travail. Elaine ne cesse de lui reprocher son intransigeance envers Picard et, en son for intérieur, D'ArqueAngel sait qu'elle a raison. Heureusement, il y a relâche jusqu'à jeudi ; ces quelques jours de répit ne feront certes pas de tort aux membres du quintette.

Cet après-midi, il a eu une conversation téléphonique pénible avec Suzanne. En congé le week-end prochain, elle projetait de venir à Montréal. Il a tenté de se montrer diplomate, mais devant son insistance, il a fini par faire preuve de dureté : il ne veut pas la revoir, pas maintenant. Elle a raccroché, étouffant des sanglots rageurs.

Une Blanche l'accoste avec un sourire de réclame pour dentifrice. Pompette, elle se présente, amorce la conversation par une série de questions sur lui, son lien de parenté avec leur hôte, son occupation dans la vie.

— Musicien, répond-il, blasé.

— Ah, ouan ! s'émerveille-t-elle.

Il n'en faut pas davantage à D'ArqueAngel pour la classer dans la catégorie des groupies. Yeux arrondis, soutien-gorge tendu à craquer, elle cherche à se rendre intéressante pour l'entraîner dans l'une des chambres. Il imagine les commentaires d'Elaine, si elle voyait la scène. Il rajuste ses verres et se verse un autre scotch.

— Rappelle-moi comment tu t'appelles, mon beau, fait la fille, calepin et stylo en main, au cas où je tomberais sur un de tes disques au magasin…

— Kenny G., soupire D'ArqueAngel.

— Hé, je connais ça, ce nom-là !

— C'est normal. J'ai enregistré avec Céline Dion.

Il laisse en plan la groupie encore tout baba et s'isole dans un coin retiré de l'appartement, bouteille de Glenlivet sous le bras. De là, il observe Nando en train de flirter avec une chanteuse burundaise, véritable Aphrodite noire, établie depuis quelque temps au Québec où elle remporte un certain succès.

Soudain, on frappe à la porte. Un farceur annonce que s'il s'agit d'*halloweeneux*, il n'y a plus de bonbons. Les coups se font plus insistants. L'hôte s'empresse d'aller ouvrir. Deux flics, matraque au poing, demandent à parler au maître de la maison. Le Camerounais s'avance.

— Constable Soucy, fait l'un des policiers en présentant son insigne. On a reçu des plaintes des voisins. Votre petite bamboula dérange.

Le contraire aurait étonné : trente personnes dans un appartement, ça déménage en grand. Peu conciliant, le constable Soucy suggère au Camerounais de renvoyer ses invités. Un peu gris, le « sapeur » refuse d'obtempérer. Il promet de baisser le volume de la musique, de faire attention au tapage, mais ne se résout pas à renvoyer ses amis chez eux. Ce compromis n'a pas l'heur de plaire au policier. Celui-ci hausse le ton. Le Nègre s'énerve à son tour et lui claque la porte au nez.

Les agents repoussent violemment la porte. En deux temps trois mouvements, ils forcent l'Africain récalcitrant à s'agenouiller, face contre le mur, les mains dans le dos, et lui passent les menottes.

— O.K., tout le monde dehors ! aboie Soucy.

La musique s'est tue. Sidérés, les invités ne se font pas prier pour débarrasser le plancher. Emporté par cette marée humaine, D'ArqueAngel croise une dizaine de policiers, déployés dans l'escalier, du quatrième au rez-de-chaussée, pour veiller à l'évacuation. La plus grande surprise les attend dehors : trois voitures et deux fourgonnettes de police disposées en éventail autour de l'immeuble et, suprême prévoyance, une ambulance.

Tout ça pour un *party* trop bruyant? D'ArqueAngel n'en croit pas ses yeux. Tous les autres fêtards restent bouche bée devant ce spectacle. Le trompettiste cherche Sánchez, en vain. L'éclat des gyrophares l'aveugle. Le constable Soucy et son partenaire poussent le Camerounais sur la banquette arrière de leur véhicule. Les autres policiers ordonnent à la foule de se disperser. Une Africaine ne cesse de répéter qu'ils n'ont pas le droit de faire ça. Une autre prévient les flics qu'ils ne peuvent la coffrer sans créer un incident diplomatique : son père est ambassadeur.

Guère émus, les agents réitèrent leur sommation.

Toutes ces voix confondues. Ce bruit. Ces éclairs de lumière flamboyants. D'ArqueAngel porte les poings à ses oreilles, penche la tête, essaie de faire le vide. Une pression ravive la douleur à son flanc.

— T'as pas entendu, le grand? fait un policier, en poussant encore D'ArqueAngel du bout de sa matraque. On vous a dit de circuler...

Sans réfléchir, le trompettiste arrache la matraque de la main du flic. Décontenancé, l'agent recule et trébuche sur la bordure du trottoir. Pendant un moment, D'ArqueAngel contemple le bâton dans ses mains et l'homme étendu à ses pieds. Soudain, venu de nulle part, un coup s'abat sur le côté de sa tête, faisant éclater la monture de ses Serengeti. Puis tout s'embrouille dans un fondu au rouge.

* * *

Ferdinand Dauphin engage sa voiture dans le cul-de-sac, coupe le contact et descend. Par réflexe, il jette un œil angoissé par-dessus son épaule. Personne. Il avance. Loin des épiceries, des cafés et restaurants les plus fréquentés du coin, cette impasse reçoit rarement la visite de gens de l'extérieur, fussent-ils issus du quartier voisin. Il faut habiter le faubourg ou avoir de sacrées bonnes antennes dans la diaspora haïtienne pour connaître l'existence de la boutique, dont l'enseigne est un modèle de discrétion :

« Ti-Alice Grospoint, médecine traditionnelle haïtienne. »

Médecine traditionnelle. Lire *wanga*, plutôt.

Ferdinand a honte d'avoir recours à une solution aussi désespérée, mais la tournure des événements ne lui laisse plus le choix. La découverte des cadavres de T-Master et de ses hommes avait confirmé la véracité de son histoire, mais ça lui faisait une belle jambe... Après la visite de Minville à son restaurant, Ferdinand sait que son nom s'ajoutera bientôt à la liste des victimes de Barracuda. À moins qu'il n'arrive à conjurer la menace qui pèse sur lui...

Comble de déveine, il se cogne le nez à une porte verrouillée. Bien sûr, il est plus de vingt-trois heures, un mardi soir. Foutre ! En désespoir de cause, il tape avec son plâtre contre la vitre, de toutes ses forces.

Une des fenêtres à l'étage s'illumine. Ferdinand recule de deux pas et lève la tête. Dans le contre-jour s'esquisse une silhouette féminine. La femme ouvre la fenêtre.

— Vous ne savez pas lire ou quoi, compère ? grommelle Alice Grospoint. C'est écrit « FERMÉ ».

— Désolé de vous déranger à pareille heure, mais il faut que je vous voie...

— La boutique est fermée, je vous dis, tranche-t-elle en faisant mine de refermer la fenêtre. Revenez demain.

— S'il vous plaît, madame Grospoint. C'est une question de vie ou de mort...

Alice hésite. Le ton de l'homme trahit un tel désarroi... Elle hoche la tête et descend au rez-de-chaussée.

À peine lui a-t-elle ouvert que Ferdinand s'engouffre à l'intérieur. En se refermant, la porte fait carillonner les clochettes accrochées à l'embrasure. Constituée d'une seule pièce caverneuse à l'éclairage tamisé, la boutique dégage une odeur de feuilles mortes. Dans la pénombre, Alice distingue, entre les ecchymoses et les cicatrices qui ornent le visage pas rasé, les signes de la frayeur. Du coup, elle doute que ses herbes et racines puissent lui être utiles.

— Eh bien, monsieur...

— Dauphin, Ferdinand Dauphin.

— ... monsieur Dauphin, donc, qu'est-ce que je peux faire pour vous ? Vous avez l'air de quelqu'un qui a vu un *baka* !

— Vous ne croyez pas si bien dire, ma commère. Pire qu'un *baka*, un véritable *djab* !

Un désagréable pressentiment étreint Alice à l'écoute du récit décousu de Ferdinand. Il parle d'un frère assassiné, d'une tentative de *dechoukaj* qui vire au bain de sang et d'une espèce de loup-garou. Elle ressent une démangeaison intense dans sa paume gauche, signe annonciateur d'une catastrophe. Elle se frotte la main sur la cuisse, mais interrompt son geste en entendant le nom de Barthélémy Minville.

— Non, gémit-elle. Non, non, non...

Ferdinand se reprend, rendu perplexe par la réaction d'Alice Grospoint.

— Ça ne va pas ? s'inquiète-t-il en posant une main sur l'épaule de la femme.

Tout son univers s'écroule et cet homme lui demande si ça va. Alice a envie de s'esclaffer, mais n'ose pas, de peur de ne pouvoir s'arrêter. Une irritation sourde contre son visiteur l'envahit, comme s'il était personnellement responsable de la résurgence de Barracuda dans sa vie. Elle l'a assez vu et entendu. Elle s'apprête d'ailleurs à le foutre à la porte quand soudain la lampe de la boutique s'éteint.

— Pour des retrouvailles surprises, on ne pouvait souhaiter mieux, non ? fait quelqu'un dans l'arrière-boutique.

Alice et Ferdinand font simultanément volte-face. L'obscurité ne permet pas de distinguer les traits du nouveau venu, mais ils le reconnaissent tout de même à sa voix de stentor, à sa carrure de lutteur de sumo. Un moment, l'homme et la femme demeurent figés par la terreur.

— Mon ami, vous auriez dû savoir qu'il n'est pas sage pour un dauphin de s'aventurer dans les eaux d'un barracuda...

Éperonné par la menace, Ferdinand pivote et se rue vers la porte. Il ne l'a pas encore atteinte qu'elle s'ouvre, poussée par un colosse dont les yeux percent la noirceur d'une lueur écarlate.

Paniqué, Ferdinand se retourne et s'élance entre les étagères chargées de la boutique, talonné de très près par l'abomination. Il fuit en vain, retardant tout au plus de quelques instants l'inévitable. Il n'y a pas d'issue. En bout de course, il se retourne et fait basculer l'une des étagères sur son poursuivant. La bête humaine écarte le meuble d'un coup de coude, aussi aisément que s'il avait été fait de carton. Fioles, bocaux et pots de fleurs pleuvent sur le plancher, se fracassent dans un tonnerre de céramique, porcelaine et verre brisés.

Acculé au mur, Ferdinand frissonne de la tête aux pieds. La chose avance vers lui, en émettant un grondement continu, qui fait écho aux moqueries de Minville. En désespoir de cause, il décoche un direct à son assaillant. Plus vive, la créature attrape le poignet de Ferdinand au vol, le serre si fort que le plâtre s'effrite, lui tord le bras pour l'obliger à lui tourner le dos. Ferdinand tente de se débattre, mais abandonne. La prise douloureuse lui arrache quelques hoquets, étouffés par l'avant-bras qui lui enserre la gorge. Des larmes ruissellent sur ses joues, sa bouche tremble.

— Un peu de tenue, Dauphin. Votre frère aurait honte de vous voir faire dans votre pantalon. Lui s'est montré bien plus courageux devant la mort. J'ai beaucoup admiré son côté « mousquetaire ». Si je ne m'abuse, votre famille est de Jérémie, où Alexandre Dumas a passé son enfance. Il y a sûrement quelque chose dans l'eau de votre bled.

— Espèce de pourritu…, commence à pester Ferdinand.

Sa phrase s'achève en un cri aigu : la créature a refermé un poing griffu sur ses couilles.

Une douleur insupportable irradie dans son bas-ventre et

dans ses jambes. Un liquide poisseux et chaud inonde son slip, se répand le long de ses cuisses. Lorsque la prise se relâche, il s'écroule par terre, haletant et gémissant.

— S'il te plaît, Caliban, à l'extérieur, dit Barthélémy Minville. Il ne faudrait tout de même pas indisposer la dame avec ce spectacle disgracieux.

Le colosse s'exécute, saisissant Ferdinand à la nuque et le tirant d'une main, sans effort. Un sourire rêveur plane sur les traits de Barracuda tandis que Grand-Blanc traîne Ferdinand Dauphin tel un vulgaire chat de gouttière. À demi conscient, Ferdinand sent les griffes percer sa chair et le sang couler dans son cou. La douleur enveloppe son cerveau d'un brouillard diffus.

Alice considère *Mèt* Minville, partagée entre dégoût et terreur. Dire qu'elle avait cru pouvoir s'affranchir des cauchemars d'autrefois. Quelle candeur ! On n'échappe pas à son passé, pas plus qu'on ne peut semer sa propre ombre.

— Vous n'avez pas changé, murmure-t-elle. Toujours le même monstre…

— Allons, Ti-Alice, ma chère, j'aurais cru que tu serais contente de me revoir. Après tout, toi et moi avons une histoire inachevée…

Alice frémit. Elle voudrait répliquer, mais une voix ensommeillée la devance.

— C'est quoi, tout ce barda ? bâille sa fille, au pied de l'escalier.

— Naïma ! hurle Alice. Remonte tout de suite !

Trop tard. Avant que l'adolescente ait secoué sa torpeur, Minville l'attrape par un bras et l'attire contre lui.

— Maman !

— Allons, allons ! Je suis un vieil ami de la famille. J'aurais pu être ton père, si le Destin n'en avait pas décidé autrement, ajoute-t-il, moqueur.

— Si vous la touchez, Minville, je vous jure que je…

— Tu feras exactement ce que je te dirai de faire, si tu ne veux pas qu'il lui arrive malheur…

160

De l'extérieur leur parviennent des gémissements, des gargouillis et des bruits sourds. Ébranlé, le mur latéral de la boutique vibre. Sur les étagères, flacons et bocaux s'entrechoquent en tintant. Grand-Blanc s'acharne sur son ouvrage. Minville admire son zèle.

— J'ai des projets qui requièrent ta collaboration, Ti-Alice. Nous en reparlerons bientôt. En attendant, je te suggère de faire un peu de ménage dans ta boutique et dans l'allée. Un tel désordre est mauvais pour les affaires, même avec une clientèle haïtienne. Évidemment, pas un mot sur ma visite à qui que ce soit. Dans l'intérêt de ta fille…

Minville a resserré sa prise sur les biceps de Naïma et pousse l'adolescente vers la porte ouverte.

— Maman, geint Naïma.

— Tais-toi, ma belle, et tout ira bien.

Alice laisse échapper un sanglot d'animal blessé. À travers ses larmes, elle ne peut que regarder Barracuda s'engouffrer avec sa fille dans la nuit noire.

Moon Dreams

Au poste de police, on fait descendre les inculpés comme du bétail, en tirant sur leurs menottes. Sonné, D'ArqueAngel se laisse entraîner jusqu'à une pièce exiguë, qui fait office d'infirmerie. Là, il doit patienter quelques minutes, seul, avant qu'une petite femme boulotte vienne désinfecter puis panser la plaie à son front.

— Méchante bosse, dit-elle sur le ton de celle qui voudrait amorcer une conversation.

Mais l'impassibilité du trompettiste lui coupe toute envie d'insister.

La femme le conduit dans la salle principale, où il poireaute encore plusieurs minutes sur un banc inconfortable, au milieu de la cacophonie des sonneries de téléphone, des claquements de porte, du charabia des autres inculpés en attente d'une entrevue : quelques clochards, une ou deux putes, un couple en pleine dispute.

D'ArqueAngel constate en grimaçant que les postes de police se ressemblent tous. Sans être un habitué, il en a visité d'autres à quelques reprises. Il se souvient notamment de la première fois, à quinze ou seize ans. On l'avait arrêté dans un bar de Gatineau où il se produisait avec son premier *band*, après qu'il eut démoli le portrait d'un punk qui l'avait traité de *fuckin' cannibal*.

163

Avec les policiers, il s'était montré intraitable, ce qui avait aggravé son cas : mineur en état d'ébriété, impliqué dans une rixe, dans un débit de boisson. Sans l'intervention de Benjamin Reynolds, reconnu dans la région, il aurait passé la nuit en taule. Laura avait accompagné leur père au commissariat et, comme toujours, la seule vue de sa sœur avait suffi à le ramener dans de meilleures dispositions — jusqu'à ce qu'il s'aperçoive que Dick les attendait dans la voiture...

Le souvenir fait naître un sourire triste amer.

— Content de voir que tu prends ça avec humour, mon grand, dit le constable Soucy. Viens donc avec moi.

D'ArqueAngel le suit dans un petit bureau sombre, dont la seule lampe est braquée sur la chaise où on le fait asseoir. En voilà un qui s'est gavé de « série noire », songe le trompettiste. Clignant des yeux sous la lumière blafarde, il toise son vis-à-vis : un homme d'âge mûr, aux traits grossiers et à l'expression vaguement bovine, arborant la moustache quasi réglementaire des officiers de police québécois. Sûr de lui, Soucy pose les questions d'usage de sa voix forte, retranscrivant les réponses laconiques de D'ArqueAngel sur une feuille.

Au terme de l'interrogatoire de routine, le policier se lève et arpente la pièce. Il reproche à D'ArqueAngel son caractère taciturne et renfermé et, à la limite, « baveux » qui pourrait jouer contre lui. Le trompettiste se contente de répliquer qu'il n'aime pas parler quand il n'a rien à dire. La repartie fait sourire le constable, qui l'emmène pour la suite des formalités — coup de téléphone, photos, prise d'empreintes, etc. —, puis l'escorte jusqu'à une grande aire grillagée en forme de L.

Assis ou étendus sur les couchettes, une demi-douzaine de détenus, dont le « sapeur » camerounais, s'y trouvent déjà. Soucy fait entrer D'ArqueAngel et claque la porte derrière lui.

Soit. Exténué, le trompettiste s'écrase par terre dans un coin et ne tarde pas à sombrer dans le sommeil.

Dans son rêve, il est de retour au cimetière, boulevard Taché, à Hull. Il fait nuit, une nuit d'automne brumeuse et très noire. La pleine lune s'enveloppe de nuages. Par pelletées, les feuilles mortes roulent en bruissant sur le gazon mal taillé. Le clapotis des eaux de l'Outaouais parle une langue qu'il ne comprend pas. Le vent hulule une musique d'outre-monde. Gabriel n'ose pas un regard vers la stèle devant lui. Il connaît l'inscription par cœur :

« Daniel Marc Reynolds, 1959 – 1968. Still with us. »

La gorge nouée, D'ArqueAngel porte à ses lèvres son biniou, dégoulinant de sang. Au contact de l'embouchure, les muscles au-dessus de sa lèvre supérieure saillent. Il se met à souffler un motif lancinant et répétitif, une abstraction de mélodie. Au fur et à mesure que les notes jaillissent du pavillon de la trompette, le vent se fait plus violent. À cause du sang, ses doigts glissent parfois sur les pistons, il pousse quelques fausses notes.

Dans sa tête résonnent toujours ces mêmes dissonances obsédantes, puis des cris d'hommes émasculés, de femmes violées, de bébés égorgés.

Une véritable symphonie de la souffrance humaine.

Sous ses pieds, la terre commence à trembler, remuée par un mouvement souterrain. Il joue de plus belle, ne sachant trop si ses chorus visent à extraire le mort du tombeau ou à l'empêcher d'en sortir.

Soudain une bourrasque lui arrache le cuivre des mains. L'instrument frappe le sol avec un son mat. D'ArqueAngel baisse les yeux vers la tombe béante et vide au fond de laquelle la Martin Committee gît dans une mare de sang. Un rire sarcastique lui fait relever la tête vers une silhouette masculine qui fuit en direction du boisé.

Danny-Boy ?

Sans réfléchir, D'ArqueAngel se lance à sa poursuite.

La nature se déchaîne. Le ciel se démonte, se déchire. Le tonnerre fait entendre ses canons. Les nuages s'ouvrent telles des plaies béantes, crachant vers le sol des éclairs de lumière crue. Les rafales du vent lui giflent le visage. D'ArqueAngel court entre les pierres tombales dont le nombre augmente à vue d'œil. De nouvelles stèles apparaissent sur son chemin, émergeant de la terre comme des herbes folles à croissance instantanée. Dans sa course, il passe près de s'y heurter à plusieurs reprises.

Bientôt, il ne reconnaît plus le cimetière, parsemé de monuments mortuaires pareils à de petites maisons aux croix démesurées. Au-delà de celles-ci se dresse non plus le sous-bois qu'il connaît, mais une véritable forêt de masques nègres gigantesques, semblables aux têtes de l'île de Pâques.

D'ArqueAngel gagne du terrain sur sa proie, redouble de vitesse. Dans son esprit, les dissonances et les plaintes ont cédé la place à une chorale de voix spectrales, ânonnant en canon un chant monocorde au son de percussions délirantes. Au sein des masques titanesques, on a aménagé une sorte de clairière. Il discerne des silhouettes qui dansent autour d'un bûcher. Une cérémonie ?

En arrivant au seuil de cette clairière, le fuyard ralentit, comme s'il voulait être rattrapé. À la distance où il se trouve, D'ArqueAngel aperçoit quelqu'un vêtu d'un pardessus identique au sien. Arrivé à portée de l'homme, il l'agrippe par l'épaule pour l'obliger à se retourner. Il hoquette de stupeur à la vue du masque de latex blanc qu'il porte, réplique caricaturale de son propre visage.

L'Autre s'esclaffe d'un rire mauvais.

D'ArqueAngel se réveille en sursaut.

Il ouvre les paupières, les referme puis les rouvre. Il se trouve toujours en prison, à Montréal. Ce n'était qu'un cauchemar. Pourtant, il a la très distincte impression d'avoir entendu une voix grave, aux inflexions suaves et sensuelles, lui murmurer :

Marasa.

* * *

Claude-Henri Faustin se lève de son profond fauteuil et s'étire. Il s'est assoupi sans s'en apercevoir. Pendant un moment, il s'est cru de retour chez lui, dans la plaine haïtienne de son enfance. Un bref coup d'œil autour de lui suffit cependant à dissiper son illusion. Dans le boudoir enténébré, chaque objet est bien à sa place, selon l'ordre précis, rigoureux qu'exige Barthélémy Minville dans sa résidence, dans son existence.

Il braque son regard vers la mezzanine, redoutant que Jacynthe Roussel n'ait profité de son somme pour s'évader. Non, elle n'oserait jamais, de crainte de croiser Minville et Caliban sur le chemin.

Il désapprouve toujours la décision d'accueillir Jacynthe parmi eux, ce qui ne pouvait que conduire à une catastrophe. Ils ont eu beau faire disparaître le cadavre et le camion de son copain dans les Laurentides, la police locale risque quand même de remonter sa piste jusqu'à eux. Sans compter que la Roussel devenait maintenant un témoin gênant de leur ignominie…

Faustin se poste à la porte-fenêtre. Entre les rideaux, la lune laisse couler un peu de sa lumière dans le boudoir. C'est la même lune que chez moi, se dit-il, spleenétique. Il vendrait son âme pour l'observer à travers les branches des flamboyants et des sapotilliers de son île natale !

Il est près d'une heure, il se sent drainé. Il aurait bien envie d'aller se coucher, mais il doit attendre le retour du *Mèt*, de son maître. Malgré la climatisation, de brusques bouffées de chaleur rendent sa respiration pénible.

Il tend une main tremblante vers le rhéostat de la lampe, essaie de la rallumer, mais son anxiété est si grande qu'il a du mal à y arriver. Ce que Minville lui servirait comme railleries s'il le voyait…

L'éclair des phares de la Jaguar au bout de l'allée lui signale que Barracuda et Grand-Blanc reviennent enfin de leur « partie de chasse ». Les faisceaux de lumière jaune obliquent en direction du stationnement. Faustin a un instant d'hésitation. Il inspire profondément, puis un réflexe l'anime et le met en marche vers le vestibule.

La porte s'ouvre sur Caliban, dont la chemise est maculée de sang. Minville le suit de très près, tirant par le bras une jeune Haïtienne au visage abîmé de larmes.

— D'une pierre deux coups, Faustin, mon cher, jubile Barracuda. Imaginez-vous que le pauvre Dauphin, qu'on a traqué toute la journée, a fini par échouer à l'endroit même où je comptais aller...

Faustin demeure un moment interloqué. Il savait que Minville avait l'intention de rendre visite à Alice Grospoint ce soir, mais il n'a pas prévu qu'il ramènerait la fille de celle-ci.

— Tout s'est bien passé, ici?

Faustin bouge la tête, sans voix.

— Ça me plaît. Soyez gentil et escortez notre jolie «invitée» à sa chambre en haut, celle du fond. S'il le faut, réveillez mademoiselle Roussel pour qu'elle lui prête une robe de nuit ou quelque chose. Et dites à ma chérie que je monterai bientôt la rejoindre...

Minville a relâché la petite, laissant l'empreinte de ses gros doigts sur le bras frêle. Il lui adresse un sourire tout à fait courtois en l'avisant qu'il la laissait aux bons soins de son bras droit. Muette, Naïma se tourne vers Faustin qui l'invite à le suivre. Leurs regards se croisent, juste assez longtemps pour que Faustin détecte, dans ces yeux rougis par les larmes, une fierté qui lui fait mal au cœur. Prisonnière, mais pas soumise.

Voilà qui augure mal. En gravissant les marches, Faustin se rappelle malgré lui cette fameuse nuit en Dominicanie, au lendemain du *dechoukaj*...

Il secoue la tête pour chasser de son souvenir le visage d'une autre jeune fille, à peine plus âgée, qui souvent revient le tourmenter.

Minville referme la porte de la maison puis reporte son attention sur Caliban, debout dans le hall.

— Ça ne va pas, Grand-Blanc?

L'albinos grogne une réponse à peine audible. Tout à l'heure, au moment de quitter la boutique, il a prétendu avoir encore senti la présence de l'Autre dans sa tête, avoir réentendu ces mélodies désarticulées, trame sonore à ses hallucinations. Dans cette nouvelle vision, Caliban se trouvait au milieu d'un vaste cimetière où, à la lumière de la lune, il avait pu lire une inscription gravée dans le marbre d'une pierre tombale : « Still with us. »

Minville ne sait toujours pas quoi penser de tout cela. Chose certaine, ce phénomène de plus en plus fréquent a un effet à ce point dérangeant sur Caliban que, pour la première fois en trente ans, il craint de perdre la maîtrise de son « fils ».

Inamorata

Fin de matinée, une chaleur stagnante s'empare de la ville. Même le temps semble figé, écrasé sous le poids du soleil. Accoudée sur son tableau de bord, Elaine McCoy soupire de soulagement en voyant Gabe et Sánchez émerger enfin du poste de police. Voilà presque une heure que le cabaretier est entré pour régler la caution de D'ArqueAngel. Les procédures administratives sont aussi lentes à Montréal que partout ailleurs.

Les deux hommes s'installent, Sánchez à l'avant, côté passager, et Gabe à l'arrière. Le trompettiste remercie Elaine de lui avoir apporté une paire de verres teintés de rechange ; plus que jamais, ses yeux sont sensibles à la lumière du jour. La Tercel démarre dans un doux feulement et se taille une place dans le trafic.

De temps à autre, Elaine hasarde un œil vers son rétroviseur. À côté du pansement de D'ArqueAngel, la barre coutumière au milieu du front ne trompe pas : il n'a guère envie de discuter de sa nuit en taule. À côté d'elle, Sánchez serre les lèvres. De toute évidence, lui aussi commence à en avoir marre des frasques de Gabe. Qui pourrait l'en blâmer ? D'abord les malaises inexpliqués, puis la rixe au bar et maintenant ces accusations d'outrage à un agent de la paix et de voies de fait qui seront portées contre lui. La pianiste aussi en a sa claque de ce séjour au Québec. Si ce n'était du Festival qui débute le lendemain, elle reprendrait sans regret la route de New York.

D'ArqueAngel porte la main à sa tête, palpe sous le pansement la bosse qui se résorbe déjà. Il perçoit l'exaspération de ses compagnons. Lui-même ne se comprend plus. Depuis sa venue à Montréal, chaque matin le surprend le crâne douloureux, l'esprit alourdi de visions et de bruits insolites. Il a l'impression de se briser de l'intérieur.

Elaine gare sa Japonaise dans le stationnement attenant à l'immeuble. Les trois descendent, chacun enfermé dans son mutisme. En marchant vers le perron, D'ArqueAngel ne remarque pas cette Audi familière parquée en face de la maison. Ce n'est qu'au milieu de l'escalier, en entendant chantonner un aria de Puccini dans le studio, qu'il identifie la propriétaire de la voiture. Sans un regard vers Elaine et Nando, il bondit dans l'escalier jusqu'au cinquième et pousse la porte de la garçonnière pour y trouver une rouquine, vêtue d'un ensemble de lin saumon, attablée au comptoir. À son entrée, la femme se tait, abandonne son magazine et pivote sur son tabouret.

Le sourire qui illumine son visage reflète parfaitement celui de D'ArqueAngel. Pendant une fraction de seconde, ils se regardent sans rien dire et se jettent dans les bras l'un de l'autre. S'ils s'écoutaient, ils prolongeraient cet enlacement des heures durant. Laura se détache néanmoins, bafouillant de joie.

— Je suis passée au Sensation Bar. On m'a dit que je te trouverais ici. C'était ouvert, alors je…

Au diable, ces explications ! Gabriel ramène Laura vers lui, la serre plus fort dans ses bras et ne la relâche qu'en entendant le toussotement factice d'Elaine.

Des présentations s'imposent. Nando a rencontré Laura il y a plusieurs années, un soir où son père et elle étaient venus de Hull pour assister à un spectacle de son orchestre. Mais Elaine ne connaît la sœur de Gabe qu'en photo. En personne, elle lui trouve des ressemblances avec plusieurs modèles du catalogue des conquêtes de D'ArqueAngel. La pianiste a peine à croire Laura plus âgée que son frère adoptif ; malgré sa grossesse récente, elle a une taille d'adolescente.

— Qu'est-ce que tu as au front ? fait Laura, en pointant du doigt le pansement. Mais c'est du sang sur ta chemise... ?

— Ah ! une histoire longue et plate ! Dites-moi plutôt ce qui vous amène chez les *frogs, Doctor Reynolds.* Je croyais que l'hôpital vous occupait huit jours par semaine.

— J'ai pris une semaine *off.* Comme je n'avais pas le goût de me morfondre tous les soirs devant la «tivi», j'ai décidé de venir passer quelques jours à Montréal. Pour te voir...

Cette visite est motivée par une autre raison, que Laura ne divulguera qu'en tête-à-tête, D'ArqueAngel le devine à ce trémolo dans la voix de sa sœur.

— *Aye,* voilà qui tombe bien ! opine Nando, qui a lui aussi perçu le trouble de Laura. J'allais justement exiger du beau Gabriel qu'il profite de sa dernière journée de repos avant la reprise du travail... Avec un docteur pour veiller sur lui, pas de danger qu'il commette d'excès.

Elaine approuve et s'éclipse en même temps que le Portoricain.

Seuls.

Gabriel attrape la bouteille de rouge restée ouverte, près de l'évier. Il en renifle le goulot, afin de s'assurer que le vin n'a pas tourné au vinaigre à cause de toute cette chaleur.

— Buvable ?

— Bah, tu connais le principe de Courvoisier ?

— Rien ne se perd, rien ne se crée...

— Non, ça, c'est Lavoisier. Le principe de Courvoisier c'est plutôt : « Rien ne se perd et tout se boit.»

Nouvel écho de l'humour pince-sans-rire de Ben Reynolds. Avec un sourire, Laura accepte volontiers la coupe que lui tend Gaby. Sa main ne tremble pas, voilà qui la rassure ; elle a un tel besoin de réconfort. Il lève son verre à leur santé. L'âcreté de la première gorgée fait grimacer Laura : un chilien, cru dépanneur du coin.

Laura ne sait trop par où commencer. Ce matin, elle a pris la route et a fait le trajet en moins de deux heures. Elle suppose qu'elle a l'air hébété. Sa tête bourdonne de cantates et ses cuisses sont raides comme du bois. Gabriel ne veut pas la brusquer, mais les confidences tardent à venir. À travers ses hoquets, il saisit la signification de cet escarpin rouge, trouvé par hasard dans la valise de Dick. Une trahison confirmée est toujours infiniment plus douloureuse que les soupçons...

Gabriel prend le verre de Laura, le pose sur le comptoir. D'un geste plein de délicatesse, il entrouvre le rideau de cheveux roux qui voile le visage de sa sœur. Il lèche les rigoles de mascara qui lui souillent paupières et joues, lui embrasse le front, le nez puis les lèvres.

D'instinct, elle se love au creux des bras de Gaby, l'épouse de tout son corps. La double estocade des tétines durcies contre sa poitrine le trouble. Sa respiration, grave et saccadée, évoque la contrebasse de Mingus.

Confuse, Laura s'arrache à l'étreinte de son frère, essuie ses joues d'un geste rageur et propose de sortir casser la croûte.

* * *

Ils partagent un couscous aux merguez sur la terrasse d'un restaurant libanais, vaste comme le pont d'un paquebot. Autour d'eux, la ville tangue. Ils sont assis l'un en face de l'autre, devant une table tout juste assez grande pour accueillir les assiettes, le plat de légumes en sauce, le pichet de sangria, les verres et la corbeille de pain. Leurs genoux se frôlent parfois, presque par hasard, sans insistance.

Juste à regarder sa sœur et à lui tenir la main, une sorte de quiétude envahit Gabriel. Le malaise des derniers jours s'éclipse momentanément. *It's just the nearness of you.*

Au dessert, elle l'informe de la généreuse part d'héritage

que lui a laissée leur père. Gaby hausse les épaules. Il ramène tout à sa musique, comme si rien d'autre ne comptait, comme si le monde avait la gravité des notes qui vibrent dans sa chair. Leur conversation reprend un tour vif et léger. Laura évoque leur enfance, pas toujours rose, parle de Ben, de Corinne et de Daniel, l'éternel absent. Gabriel interrompt ces réminiscences avec une caresse-surprise. Elle aime le contact de cette paume sur sa joue, voudrait l'y retenir à jamais. Les minutes, les heures fondent comme châteaux de glace au soleil. Le couple arpente les rues du quartier, que Gabriel redécouvre, tel un immigrant fraîchement débarqué. Ils errent de boutique en boutique, feuillettent des magazines, essaient des chapeaux extravagants, s'empiffrent de pâtisseries belges. Laura tient Gaby par la main, s'appuie contre son épaule. Conjuguée à la canicule, la sangria a fini par l'étourdir.

Il porte les doigts de Laura à ses lèvres, les baise, puis les mordille par taquinerie. Elle pousse un gémissement qui se métamorphose en petit rire embarrassé. Elle est maintenant persuadée d'avoir retrouvé son frère, le Gaby d'autrefois. Ses pensées vagabondent. Les revoilà gamins, à sauter dans les caniveaux à l'automne, s'éclaboussant l'un l'autre d'eau de pluie, au grand dam de Corinne.

* * *

La brunante déverse une fraîcheur apaisante, véritable baume sur l'épiderme de la métropole. La randonnée a dissipé la fatigue de Laura, mais pas son ivresse. Ils ont regagné la garçonnière, où Elaine a laissé un mot disant qu'elle dormirait chez une copine. D'ArqueAngel secoue la tête et sourit en chiffonnant le bout de papier.

Allongée sur une causeuse, Laura a allumé la télé sans mettre le volume. Elle zappe pendant un moment, puis s'arrête sur une chaîne locale, où l'on repasse *La Société des poètes disparus*. Gabriel a glissé un disque dans le lecteur : Debussy. Sa sœur s'étonne, mais pourquoi ? Oublie-t-elle qu'il a d'abord étudié le classique, si cher à leurs parents ? Il y est revenu tout naturellement ces dernières années, encouragé par Elaine, explique-t-il en posant sur la table de salon le plateau chargé de deux bocks givrés, d'une grosse Fin du Monde, d'un bol de nachos et d'un pot de salsa très forte.

— Gaby, qu'est-ce qu'elle est pour toi, Elaine ? demande Laura, du tac au tac.

Il débouche la bouteille de bière, incapable de réprimer un léger ricanement.

— Ce que ça peut vous chicoter ! Suzanne, Drummond, Nando et maintenant toi...

— Et alors ? Tu leur as répondu quoi ?

— Elaine est la pianiste de mon quintette.

Cette réponse ne la satisfait pas. Elle devra pourtant s'en contenter. Après avoir empli les chopes, Gabriel s'écrase au pied de la causeuse, laisse aller sa tête vers l'arrière, sur le ventre de Laura. Elle en profite pour lui enlever ses éternels verres fumés. Les yeux clos, il accompagne *Clair de lune* d'un doux fredonnement. Elle adore sa voix, rauque, sensuelle. Elle promène ses doigts dans sa chevelure crépue, lui arrache quelques cheveux blancs, en prononçant *mezza-voce* la réplique de Robin Williams au petit écran.

— Pardon ? fait Gabriel, interloqué.

— *Carpe diem*, répète-t-elle. La devise d'Horace. C'est ce que ce prof de littérature conseille à ses élèves : saisir l'instant, puisque la vie est courte.

Gaby a rouvert les paupières, ses yeux très noirs plongent dans ceux de Laura. Elle le repousse et se précipite vers la toilette, prétextant une envie soudaine. Assise sur la cuvette, elle doit cependant admettre que l'urgence qui la travaille n'a rien à voir avec sa vessie. Le souvenir de ce minable motel hullois la poursuit toujours.

Elle actionne la chasse, fait ensuite couler de l'eau froide dans le lavabo, s'asperge le visage puis, réflexe bizarre, l'entrejambe. Elle interroge du regard la femme esseulée debout en face d'elle. Pourquoi tout ce chichi ? Dick ne s'était sûrement pas torturé les méninges de la sorte.

Peut-être… sauf que lui ne couchait pas avec quelqu'un qu'on lui avait appris à considérer comme sa sœur !

Et puis merde, qui veut-elle leurrer ? Ses ennuis conjugaux sont de piètres alibis. Ce qui se prépare n'est pas motivé par un désir de vengeance mesquin. Ce serait idiot. Ce qu'elle s'apprête à faire n'a rien à voir avec les escapades de son mari.

Elle cède à une pulsion qu'elle s'est efforcée de nier tout au long de sa vie d'adulte, qu'elle ne veut plus, ne peut plus refouler.

Soit.

Elle abandonne son pantalon sur la céramique et retourne au salon. Debussy a cédé la place à Rodrigo : le *Concierto de Aranjuez*, dans sa relecture par Miles Davis et l'orchestre de Gil Evans. D'ArqueAngel, qui s'apprêtait à prendre une gorgée de Fin du Monde, interrompt son mouvement en la voyant reparaître, uniquement vêtue de sa camisole de soie. Esquissant un sourire triste, elle l'enjambe puis s'installe à califourchon sur ses cuisses, lui enlève sa bière, fait cul sec et laisse tomber le bock de côté.

Tandis qu'elle le déboutonne, il glisse les mains sous sa camisole, lui palpe les seins, le ventre, l'effleure à peine entre les cuisses, l'attise. Entre les pans de la chemise à demi ouverte, Laura plaque ses paumes sur les pectoraux de Gabriel, les déplace avec la lenteur d'une aveugle décodant un message en braille. Ces doigts pâles sur l'ébène. Ce rire qui flotte dans le soir d'été.

Elle se penche vers son cou et, d'un geste vif, lui mord un lobe d'oreille. Elle tressaille, sentant une raideur brûlante palpiter contre son ventre. Confrontée à la réciprocité du désir, elle se déleste de ses derniers vestiges de culpabilité. Dans une frénésie enfin assumée, Gaby et elle arrachent leurs vêtements.

Il la bascule sur le tapis, lui soulève une jambe, applique ses lèvres sur sa cheville. Sa bouche descend le long du mollet jusqu'à la fine corolle cernée de roux, qu'il baise sans s'attarder avant d'entreprendre le trajet inverse sur l'autre jambe. Il replonge et engloutit son visage dans le bas-ventre de Laura. Elle referme les cuisses sur sa tête, tambourine des talons sur son dos. À chaque envolée de l'orchestre d'Evans, elle se cabre, dans une sorte d'hypnose. Ses mains se crispent sur la nuque de Gaby dont la langue darde son lobe électrisé. Ses fesses se contractent. Ça y est, un liquide chaud gicle de son vagin sur le menton de son amant.

Elle cherche son souffle, naufragée perdue au large, angoissée par la perspective de la noyade. Elle a l'impression de s'engouffrer dans son propre sexe en crue, devenu maelström de sensations. La bouche de Gaby a quitté sa fourche, remonte sur son ventre, ses seins, ses épaules. Sa peau délicate et claire, mouchetée d'éphélides, rosit sous les baisers. Les mains de Gaby ont trouvé ses poings qui martelaient le sol, leurs doigts s'entrecroisent, il lui tord les phalanges. À la faveur d'une montée de la trompette de Miles, il la pénètre d'un violent coup de reins.

Le parfum de Gaby, mélange de musc et d'alcool, grise Laura. Elle trouve à ce visage sombre penché au-dessus du sien un air menaçant. Tandis qu'il la prend, ses traits se figent en une expression bestiale, qui à la fois l'excite et la terrifie. Son front se creuse d'une barre verticale, ses lèvres ont perdu leur plénitude sensuelle, sa bouche n'est plus qu'une fente à demi close et dure.

Un ogre ? Non, c'est son Gaby, son frérot adoré, bien plus que son frère.

Derrière ses paupières closes, Gabriel lutte contre les bruits, les sensations étrangères qui envahissent son esprit. À ces spectres s'oppose ce corps qui remue sous le sien. Son va-et-vient dans la gaine onctueuse l'enfièvre. Depuis combien d'années rêve-t-il de cet instant ? C'est bien Laura, bien plus qu'un rêve.

Ils roulent sur le tapis, se cognent à la petite table de salon. Le second bock de bière se renverse dans le plat de nachos. Dans leur culbute, Laura a pris le dessus. Elle se détache de lui, descend un chapelet de baisers sur son torse jusqu'à son entrejambe poilu. Pendant un moment, elle lui lèche le scrotum, lui chatouille le gland du bout des lèvres, de la langue. Puis elle se redresse, s'empale à nouveau sur lui, le chevauche en imprimant à son bassin un mouvement giratoire. Leurs membres se répondent comme les sections de l'orchestre. Il y a si longtemps qu'elle n'a pas fait l'amour, elle ne s'était pas rendu compte à quel point ça lui manquait.

Soudain, il se redresse pour plaquer sa bouche contre celle de sa sœur. Leurs dents s'entrechoquent, leurs lèvres se fondent. Serrant les tempes de Laura entre ses paumes, il lui incline la tête vers l'arrière et sème des baisers le long de sa gorge. Dans son abandon, elle ne cesse de répéter des « je veux » vibrants d'urgence. Elle ignore d'où son frère tient une telle connaissance de son corps. C'est à croire que les lèvres de Gaby, sa langue, ses dents, ses doigts, son sexe ont été conçus dans l'unique but de la faire jouir elle, de l'aimer elle et personne d'autre.

La cavalcade s'accélère, devient carrément brutale. Gabriel se laisse retomber sur le dos, lui pétrit les seins, lui pince les mamelons. Les hanches de Laura décrivent une spirale de plus en plus étroite autour de sa hampe. Il lui attrape les reins, les freine d'un geste brutal, la soudant à ses cuisses, s'arc-boute et s'enfonce plus loin en elle, qui accueille l'orgasme avec un rire espiègle.

Laura ne pourrait le jurer, mais au moment où Gabriel explose à son tour, avec un grognement venu du creux de son estomac, elle croit apercevoir une lueur écarlate au fond de ses iris.

Equinox

Aux inepties de l'animateur d'un jeu-questionnaire à la télé se mêle une chanson de Coupé-Cloué* diffusée par un *ghetto-blaster*, le ronronnement sourd d'un éventail électrique et les exclamations des clients du Manje Lakay. Arborant un sourire éclatant, la serveuse glisse vers Appolon un grand verre de Cola-Champagne, orné d'un parasol miniature sur le manche duquel s'alignent des cerises vertes et rouges, des tranches de lime et de citron.

— Tu te compliques la vie inutilement, avec les décorations, fait le policier, néanmoins flatté par l'attention. C'est pour consommation immédiate, oui.

Marie-Marthe ne lésine jamais sur les extra lorsqu'elle sert un client distingué, denrée plutôt rare au Manje Lakay, selon elle. Qui plus est, outre sa politesse et son élégance, qualités qu'elle admire, elle trouve au détective un charme certain. Dommage que cette visite se fasse dans des circonstances aussi peu propices au flirt. Elle tente de l'intéresser à une portion d'*akra* de morue, frais tirés de la friteuse, mais essuie un refus catégorique. Pour Lorenzo Appolon, l'heure n'est pas à la dégustation culinaire.

En voulant prendre des nouvelles de Ferdinand ce matin, Appolon a appris sa disparition par la bouche de Josie. La découverte des cadavres de T-Master et des membres de son *gang* avait rendu Ferdinand fou. Il a quitté la maison et n'a plus donné signe de vie depuis deux jours. Morte d'inquiétude, Josie a supplié Appolon de le retrouver avant qu'il commette une autre folie...

Même s'ils n'en ont pas discuté ouvertement, le détective regrette autant qu'elle d'avoir douté de Ferdinand, surtout à la lumière des nouveaux développements de l'affaire. Que les Jamaïquains et Dauphin aient ou non affronté un monstre samedi soir importe peu désormais. Quelqu'un ou quelque chose avait bel et bien étripé T-Master et ses hommes avant de jeter leurs carcasses au dépotoir. Appolon a promis à Josie de lui ramener son époux sain et sauf. Il a ensuite raccroché, sans lui confier son mauvais pressentiment.

Marie-Marthe détache un bouton de sa blouse et augmente la puissance du ventilateur. Appolon porte un toast à cette bonne initiative. Trente-quatre degrés à l'ombre. Une température d'enfer, tout à fait adéquate pour une ville assiégée par un *djab*...

— Et ils étaient quatre? relance-t-il, après une gorgée.

Elle acquiesce.

— Lui, deux autres Haïtiens et une Québécoise. Ils se sont pointés quelques minutes avant la fermeture et Minville a exigé qu'on leur serve à manger. Puis il m'a remis le portefeuille de monsieur Dauphin, en disant qu'il l'avait oublié chez lui samedi.

— Et c'était mardi soir?

— Non, lundi.

— Et tu n'as pas revu Ferdinand depuis?

— Si. Il est passé ici le lendemain, mais quand je lui ai parlé de la visite de Minville, il est tout de suite reparti.

— Et depuis, pas de nouvelles de lui?

Elle fait signe que non.

Lorenzo Appolon laisse échapper un *tchuip*. Les propos de Marie-Marthe ne font que confirmer ses craintes. Mais comment présenter à ses collègues et à ses supérieurs cette histoire invraisemblable sans risquer la chambre aux murs coussinés?

* * *

Près de deux heures se sont écoulées depuis l'arrivée de Barthélémy Minville et de son «fils» Caliban. Deux heures d'extrême fébrilité tant pour Alice que pour ses visiteurs.

En pénétrant dans le laboratoire au sous-sol, Minville a inspecté la pièce, remarquant le contraste avec le décor pittoresque de la boutique. Évidemment. Tout le bric-à-brac vodou ne vise qu'à satisfaire les attentes de la clientèle d'Alice, gavée d'images folkloriques et de films de série B. Les clients ne soupçonnent même pas l'existence de cette salle, en bas. Dans ce cadre plus austère, encombré par l'abondant matériel de chimiste, Ti-Alice Grospoint prépare les baumes et les potions qui ont fait la réputation de sa famille depuis des générations.

Le cœur en alerte, les doigts tremblants, la femme s'active au milieu des éprouvettes, burettes, ballons et autres contenants remplis d'essences diverses aux parfums capiteux. La chaleur l'étouffe. Ses gestes sont maladroits. Elle n'a pas l'habitude de travailler sous une telle pression. Elle s'efforce de faire abstraction du regard sévère de Minville qui pèse sur elle, se concentre sur son ouvrage. Surtout, ne pas penser à Naïma.

De temps à autre, elle lève un œil apeuré sur Caliban, dressé en face d'elle telle une statue de marbre. L'impassibilité, la froideur même du colosse albinos augmentent l'angoisse d'Alice. Il a l'air si effacé, si paisible… Pour l'avoir vu à l'œuvre l'autre soir, Alice sait qu'il ne faut pas se laisser abuser par son calme apparent.

À chaque prise de sang qu'elle a dû lui faire, elle redoutait de voir se ranimer en lui la bête qui avait froidement émasculé puis battu à mort ce type, Dauphin. Heureusement, Minville avait pris soin de faire ingurgiter à Caliban la potion sédative commandée à Alice. La décoction ne nuit pas trop à son «efficacité», mais tempère un peu son agressivité, qui n'a cessé de grandir depuis ce dimanche où il a commencé à ressentir la présence de cet Autre.

Alice n'aime pas le contact de cette peau froide, au teint anémique. On dirait un reptile ou un cadavre. Une machine à tuer plutôt, se corrige-t-elle. Un robot uniquement programmé pour réaliser les fantasmes sanguinaires de Barthélemy Minville. Voilà ce que la science de son défunt père avait contribué à créer. Voilà l'exploit qu'on lui demande aujourd'hui de reproduire...

— Et alors?

Au son de la voix caverneuse de Barracuda, Alice tressaille et échappe presque le becher dans lequel elle a recueilli le fruit de la décantation du sang de Caliban. Elle lève le contenant à la hauteur de ses yeux, l'agite légèrement en guettant une réaction quelconque. Elle se tourne vers le *makout*, lui adresse un signe négatif de la tête.

Le gros homme agite un tabloïd plié en guise d'éventail. La scène lui rappelle d'autres expériences semblables. Si près du but, il ne tolérera pas un nouvel échec.

— Tu me déçois, chère Ti-Alice. J'en espérais davantage de la fille du grand Dieubalfeuille Grospoint. Dois-je te rappeler les enjeux de ta réussite?

Ses paroles frappent comme un coup de dague au cœur de la mère éplorée. Elle appréhende une scène semblable à celle qui a suivi le meurtre de son père. Cette fois, le rôle de la jeune femme en détresse serait tenu par sa fille.

— Je n'arrive pas à isoler l'agent mutagène, débite-t-elle, nerveuse. Il perd très vite sa cohésion, une fois extrait du flux sanguin...

— Je compte sur toi pour trouver une solution à ce problème...

— Je ne sais pas si c'est possible, plaide Alice. Dans sa phase adulte, lorsqu'il a longtemps mûri dans les veines du porteur, l'agent est pratiquement indissociable du plasma sanguin... Je doute fort qu'on puisse le distiller à partir du sang de votre « fils ».

Mèt Minville reconnaît ce refrain, entendu trop souvent au fil des vingt dernières années. Il n'a cependant pas l'intention de renoncer. Il arrête de s'éventer, le temps de déplier son journal. Un moment passe, durant lequel il fixe une photographie, puis une lueur illumine son regard.

— Dans ce cas, ma chère, je crois qu'il va nous falloir improviser. Ça ne pose pas de problèmes, à vrai dire. Nous, les Nègres, n'avons-nous pas le jazz dans le sang ?

* * *

Fin d'après-midi de brasier, le centre-ville connaît l'effervescence d'une fourmilière piétinée par inadvertance. Sur les affiches et les tee-shirts, la mascotte du festival, un matou en habit de zazou, jongle avec les noms des vedettes. Qu'importe que plusieurs de ces stars se soient déjà produites dans de petites boîtes plus sympathiques que les grandes salles de spectacle aseptisées ? Un raz-de-marée humain submerge les alentours de la Place des Arts. Sous le regard bienveillant du « *Cat* d'la Sainte-Cat », au pied des podiums extérieurs, déferlent badauds et vacanciers pour qui, le reste de l'année, le jazz ne signifie pas grand-chose. Des haut-parleurs géants crachent à tue-tête des blues cochons à souhait. À la télé comme à la radio, des reporters en mal de scandales politiques sacrent Montréal capitale mondiale du jazz.

À cette heure, on peut encore respirer dans la salle du Sensation Bar. Des clients peu nombreux, mais une ambiance du tonnerre. Au son de la voix blessée de Billie Holiday, le jazzophile peu friand des foules peut profiter d'un cinq à sept paisible, loin de la frénésie du site officiel, en attendant le coup d'envoi du festival. On jase jazz en pigeant dans le buffet de hors-d'œuvre offert par la maison. À une table, un couple de fanatiques débattent de la période la plus valable de l'œuvre de Lady Day. À une autre, des groupies pâmées pointent du doigt n'importe quel client affublé de

185

verres fumés, cherchant à mettre un nom sur tel personnage incognito. Effectivement, bon nombre des prestigieux invités du festival, les grands, les moins grands comme les imposteurs, se sont donné rendez-vous à la boîte de Nando Sánchez.

Attablés près de la scène, le cabaretier, Laura et les membres du quintette trinquent avant le premier *set*. Laura en profite pour faire connaissance avec les collègues de Gaby. L'atmosphère est étonnamment détendue, constate Elaine. La présence de sa sœur aînée suffirait-elle à ramener Gabe dans de meilleures dispositions ? La pianiste se réjouit de le voir sourire pour une fois et ce, en dépit de l'article de Ginette Gingras dans le numéro d'*Impact* paru ce matin.

En l'espace de deux colonnes et demie, la journaliste a aligné tant d'inexactitudes et de faussetés sur le compte de D'ArqueAngel que celui-ci se demande pourquoi elle avait tenu à le rencontrer. Tant qu'à écrire de la fiction, elle aurait pu rester chez elle et tout inventer. Plus pragmatique, Sánchez se réjouit qu'elle ait mentionné le nom de son établissement au moins deux fois et que la rédaction d'*Impact* ait inscrit le Gabriel D'ArqueAngel Quintet au palmarès des « incontournables » du festival.

— *Yea*, au même titre qu'Harry Connick Jr., maugrée D'ArqueAngel.

— Oh ! Ce que tu peux être rabat-joie, parfois, intervient Elaine. *Tell me, Laura, was he always like this ?*

— Pour se donner un genre. Mon frère a toujours beaucoup grogné, mais il ne mord presque jamais.

— Sans blague ! Après les événements des derniers jours, on aurait juré le contraire, raille Picard.

Au grand déplaisir de D'ArqueAngel, Drummond récapitule les incidents de la semaine. Laura se rappelle avoir remarqué, ce matin dans la douche, une longue cicatrice au flanc de Gabriel, mais elle avait présumé que cette blessure remontait à un mois. Tout de suite, elle veut savoir s'il a consulté un médecin. D'ArqueAngel fait dévier la conversation en commandant à Vanessa Sánchez une nouvelle tournée.

Elaine ne dit rien, guette plutôt la réaction de Laura. Celle-ci grince des dents. Elle pense à Corinne, à cette tétine de biberon trop souvent trempée dans l'anisette ou le curaçao, à cette larme de gin ou de vodka mêlée au jus de pomme. Pour le calmer, pour l'aider à dormir. Gabriel lit la désapprobation sur les visages de sa sœur et de la pianiste. Pour éviter la réprimande, il choisit l'ironie.

— Vous savez, docteur, j'ai mon ordonnance, dit-il en faisant mine de fouiller ses poches. Vous voulez la voir ?

Laura sourit malgré elle. Elaine secoue la tête.

Vers vingt et une heures, une baisse de l'éclairage signale le début du spectacle. Les musiciens vident leur verre et montent sur scène. Decrescendo du murmure de la foule assez nombreuse. Le papier de la Gingras a porté fruit, se dit Elaine. Quelques connaisseurs impatients poussent des cris et des sifflets exaltés. Les projecteurs convergent sur Nando Sánchez, debout derrière le micro au centre de la scène. Le cabaretier demande le silence, le temps de son laïus habituel.

— Tout le monde connaît la composition d'un quintette de jazz moderne, j'espère ? lance-t-il, goguenard. Un trompettiste, un saxo, un pianiste, un bassiste, un batteur… et un membre surnuméraire au radar chargé de prévenir les autres dès qu'ils approchent de l'air du morceau !

Des éclats de rire timides fusent du fond de la salle, tandis que Drummond ponctue d'un roulement de tambour et d'un coup de cymbale la vieille devinette fétiche du Portoricain. La présentation achevée, en avant la zizique ! Indifférent aux applaudissements, D'ArqueAngel chauffe son biniou et, à son signal, le groupe se met en branle, véritable machine à voyager dans le tempo.

Laura reconnaît la pièce *Zombi Blues*, cet air lancinant composé de petites phrases décousues, répétées inlassablement par la section rythmique, où les cuivres n'interviennent que pour lacérer le semblant de mélodie. Sánchez la rejoint à sa table et lui adresse un sourire complice.

Le quintette tresse et détresse sa polyphonie angoissée. D'habitude, Laura ne prise guère qu'on triture les sons de la sorte, en faisant fi des règles traditionnelles de l'harmonie. Ce soir toutefois, l'aisance de Gaby à conjuguer douceur et fureur l'impressionne vivement. Elle s'émeut de le voir sur scène, si vif et précis, calme et démoniaque. Ange Noir de l'Apocalypse.

Une fois le thème énoncé, D'ArqueAngel enfonce sa sourdine Harmon dans le pavillon de la trompette et entame son solo, la tête si obstinément penchée en avant qu'on le croirait en train de déchiffrer une partition gravée sur le plancher. Les sourcils en accent circonflexe, le nez camus, la bouche crispée se figent. Un charmeur de serpents. Il improvise un aria presque féminin. Laura dodeline de la tête, bercée par la mélodie toute en courbes voluptueuses. La sensualité de ce chant lui rappelle avoir lu quelque part qu'à l'origine, le mot «jazz» désignait la copulation dans l'argot de New Orleans. Un début de vertige, un nœud dans le ventre, la sensation que les arpèges de la trompette lui caressent les flancs, s'insinuent en elle, la basculent, la chevauchent.

D'ArqueAngel intercale entre deux chorus quelques mesures de *Laura*. Elaine s'amuse de ce clin d'œil qui, bien sûr, échappe à la dédicataire. Gabe donne l'impression d'accumuler une pression terrible, dont il ne laisse percevoir qu'une infime partie. Au faîte du solo, lorsque cette tension atteint son paroxysme, il arrache la sourdine puis braque soudain sa Martin Committee en l'air. Toute l'énergie contenue jaillit avec une violence inimaginable, les notes volent en tous sens, explosent sur un rythme d'enfer, tels des feux d'artifice. Survoltée, Laura sent un filet de sueur froide sur son échine.

À la fin du *set*, tandis que Gaby, désinvolte, salue sous un déluge d'applaudissements, Laura constate qu'elle le désire. Encore. Cette pensée lui fait honte. À la grande surprise de tous, le trompettiste se mêle au public, histoire de répondre à quelques questions et signer des autographes. Cependant, son regard revient invariablement vers sa sœur qui se tient à l'écart. Cette façon qu'il a de la fixer, au-dessus de la monture de ses Serengeti. Le regard, une fenêtre sur l'âme, dit un vieil adage. Lui aussi a envie de Laura. Toutes ces années passées loin l'un de l'autre apparaissent aujourd'hui comme une plaie que leur proximité cautérise enfin.

Au moment de remettre à un spectateur enthousiaste son CD autographié et son Mont Blanc, D'ArqueAngel croise les yeux de l'homme et frémit, sans savoir pourquoi. C'est un Nègre chauve et barbu, la cinquantaine ventripotente, qui considère le musicien avec un étrange sourire. Une vieille connaissance ? Le gros homme reprend le disque et la plume et, avant que le trompettiste ait pu l'apostropher, disparaît dans la foule grouillante.

* * *

Au fond de l'allée voisine du Sensation Bar, la Jaguar rouge ronronne, tel un gros matou repu. Claude-Henri Faustin regarde Barthélémy Minville se glisser sur la banquette arrière, le visage fendu par son sourire de carnassier. Son patron lui tend le boîtier du CD avec l'excitation d'un groupie. Obéissant à l'ordre implicite, Faustin glisse le disque dans le lecteur de la voiture. Tandis que les percussions d'*Afro Blue* font crépiter les haut-parleurs, la Jaguar se coule dans le soir.

— Alors ? Qu'en pensez-vous, mon cher ?

— Un peu trop décousu à mon goût, quoique…

— Ne prenez pas vos poses d'imbécile avec moi. Je ne parle pas de la musique et vous le savez très bien.

Faustin acquiesce d'un hochement de tête.

— La ressemblance est frappante, en effet. Bien plus que sur le journal.

Mèt Minville joint ses mains sous son nez, adopte une posture de bouddha anthracite.

— Dommage que Caliban ne soit pas venu avec nous. Il aurait apprécié le spectacle.

— Il fallait bien que quelqu'un veille sur vos «invitées»...

L'insistance sur ce mot trahit la contrariété de Faustin. Barthélémy Minville s'amuse des scrupules de son bras droit. Faustin le suivra jusqu'en enfer, peu importe ses remords de conscience : la complicité dans le crime crée une sorte d'accoutumance.

Avec un ricanement grave, Barracuda anticipe ses prochains coups dans ce match d'échecs avec le Destin.

Partie IV

Ah, mon frère, mon cher frère
C'est toi qui m'as assassiné
À présent que tu joues sur mes os morts
Je dois me plaindre éternellement

GUSTAV MAHLER

Anxiety

— Prends, ça va te faire du bien.

Douce et chaude, une vraie caresse, la voix réussit presque à réconforter Naïma Grospoint. L'adolescente lève les yeux et accepte la tasse que lui tend Jacynthe : une infusion verveine-camomille, parfumée de miel et de citron. Cette attention touche Naïma. Au fil des journées, des liens de solidarité se sont tissés entre elles. À son arrivée au domaine de Minville, Naïma avait d'abord compté la Québécoise parmi ses ravisseurs, mais elle s'est vite rendue à l'évidence : Jacynthe est, au même titre qu'elle, « invitée » de Barracuda pour une période de temps indéterminée...

De prime abord, les règlements de leur villégiature ici ne semblent pas trop contraignants. Le jour, elles sont autorisées à aller et venir comme bon leur semble à l'intérieur de la demeure cossue. Elles n'ont cependant pas accès au téléphone ni le droit de sortir seules dans le jardin. Et il leur suffit de s'attarder trop longuement devant une fenêtre, de fixer avec trop d'insistance une porte pour voir surgir, tel un chien de garde diligent, celui qu'on surnomme Grand-Blanc.

L'albinos n'adresse jamais la moindre parole à l'une ou l'autre des femmes. Selon Jacynthe, il ne parle que très rarement et seulement à Minville. Pour avoir vu le traitement qu'il a infligé au visiteur de la boutique, mardi soir, Naïma

193

juge préférable de maintenir une bonne distance entre la sentinelle et elle.

Paradoxalement, l'adolescente ne trouve guère ses rapports avec le dénommé Faustin plus faciles. Malgré tous les efforts déployés par le secrétaire pour rendre son séjour le moins désagréable possible, Naïma n'arrive pas à se sentir à l'aise en face de lui. Il émane du maigrichon à la voix fluette une anxiété contagieuse.

Somme toute, c'est Minville qui se présente sous le jour le plus sympathique. Prévoyant, spirituel, toujours aux petits soins, il apparaît comme l'archétype du tonton gâteau. Cependant, Naïma n'est pas dupe. Et si jamais elle doutait de la nature de Barracuda, les cris et gémissements provenant de la chambre de Jacynthe la nuit lui rappelleraient vite à qui elle a affaire.

La mince part de plaisir que Jacynthe tirait de ces étreintes s'est dissoute. Depuis l'irruption impromptue de Christian, les incursions de Minville dans sa chambre sont passées à un registre beaucoup moins ludique. Ravalée du statut de princesse à celui d'esclave, Jacynthe assume désormais la responsabilité des tâches ménagères. Minville a congédié ses domestiques et ne fait plus appel au service de traiteur qu'exceptionnellement. Défaite, elle encaisse souffrances et humiliations sans rechigner.

Après le sort réservé à son ex par Caliban, elle a perdu toute volonté de résistance…

Elle ignore ce qu'ils ont pu faire du cadavre et du tout-terrain, mais elle se doute que pareil numéro d'escamotage ne pose pas de problème à un sorcier comme Barracuda. La police ne le retrouvera probablement pas avant quelque temps, à des lieues d'ici. De plus, Christian était sûrement venu sur un coup de tête, sans aviser personne…

Jacynthe serre les paupières, réprime un sanglot puis reprend contenance pour ne pas décourager l'adolescente assise en face d'elle. Quelle blague ! La belle enfant n'est pas naïve…

Elles sirotent leur tisane dans un silence lugubre, d'une densité telle qu'on le croirait capable de les étouffer.

* * *

Une fois par semaine, le capitaine Gobeil réunit les détectives dans la salle de conférences et les invite à présenter chacun leur tour les développements de leurs enquêtes respectives. Lorenzo Appolon écoute avec lassitude l'exposé de son confrère Courtemanche — une histoire de tuerie dans une *crackerie* du centre-ville. À vrai dire, Appolon a toujours trouvé cet exercice fastidieux, voire franchement chiant, en particulier lorsque les investigations piétinent. Il lui faut néanmoins admettre que ces séances génèrent parfois des échanges stimulants.

Ce n'est certes pas le cas dans l'affaire qui le préoccupe ces jours-ci...

Boivin et lui ont passé les derniers jours à interroger certains des acolytes encore en vie de T-Master, divers individus de la communauté noire anglophone, des voisins du caïd et même quelques membres de gangs rivaux, tout ça en pure perte. Les Jamaïquains ne sont pas réputés pour leur empressement à collaborer avec les forces de l'ordre, à plus forte raison lorsque celles-ci adoptent une attitude aussi hostile que celle de Boivin. Appolon a eu beau répéter à son collègue que son comportement sabotait leurs efforts, Boivin persiste à traiter chaque interviewé comme un coupable potentiel. Dans de pareilles conditions, faut-il se surprendre du peu de progrès de leur enquête ?

De toute façon, Boivin peut bien continuer à se perdre en conjectures farfelues si le cœur lui en dit, l'Haïtien doute fort que tous les interrogatoires du monde leur en apprennent plus qu'ils n'en savent déjà sur la mort de T-Master et de ses hommes... Le hic, c'est qu'on n'inscrit pas dans un rapport officiel une phrase comme « les victimes ont péri aux mains d'une créature surnaturelle issue du folklore vodou...»

Courtemanche conclut sa présentation ; s'ensuit alors la période de discussion, émaillée de plaisanteries de mauvais goût. Appolon pousse un soupir écœuré. La séance s'éternise, alors que, quelque part en ville, Ferdinand Dauphin agonise peut-être, s'il n'a pas déjà rendu l'âme. Au moment de la levée de l'assemblée, la réceptionniste du poste vient porter à Appolon un message de Marie-Marthe. Sans hésitation, il court à son téléphone.

C'est la serveuse qui décroche. En dépit de son anxiété, sa voix trahit une certaine joie d'entendre le policier. Au terme de leur entretien, il l'avait encouragée à rappeler si jamais un détail lui revenait. En consultant l'annuaire des commerçants haïtiens de la région, Marie-Marthe a remarqué dans la marge d'une page une flèche à l'encre rouge qui ne s'y trouvait pas auparavant. Et puis, elle s'est souvenue des dernières paroles de Ferdinand, le matin où elle lui a parlé de la visite de Minville au restaurant, quelque chose à propos d'un *pwen cho*.

— Marie-Marthe, je t'adore ! s'enthousiasme le détective. Rappelle-moi de t'inviter dans un grand restaurant, un de ces soirs !

— Alors, ça peut vous être utile ?

— Je ne sais pas encore. C'est une piste en tout cas...

Après lui avoir fait répéter le nom et l'adresse du commerce pointé par Ferdinand, Appolon réitère sa promesse de sortir avec elle, puis raccroche. Le policier arrache la page de son bloc-notes, contemple avec un renouveau d'entrain les quelques lignes qu'il y a griffonnées. «Bingo !» s'exclame-t-il en donnant une tape sur la feuille de papier.

* * *

Alice Grospoint a bel et bien entendu le claquement d'une portière, des pas dans l'allée, puis des coups à la porte de la boutique, en bas. L'écho de ces coups résonne dans sa poitrine. Décidément, plus personne ne sait lire dans cette ville. En dépit de l'écriteau dans la vitrine, le martèlement volontaire de ce poing contre le cadre de bois persiste. Alice n'a pas l'intention d'aller répondre. Que lui importe sa clientèle ? Qu'ils aillent au diable, ces malades imaginaires, ces oiseaux de mauvais augure !

On cogne toujours. Un autre qui ne se laisse pas décourager facilement. Elle n'ouvrira pas, n'ouvrira plus jamais. « Allez-vous-en ! » hurle-t-elle en elle-même. La pensée ne suffit pas, hélas, pour chasser le malvenu.

Et si c'était Minville venu lui ramener sa fille ?

Autant rêver au père Noël !

Devant l'insistance du visiteur, elle ravale son exaspération. Elle descend, en se promettant que, s'il s'agit des sœurs Wilson, elle leur parlera de leur mère dans un langage des plus salés !

Ce visage appuyé contre la vitre de la porte, la main en visière au-dessus des sourcils, ne lui dit rien. Un mulâtre, de grande taille, traits fins, cheveux décrêpés, bien mis. Probablement un de ces bourgeois qui monopolisent les médias québécois dès qu'il est question d'intégration de la communauté haïtienne, mais qui se gardent bien d'envoyer leurs enfants étudier dans les mêmes écoles que ceux de la classe ouvrière.

— Qu'est-ce que vous voulez ? gronde-t-elle, assez fort pour qu'il l'entende de l'extérieur. Nous ne sommes pas ouverts aujourd'hui, vous voyez bien !

— Oui, ni hier, ni avant-hier, ni avant-avant-hier, à ce qu'on m'a dit, fait l'homme. Drôle de manière de tenir un commerce, il me semble…

— Et alors ? Qu'est-ce que ça peut bien vous faire ?

Le mulâtre porte la main à la poche intérieure de son veston et en sort son portefeuille.

— Détective Appolon, police de la CUM, déclare-t-il en brandissant son insigne. J'ai des questions à vous poser, madame Grospoint. Bien sûr, je peux le faire d'ici, mais il me semble qu'on serait plus à l'aise en dedans pour se parler...

Elle tire le verrou, détache la chaîne et fait entrer le policier. Un tintement argentin attire brièvement l'attention d'Appolon sur le bouquet de carillons suspendus au cadre de porte. Son regard sonde le magasin d'allure modeste. Vu la réputation enviable dont jouit la boutique d'Alice Grospoint dans la diaspora, Appolon s'attendait à un décor plus impressionnant. Faiblement éclairée, mal aérée, encombrée d'étagères où s'entassent bocaux, fioles, pots de fleurs odorantes, la pièce fait davantage penser à une grotte qu'à un dispensaire de potions miracles. Quoiqu'il n'ait jamais cru à l'efficacité de ces remèdes de grands-mères, Appolon ne porte aucun jugement sur les gens qui y ont recours.

Il ne sait trop quoi penser des prétendus pouvoirs que les superstitieux attribuent à cette dame Grospoint et aux autres membres du très clandestin cénacle vodou de Montréal. En vérité, il s'en fout un peu et trouve paradoxal qu'une femme, qui détiendrait un savoir lui permettant de solliciter l'appui des forces de l'au-delà et d'influencer le Destin, se contente de conditions de vie à ce point humbles.

Mine de rien, le détective détaille son hôtesse de la tête aux pieds : petite, un rien grassouillette («en forme», aurait dit son père, amateur de femmes bien en chair), la quarantaine avancée, tête grisonnante coiffée d'un fichu fuchsia, paupières plissées par les ans et les larmes.

— Ce qu'il fait chaud ! On se croirait en Haïti ! soufflet-il en s'éventant de la main. Vous n'ouvrez jamais ?

Si seulement il savait combien la chaleur importe peu à Alice Grospoint ! La présence de cet intrus ne laisse rien présager de bon. Elle le prie d'en venir au fait.

— Je suis à la recherche de cet homme, explique-t-il en lui présentant un polaroïd de Ferdinand. Ses proches ont de bonnes raisons de croire qu'il aurait tenté de venir vous consulter avant sa disparition...

Alice fait mine d'examiner le portrait avec attention. Son taux d'adrénaline monte en flèche, mais elle s'évertue à n'en rien laisser deviner. À voir son visage fermé, impénétrable, il est impossible de détecter son malaise.

— Je n'ai jamais vu ce monsieur, prétend-elle, en rendant le cliché au policier.

Une réponse prompte, trop ferme aux oreilles d'Appolon. Il reprend la photo et arpente la pièce en silence, un truc toujours efficace pour forcer les dissimulateurs à se trahir. Un grincement sous sa semelle lui fait baisser les yeux : de la terre, des miettes de verre et de céramique par terre.

— Un accident ?

Elle le sent suspicieux, craint de ne pouvoir le tromper longtemps. Qu'il s'en aille, merde ! Qu'il lui foute la paix !

— Rien de grave, rétorque Alice Grospoint. Une gaffe de ma fille Naïma. Elle m'avait promis de ramasser son dégât, mais vous savez, les jeunes...

Inutile d'insister. Il ne tirera rien de ce singulier petit bout de femme. Et puis, rien ne prouve que Ferdinand ait eu le temps de se rendre jusqu'ici avant... Avant quoi ? Même en pensée, Lorenzo Appolon n'a pas le courage d'affronter l'éventualité de la mort de son ami. Résigné, il se prépare à repartir, mais il se retourne une dernière fois et tend sa carte à Alice Grospoint.

— On ne sait jamais, au cas où Monsieur Dauphin se pointerait...

Alice accepte le bout de carton, presque à contrecœur, et lui offre des salutations polies. Enfin, le policier s'en va.

Adossée contre la porte verrouillée à double tour, elle se crispe, contient ses larmes. Un coup de poing au ventre ne l'aurait pas perturbée davantage que sa propre allusion à Naïma tout à l'heure. Les yeux fixés sur la carte de visite, elle se demande si elle n'aurait pas mieux fait de tout raconter au détective.

Non. Minville l'a avertie : tant qu'elle lui obéira, sa fille ne risque rien. Il a promis.

199

Mais qu'est-ce qu'elle s'imagine ? Conjuguée à la lassitude, l'anxiété déforme les souvenirs. Que vaut la parole de cet homme qui a abattu son père à bout portant sans sourciller ?

* * *

La scène a quelque chose de carrément grotesque, songe Naïma Grospoint. Les voilà rassemblés autour de la table, Jacynthe, Faustin, Minville, son fils et elle, comme si de rien n'était. Au menu : un plat de lotte en sauce, accompagné de rosé. Si ce n'était de l'oppressant silence qui alourdit l'atmosphère de la salle à manger, on pourrait les prendre pour les membres d'une famille aimante et unie.

Les deux premières journées, Naïma avait entrepris une grève de la faim, pour obliger Minville à la libérer. Elle restait prostrée dans sa chambre, muette et résolue à prolonger son jeûne indéfiniment, quitte à mourir d'inanition. Minville, philosophe, lui a tout simplement répondu : « Tant pis pour toi ! » Elle aurait voulu maintenir ce régime durant des semaines, mais hélas, le corps a de ces exigences auxquelles elle a fini par céder, honteuse.

Au moins, se console-t-elle, la nourriture est délicieuse, ce qui ne va pas de soi dans une prison : Jacynthe peut se féliciter de ses talents culinaires. D'ailleurs, Barracuda ne tarit pas d'éloges à son sujet, quoique, de sa part, pareille litanie de compliments sonne terriblement faux.

Faustin ne lève guère les yeux de son assiette, mastique si doucement qu'on croirait qu'il a peur de se casser une dent. Malgré sa galanterie envers Jacynthe et elle, on ne peut s'empêcher de penser qu'il vendrait son âme pour être ailleurs.

Quant à Caliban, qui pourrait dire quels rêves sanglants brillent derrière ses lunettes noires ?

La sonnerie du téléphone sans fil, posé sur le coin de la table près de *Mèt* Minville, ébranle la fausse quiétude du souper. Tous sursautent, sauf Caliban. Minville s'essuie la bouche et les mains dans sa serviette de table, puis il empoigne le combiné.

— À l'heure du repas ! maugrée-t-il, en étirant l'antenne. Foutre, ce pays est décidément peuplé de rustres sans manières... Oui, allô ?

Comprenant que c'est sa mère au bout du fil, Naïma se redresse : le monde extérieur existe donc encore. Voilà de quoi rassurer un peu la jeune fille. Excédé, Barracuda rappelle à Alice qu'il lui a interdit de téléphoner...

Alice n'a pas oublié ces consignes, mais ce qu'elle a à lui annoncer ne peut pas attendre. Quelques phrases haletées, puis la mine de Minville se renfrogne. Sans qu'il l'ait voulu, dirait-on, son poing s'abat violemment sur la table, faisant sauter les assiettes et vaciller les verres.

— La merde ! rugit-il en raccrochant brutalement.

Un long silence suit cet éclat. Pendant un moment, nul ne touche à ses ustensiles. Petit à petit, le calme reprend son emprise sur la pièce. Minville affecte une politesse exagérée.

— Vous excuserez cet énervement bien involontaire, messieurs dames. Pour rien au monde je ne voulais gâcher l'ambiance si agréable de notre repas...

— Des ennuis ? s'enquiert Faustin.

Minville pousse un soupir de lassitude, puis se sert une nouvelle coupe de rosé.

— Faustin, mon cher, dit-il après une gorgée, j'ai bien peur qu'il nous faille faire quelque chose à propos de ce détective Appolon avant longtemps.

Rouge

Laura s'appuie sur un coude pour mieux contempler Gaby qui dort encore. Son regard s'attarde sur le visage de son frère qui se détache sur la taie d'oreiller beige. Couché sur le flanc, un bras passé par-dessus la hanche de la femme, il a l'air d'une statue en fonte. Elle lui touche l'épaule du bout des doigts, comme pour s'assurer qu'il n'est pas de ces chimères qui s'évanouissent au petit matin. Elle aime le grain de sa peau sombre, sous laquelle saillent ses muscles. Elle lui caresse la tempe. Il ne bronche pas, mais sa bouche esquisse un sourire. Bizarre, son front ne porte plus de trace du coup de matraque de mardi dernier...

Elle s'improvise contorsionniste pour s'extraire de son étreinte sans le réveiller. Elle se lève, va à la fenêtre. À peine sept heures, tout est calme. En bas, seuls quelques camions de livraison sillonnent les rues mouillées. Nue, elle s'étire, bâille et frissonne à cause du courant d'air frais.

Cette nuit encore, elle a peu dormi. D'excès en excès, les cinq derniers jours ont filé comme du vif-argent. Laura a perdu tout sens critique : la voilà redevenue adolescente, tête brûlée préoccupée uniquement par les plaisirs de l'instant. Cette désinvolture, elle la doit à Gaby, à son univers de musique débridée aux contours rendus diffus par l'alcool ingurgité en quantité industrielle.

À leur retour du Sensation Bar aux petites heures du matin, une pluie violente les avait surpris sur le balcon. Petite, elle était terrifiée par ces orages apparemment résolus à engloutir la terre. Cette nuit, elle s'est laissé posséder par l'électricité. Sous le flamboiement des éclairs, Gaby l'a prise debout, appuyée contre le garde-fou, jusqu'à ce que les assauts de la pluie les obligent à rentrer.

Rien qu'à penser à l'intensité de leurs ébats, Laura frémit de la tête aux pieds. Ce qui leur arrive est si délirant. Il faudrait pouvoir retrouver la raison, maîtriser leurs appétits déchaînés. Un sursaut de morale lui rappelle que c'est péché, qu'ils risquent la damnation éternelle. Durant des années, elle a lutté contre son attirance pour cet homme que les caprices du Destin lui avaient donné pour frère adoptif. Elle se répète qu'elle se fiche pas mal des châtiments divins. Mais s'en fout-elle vraiment ?

Presque malgré elle, Laura songe à Ruby, qu'elle a abandonnée sur un coup de tête. Sa fille lui manque.

Elle a soif, déshydratée par le whisky. Elle va au réfrigérateur. Devant les étagères quasi vides, elle hésite un instant. Secouant la tête, elle prend le litre de lait et referme la porte d'une talonnade. Pas un verre propre en vue. Tant pis. Elle ouvre le bec du carton, mais au moment de porter le lait à sa bouche, elle tressaille en entendant une voix.

— *Hi*, Laura ! Je ne croyais pas te trouver debout si tôt.

Sa surprise est telle que le litre lui glisse des doigts et s'écrase par terre, répandant son contenu. Réprimant un juron, elle se retourne vers Elaine, sur le pas de la porte.

— *Sorry*, je ne voulais pas te faire sursauter. Je venais juste chercher quelques trucs pour aujourd'hui. Je n'ai plus rien à me mettre…

— Ça va, affirme-t-elle en s'armant d'un essuie-tout pour éponger le lait. Ce n'est pas grave.

Elaine saisit un torchon elle aussi et s'accroupit en même temps que Laura. Sous le regard amusé de la mulâtresse, Laura garde les yeux baissés. Elle ignore pourquoi Elaine l'intimide autant. En se relevant, Laura se rappelle soudain sa nudité. Des bouffées de chaleur lui montent aux pommettes. À la couleur de ses joues, Elaine devine la gêne de Laura. Avec un sourire, la pianiste va à la penderie. Laura n'a aucune raison de rougir de sa nudité, au contraire. Du coin de l'œil, elle voit la sœur de Gabe enfiler à la hâte un tee-shirt fripé qui traînait sur le plancher.

— Un café ? J'allais en préparer, bafouille Laura.

La mulâtresse accepte volontiers. Agacée par le mystère qui entoure Elaine et Gaby, Laura arrive néanmoins à museler sa jalousie. Attablées au comptoir, les deux femmes parlent de Gabriel. Elaine estime Laura à l'origine du changement d'attitude de Gabe, qui a réjoui tout le monde, en particulier Picard, dont une composition originale, *Blues de Bleuet*, s'est enfin ajoutée ce week-end au répertoire du quintette.

Même s'il maintient les paupières closes, le principal intéressé est conscient depuis un bon moment déjà. Sourd à la conversation, qui pourtant le concerne, il s'escrime à trouver un sens aux images qui ont peuplé sa nuit. Ses visions sont de moins en moins floues depuis quelques jours. La présence de Laura auprès de lui l'aiderait-elle à clarifier ses pensées ?

Cette nuit, des éclairs de lumière blême embrasaient son rêve, illuminant par à-coups des masques noirs sculptés dans l'ébène. Comme dans ses rêves précédents, il y avait encore ce déluge de sang et ces hurlements hystériques, ces martèlements, ces roulements de tambours frénétiques, ces corps désarticulés qui dansent, tout un hurricane de sensations fugaces, rire, transe, possession, soif, faim et désir confondus. Lors de cette cauchemardesque farandole, Gabriel a aperçu dans un miroir au tain craquelé son propre visage maquillé de chaux, au milieu duquel ses yeux brillaient d'une lueur écarlate.

Puis, juste avant son réveil, le Noir obèse qui l'avait accosté au Sensation Bar jeudi lui était apparu. Vêtu d'une redingote et d'un haut-de-forme noirs, il invitait Gabriel à le suivre vers un vaste champ semé de squelettes humains et strié de rigoles de sang bouillonnant. Au milieu des échos, le gros Nègre a ouvert la bouche pour prononcer un mot, un seul :

Marasa.

* * *

Lorenzo Appolon sort du bureau du capitaine Gobeil en serrant les dents. Lorsque son supérieur hiérarchique a évoqué la possibilité d'une suspension, il a cru pendant un instant que ses oreilles le trompaient. Mais non, bien calé dans son fauteuil, Gobeil lui avait clairement fait comprendre qu'à moins d'avoir en sa possession des preuves incontestables de l'implication de Barthélémy Minville dans l'assassinat des Jamaïquains, il devait cesser illico de harceler l'ex-*makout*.

Incrédule, Appolon a tenté de démontrer à son capitaine que la plainte portée par Barracuda constituait en soi un aveu de culpabilité. Mais le capitaine n'a rien voulu entendre, préférant réitérer ses avertissements. Selon Gobeil, peu importait ses soupçons, Appolon avait commis une grave erreur en effectuant une perquisition sans mandat chez maître Minville.

— À quoi tu pensais, Appolon ? tempêtait Gobeil, rouge de colère. Tu te prenais pour Columbo ou quoi ? Aller importuner ce gars-là !

À en juger par la sévérité des réprimandes, Appolon devinait que Minville tirait les ficelles en haut lieu. Avec tout l'argent qu'il avait détourné des caisses de l'État haïtien, s'acheter des alliés au ministère de l'Immigration ou à l'Hôtel de Ville de Montréal n'était pas plus compliqué pour lui que commander une pizza.

— En tout cas, je ne le répéterai pas : à moins de pouvoir lier directement Minville à cette histoire, tu lui fiches la paix, Appolon ! C'est clair ?

Dans son énervement, le capitaine Gobeil ne s'est même

pas rendu compte de l'absurdité de ses propos : d'un côté, il exigeait d'Appolon des preuves que celui-ci ne pouvait fournir sans avoir préalablement fait enquête et, de l'autre, il lui interdisait de dépister ces foutues preuves. En attendant, Gobeil l'exhortait à se concentrer sur les hypothèses de son partenaire Boivin, qui reliait le meurtre des Jamaïquains au massacre de la *crackerie* sur lequel travaillait leur collègue Courtemanche.

Décidément, ce Minville a plus d'un tour dans son sac. En le discréditant aux yeux de ses supérieurs, ce salopard veut obliger Appolon à l'affronter seul, en dehors de ses fonctions officielles. En ce sens, le message que lui télégraphie l'ex-*makout* paraît aussi clair qu'une comptine. D'ailleurs, le détective entend la voix caverneuse le narguer : « Cette histoire ne concerne que vous et moi, Appolon, mon cher. Alors si vous le voulez bien, gardons les Blancs en dehors de nos affaires… »

De toute évidence, Barracuda cherche à l'attirer sur son terrain où son monstre — car les doutes d'Appolon sur l'existence du *bizango* s'amenuisaient — aurait tout le loisir de le réduire en charpie, comme il l'avait fait pour T-Master et ses hommes…

Dégoûté, Appolon rejoint Courtemanche et Boivin dans la salle des détectives, occupés à spéculer sur la « baisabilité » d'une recrue féminine. L'Haïtien s'abstient d'intervenir dans ce débat hautement philosophique.

* * *

Pleine lune factice, la télé éclabousse de bleu le studio enténébré. À l'écran, des acteurs s'ébrouent et gesticulent en silence, tandis que sur le lecteur poussé à son maximum de puissance tourne un enregistrement solo de Herbie Hancock. Étendu par terre au pied de la causeuse, la tête soutenue par des coussins, Gaby sirote un Côteaux du Tricastin en riant des incohérences du scénario d'un polar présenté sur une chaîne américaine. Il garde un œil sur Laura, vêtue uniquement d'une chemise à lui. Ému, il contemple les courbes légères de ce corps, ces seins, ce ventre, ces hanches et le galbe de ces jambes. Dans sa bouche, le vin a le goût de cette peau délicate qu'il ne se lasse pas de lécher, de baiser.

Gaby parle de faire un saut au Sarajevo autour de minuit, pour une *jam-session* avec des collègues de passage. La perspective d'une autre soirée de jazz ne remplit pas Laura de bonheur. Elle se fait du mauvais sang pour Ruby. À plusieurs reprises, elle a téléphoné chez elle, tombant systématiquement sur le répondeur. Vers vingt heures, elle présumait Daphne en train de baigner l'enfant ; maintenant, elle s'étonne que Dick ne soit pas encore rentré du bureau.

— Peut-être que ses affaires le retiennent encore une fois loin de ses devoirs paternels, opine Gabriel, sarcastique.

Laura n'ose riposter à cette raillerie, fort plausible par ailleurs. Désormais, elle pourra difficilement reprocher à son mari ses incartades. Elle a passé ces cinq derniers jours auprès de Gaby dans une sorte d'anesthésie béate, un cocon ouaté qui la protégeait illusoirement des tracas de la vraie vie. Ce soir, elle a l'impression que la réalité lui balance un soufflet au visage pour la réveiller : elle a fait preuve d'irresponsabilité en se vautrant dans la débauche avec Gaby. Malgré elle, Laura imagine la litanie de remontrances qu'entonnerait Corinne si elle l'apprenait.

Gaby prend les doigts de sa sœur entre les siens, cherche à l'apaiser par ses caresses. Quel revirement de situation ! Autrefois, c'était elle qui tempérait ses crises, qui l'empêchait de sauter à la gorge de Corinne ou parfois même de Ben. Pourquoi a-t-il fallu qu'elle épouse ce con de Dick ? Comme si elle devinait sa question, elle lui retire sa main.

La nuit est oppressante, d'une chaleur humide. Laura se lève. Elle étouffe dans la moiteur ambiante. Qu'attend-elle pour s'en aller ? Elle a été folle de céder à ses fantasmes d'adolescente pâmée.

— Faut-il absolument que tu aies toujours un verre à la main ? s'emporte-t-elle en renversant la coupe de Gabriel d'une taloche.

Interloqué, Gabriel se redresse sur ses coudes, regarde sa sœur, puis sa chemisette tachée de rouge. Il se lève à son tour, mais demeure pétrifié à quelques pas d'elle. Il n'ose la toucher, tant il la sent prête à exploser...

Laura elle-même semble surprise de la violence de son éclat. Elle ne se maîtrise plus. Les mots se bousculent dans sa bouche, des mots amers qui font contrepoids aux ruminations impressionnistes de Hancock au piano.

— Non, mais c'est vrai, on dirait que tu es incapable de passer plus d'une heure sans consommer une goutte d'alcool !

— Qu'est-ce qui te prend, Laura ?

— Il me prend que j'en ai assez de te voir t'imbiber constamment comme le plus minable des robineux ! Le mythe du jazzman alcoolo, c'est passé de mode, Gaby !

Sans doute s'adresse-t-elle autant à Gabriel qu'à Corinne, dont il tient son ivrognerie. Éberlué, il ne sait pas quoi lui répondre. Elle secoue la tête, aussi dégoûtée d'elle que de lui. Toute tendresse semble disparue. Froide et énergique, elle fait le tour de la pièce, cueille ses effets personnels éparpillés çà et là et les fourre dans son sac de voyage.

— *Hey*, qu'est-ce que tu fais ?

— Devine.

L'inquiétude et la colère de sa sœur ont secoué son ivresse. Gabriel se place en travers de son chemin, lui arrache le sac et l'agrippe par les épaules pour l'obliger à se calmer. Elle tremble, au bord des larmes.

— Ne me touche pas, je m'en vais.

— Laura, écoute...

— Gaby, je t'en prie, lâche-moi ! Je m'en vais !

Il s'entête. Maintenant qu'elle a été sienne, son corps et son âme refusent de la perdre. Il la repousse brutalement sur la causeuse. Laura se retourne, tente de se relever. Il s'abat sur elle, glisse ses mains sous la chemise et s'attache à ses seins menus, à son cou si fragile qu'il pourrait le rompre sans effort. Elle s'énerve, lui ordonne de la laisser. « Je te déteste ! » fulmine-t-elle. Il n'entend pas, ne sait plus ce qu'il fait. Saisissant ses cheveux, il lui dégage la nuque pour l'embrasser, puis la mord au coin de la mâchoire.

Elle émet un petit cri où la peur lutte contre une indicible excitation. Il la plaque plus durement contre le meuble, puis relève la queue de chemise qui lui couvre le cul, enfouit sa bouche entre les fesses, fait aller et venir sa langue de l'anus à la vulve. Elle halète encore qu'elle le déteste, mais son ton geignard n'est guère persuasif. Bientôt, c'est la crispation de ses muscles et un jaillissement intérieur qui lui coupent le souffle.

L'odeur piquante de cyprine mêlée de sueur monte à la tête de Gabriel. À genoux derrière elle, il approche son sexe bandé de la fente chaude et accueillante, l'y enfonce. Il la tient par la tête, enroule et déroule des mèches auburn autour de ses index. Complices, leurs corps se collent puis se décollent, à grand renfort de clapotis et de bruits de succion. Doucement d'abord, puis de plus en plus vite.

Laura se redresse un instant, se tord le cou pour offrir un coin de sa bouche aux baisers de son amant puis retombe, face contre le coussin de cuir. Sans s'accorder une seconde de répit, Laura frotte sa croupe contre le bas-ventre de Gabriel. Sentant poindre le moment crucial, il lui empoigne les hanches à pleines mains, les meurtrit puis les immobilise pour y aller de coups de reins plus vigoureux.

Mais avant qu'il se répande en elle, une déflagration inattendue explose au milieu de son front. Il pousse un râle bien différent de ceux de l'orgasme, se retire de Laura et tombe sur le dos, groggy.

Obnubilée par sa propre jouissance, Laura met quelques secondes à constater la gravité du malaise de Gabriel, qui roule par terre en gémissant. Retrouvant son souffle, elle se presse à ses côtés.

— Gaby ! Qu'est-ce que tu as ?

Fiévreux, il baragouine des mots incompréhensibles. Muselant sa panique, elle prend sa tête contre sa poitrine, le caresse. En un flash, elle se revoit dans cette auberge marseillaise où Dick avait fait une crise d'épilepsie alors qu'ils faisaient l'amour.

Penser vite. D'abord vérifier si les voies respiratoires ne sont pas obstruées. Maintenant, quoi ? Appeler Urgences-Santé ou attendre un peu ? À peine ces questions se sont-elles formées dans son esprit qu'elle surprend entre les paupières à demi closes de son frère cet éclat rouge qu'elle avait cru imaginer l'autre soir...

Stupéfiée, elle laisse retomber la tête de Gabriel qui heurte le sol avec un son mat et se redresse, estomaquée.

Au même moment, la porte du studio s'ouvre brusquement, presque arrachée de ses gonds. Dans l'encadrement se profilent deux silhouettes dont la plus racée se précipite sur Gabriel en émettant un grognement bestial. Déchaîné, l'intrus se met à frapper violemment Gabriel, toujours terrassé par son mal.

— Arrêtez, vous allez le tuer !

Laura tente en vain de s'interposer entre Gaby et son assaillant, de repousser la brute. Celle-ci lève brièvement la tête vers la femme. Elle aperçoit dans la lumière bleutée de la télé un visage crayeux identique à celui de son frère.

— Qui êtes-vous ?

L'étranger lui décoche un coup de poing qui l'envoie à travers la moustiquaire de la porte-fenêtre et par-dessus le garde-fou du balcon.

Laura chute vers le sol avec un grand cri d'horreur et s'écrase lourdement sur le capot d'une voiture, cinq étages plus bas, poupée désarticulée et sans vie.

Dans la garçonnière, la bête se penche de nouveau vers sa proie, à demi nue, étendue sur la moquette. Elle donne encore quelques coups de pied dans les flancs de D'ArqueAngel, lui martèle le corps de ses poings, lui lacère la peau de ses griffes.

— *Basta*, Caliban, fait Barthélémy Minville, demeuré sur le seuil. Ramasse-le. J'ai besoin de lui vivant. Partons avant qu'un voisin appelle la police...

L'albinos se calme, obéit à son maître.

Barracuda laisse échapper un petit ricanement. Il regrette presque de n'avoir pas téléphoné à Appolon pour le défier de venir lui mettre des bâtons dans les roues. Ça aurait ajouté un peu de piquant à cette expédition trop facile...

Sonné, Gabriel s'est mordu la langue, le sang emplit sa bouche, tout tournoie autour de lui, des déflagrations lui emplissent la tête, il entend des voix, des mots qu'il ne comprend pas, mais Laura, des rigoles noires ruissellent sur le beau visage de Laura, des mains se glissent sous ses aisselles, des bras lui enserrent la poitrine, Laura! quelqu'un le tire, le soulève, LAURA! quelqu'un le porte dans la rue devenue manège délirant, cyclone tropical, LAURA!! quelqu'un le jette à l'intérieur d'une voiture (une ambulance?), **LAURA**!!! il ne parvient plus à garder les paupières ouvertes, s'engouffre dans un tourbillon grenat...

In a Mist

La fièvre.

La nausée.

Le vertige.

Et au cœur des brumes de l'inconscience, cette voix, ce mot unique et obsédant :

Marasa.

* * *

La découverte du cadavre de Ferdinand Dauphin, la veille, au fond de la cave d'un immeuble condamné du Vieux-Montréal, n'a surpris ni Lorenzo Appolon ni les proches du restaurateur. Au contraire, aussi bizarre que cela puisse paraître, la nouvelle leur a procuré une sorte de soulagement. À croire qu'une fois confirmé, le malheur devient aussitôt plus vivable que l'incertitude, le deuil se supporte mieux que le doute.

Le policier a insisté pour accompagner Josie à la morgue où elle devait identifier le corps. Soutenue par Philippe, son fils aîné, et par Lorenzo, la veuve accomplit cette formalité avec aplomb. Sitôt les portes battantes franchies, elle signe le cahier que lui tend une femme en sarrau blanc.

L'assistant du médecin légiste, un Vietnamien, les escorte vers une vaste salle éclairée par des lampes fluorescentes d'un blanc tirant sur le bleu-vert. Sur le mur du fond s'alignent des casiers réfrigérés, semblables aux cases d'une gigantesque grille de bingo. Ils suivent leur guide jusqu'au troisième casier de la deuxième colonne : I-3. Comme dans « Inanimé », songe Lorenzo Appolon, amer.

Le Vietnamien ouvre la porte en acier, tire le chariot et relève le drap. Le cadavre porte des marques de coups et de lacérations. On note également les traces d'une tentative de castration ; le scrotum a été perforé à plusieurs endroits à la base du pénis par un objet muni de plusieurs pointes acérées. D'après le médecin légiste, toutes ces blessures sont antérieures au décès de la victime, morte par strangulation.

Jusqu'à la dernière minute, Josie a conservé l'espoir qu'on avait fait erreur, qu'il ne s'agissait pas de Ferdinand. Hélas, la tache de naissance au fond du nombril ne trompe pas. L'Haïtienne acquiesce d'un signe de tête et le drap revient couvrir le visage inexpressif de son mari.

Au sortir de la pièce, le jeune Philippe Dauphin soutient sa mère du mieux que son propre chagrin le lui permet. Il reste un tas de déclarations à signer, de formulaires à remplir. Josie s'acquittera de ces tâches sans verser une larme, sans un sanglot, avec discipline, réservant sa peine pour plus tard.

De toute la matinée, Lorenzo Appolon et Josie Dauphin n'ont pas échangé plus de dix mots. Le détective suppose que la veuve doit le maudire pour son inaction, son incapacité à sauver Ferdinand. Accablé par les remords, Appolon n'en voudrait pas à Josie de l'engueuler comme il le mérite.

Dehors, les Dauphin refusent la *roulib* que leur offre le policier. Lorenzo n'insistera pas, respectueux de leur douleur. De brèves salutations, un *kenbe fò* incongru, puis il regarde leur taxi s'éloigner au bout de l'avenue.

De retour à sa Cougar, il frappe à plusieurs reprises sur son tableau de bord. Peut-être s'imagine-t-il en train de taper

214

sur le visage ricaneur de Barthélémy Minville ! Ce gros porc a fait assassiner Ferdinand et les Jamaïquains par son *baka*, plus de doute possible. Et dire que, pendant ce temps-là, ses collègues Boivin et Courtemanche échafaudent des théories farfelues sur les liens entre la tuerie de la *crackerie* et les autres morts violentes des derniers jours. Enorgueillis par leurs brillantes trouvailles, ils multiplient les perquisitions inutiles dans le bas Côte-des-Neiges.

La voix de *Gede* résonne encore dans l'esprit d'Appolon : «Que vous et moi, mon cher. Que vous et moi...»

* * *

La fièvre. La nausée. Le vertige.

Toujours.

Depuis combien d'heures, de jours, de semaines ?

Mais où se trouve-t-il ?

Les rares fois où D'ArqueAngel a émergé de son inconscience, il a vu s'esquisser les contours d'une chambre apparemment sans fenêtre, plongée en permanence dans la pénombre. Oui, il est bien couché sur un lit, mais il n'a pas l'impression de se trouver dans un hôpital. Où alors ? Dans son délire, il a perdu toute notion de temps et d'espace. Il n'a conscience que de la douleur qui irradie de toute part. Ses articulations le brûlent, comme si on lui avait injecté de l'acide.

Une injection. C'est ça.

D'ArqueAngel garde le souvenir confus d'aiguilles plantées dans son avant-bras garrotté. Des piqûres, de la drogue, un sédatif peut-être. Mais aussi des prises de sang. Nombreuses. *Happiness is a warm gun*, le refrain de la chanson de Lennon lui trotte dans la tête. Le bonheur, une seringue pleine ? Pas si sûr.

Ses éclairs de lucidité ne durent jamais. Ses paupières se referment. Il sombre dans les eaux tumultueuses d'un fleuve de sang. Dans sa tête, la tempête d'images et de sons bat son plein. Ses oreilles bourdonnent. Il entend le grondement sourd des tambours ancestraux, souvenirs de ces cérémonies à la veille des grandes chasses enfouis au fond de la mémoire génétique. Les tambours déchirent la nuit. Emporté par le torrent, il dérive sur le moutonnement des flots d'une mer de scènes disjointes, qui se succèdent au rythme de la musique endiablée, pleine de fureur et de cris hystériques.

Avec une récurrence terrifiante, une vision revient le hanter : celle du champ semé de squelettes humains au milieu duquel se tient le gros Noir, dans son costume d'entrepreneur de pompes funèbres. Moqueur, le gros Nègre enjoint à Gabriel de le rejoindre, lui ouvre les bras tel un père aimant s'enthousiasmant du retour longtemps espéré d'un fils perdu.

Au bout d'un certain temps, il cesse de combattre cette image, l'accueille avec un plaisir grandissant. Il se surprend à parcourir de longues distances en aveugle à travers le dédale hallucinatoire pour la retrouver, l'embrasser, se laisser posséder par elle corps et âme. Malgré son état comateux, il s'entend ricaner d'un rire qui lui ressemble de moins en moins.

* * *

La chambre baigne dans un silence de crypte. Le médecin vient de sortir, appelé au chevet d'un autre patient. Assis de chaque côté du lit étroit, Nando Sánchez et Elaine McCoy contemplent Laura, couchée sur le dos, gavée de morphine, momifiée dans les pansements. Avec tous ces tubes qui lui sortent de la bouche, des narines, des bras, ces câbles qui la relient à cet appareillage sophistiqué aux mille voyants, moniteurs et manettes, elle ressemble à ces êtres cybernétiques qui peuplent les films futuristes.

Selon les policiers dépêchés sur les lieux, Laura aurait été précipitée à travers la moustiquaire du haut du balcon de la garçonnière. Des indices dans le studio laissaient croire qu'on y était entré par effraction. Les voisins du dessous avaient bien entendu du remue-ménage en provenance de l'appartement, mais ils n'y avaient pas porté attention : le studio étant un havre pour musiciens, un brin de tapage nocturne n'avait rien d'extraordinaire. Peut-être des cambrioleurs, surpris par Laura, l'avaient-ils poussée dans un moment de panique ? Peut-être l'avaient-ils même violée ? Sa tenue légère et des traces de sperme dans son sexe laissaient supposer une possible agression.

Déductions logiques, reconstitution plausible, approuve Sánchez. Sauf qu'en l'absence de témoins oculaires, il était difficile, voire impossible de retracer le ou les coupables. De plus, le cabaretier s'explique mal la disparition de Gabriel, qui était sûrement sur les lieux à l'heure de l'accident.

À moins que ce ne soit lui qui ait poussé sa sœur…

Non, Sánchez refuse cette éventualité. Depuis le temps qu'il connaît Gabe, il sait tout l'amour qu'il porte à Laura.

En attendant, la petite est dans de bien mauvais draps. Au cours de l'impact, elle a eu une commotion cérébrale et a subi de multiples fractures au bassin et aux vertèbres inférieures. Par bonheur, une première intervention chirurgicale avait permis de stopper l'hémorragie interne. Quoiqu'elle soit toujours dans le coma, les docteurs jugent son état satisfaisant, dans les circonstances, mais n'osent pas encore se prononcer sur ses chances de rétablissement…

Une expression de tristesse désespérée plane sur les traits de Nando Sánchez. Il connaît à peine Laura, mais il avait déjà commencé à l'apprécier pour son effet apaisant sur Gabriel. Et puis, une femme en pleine fleur de l'âge, mère d'un nourrisson de surcroît, ne méritait pas un malheur pareil. C'était trop injuste. ¡ Aye, caramba ! Si jamais il mettait la main sur le *hijo de puta* qui lui avait fait ça…

Elaine serre les paupières. Elle aimerait que le Portoricain cesse de marmonner ses imprécations. Le stress lui tord l'estomac. Elle a laissé trois messages hier et deux autres aujourd'hui chez Laura à Ottawa, tous restés sans réponse. De toute évidence, il n'y a aucun moyen de rejoindre son mari, même à son cabinet. *Shit!*

Et ce satané D'ArqueAngel qui ne donne pas signe de vie…

* * *

La mort doit ressembler à ça.

Il est mort, voilà! Mort des suites d'un accident…

Flashes. D'ArqueAngel entend le hurlement. Il entend un cri de femme et l'épouvantable fracas du corps sur la tôle, tandis qu'une avalanche de coups déferle sur lui.

Laura? Mais si c'est elle qui est tombée, que lui est-il arrivé à lui?

Il pense: le sang est plus épais que le Bordeaux.

La phrase absurde résonne en écho dans sa tête, reprise par mille voix très basses, un chant grégorien.

Le sang. Le Bordeaux. Que ne donnerait-il pas pour un verre, une gorgée, une lampée de vin, de bière, de sirop pour le rhume, tant qu'à y être. De l'alcool, son royaume de brume et de bruit pour un peu d'alcool. Toutes les cellules de son corps ankylosé réclament l'élixir vital qui leur fait défaut, à croire que le manque risque de les faire éclater une à une.

La fièvre le fait délirer.

Son lit dérive, île flottante sur la mer en furie, par une nuit de brouillard rouge sang.

Son lit, une île.

Lit-île.

Li-il.

Lil.

L'allitération l'amuse. Il rit d'une gaieté secrète.

Parfois, des fantômes (ou des anges, il ne saurait dire) se glissent à travers le rideau de vapeur carminée devant ses yeux et encerclent son île-lit. Vêtus de tuniques maculées de rouge, ces spectres se penchent sur lui, pour soulever ses paupières, l'une après l'autre, avec le pouce ou pour lui faire de nouvelles injections. Alors, leurs visages se dédoublent, oscillent sans cesse entre deux faces interchangeables, telles des pièces de monnaie qui tournoient dans l'air, ou se présentent simultanément tous deux, en entier ou en partie, comme les personnages d'une toile cubiste.

Premier fantôme. Côté pile, le gros Nègre du champ d'ossements, avec sa voix de stentor et son rire tonitruant ; côté face, Benjamin Reynolds, ce bon vieux Bennie, ce cher *daddy*, avec sa saine ironie, ses clins d'œil moqueurs. « Bien content de te retrouver, mon garçon... »

Deuxième fantôme. Côté pile, le visage rond d'une Négresse d'âge mûr, coiffée d'un fichu fuchsia, qui s'approche, une seringue (ou un biberon ?) à la main ; côté face, Corinne Reynolds avec son haleine avinée, sa diction mollassonne. « Pour t'aider à dormir, mon ange... »

Troisième fantôme. Côté pile, son propre visage, couvert de maquillage blanc, les iris brillant d'une lueur grenat surréaliste ; côté face, un gamin au sourire espiègle, au visage en noir et blanc, aux traits flous comme sur une vieille photo. Daniel Reynolds.

« Still with us. »

Danny-Boy, revenu d'entre les morts pour reprendre à l'usurpateur, l'envahisseur, « l'importé », la place qui lui revient par le droit du sang dans SA famille !

Tout désormais apparaît en double, comme les figures royales d'un jeu de cartes rouge sang.

Roi de cœur : le gros Nègre / Ben Reynolds.

Reine de cœur : la Négresse / Corinne Reynolds.

Valet de cœur : son alter ego blanchi / Daniel Reynolds.

Et malgré son corps dédoublé, sa conscience dédoublée, son âme dédoublée, D'ArqueAngel sait qu'il n'y a pas de place pour lui, l'As de pique, dans la cour royale rouge sang.

Danny-Boy éclate d'un rire mauvais qui découvre deux rangées de dents acérées, des dents de barracuda (où a-t-il entendu ce mot ?), une gueule dévorante prête à ne faire de lui qu'une seule bouchée.

D'ArqueAngel voudrait hurler, mais n'y parvient pas. Même quand la fièvre relâche son emprise, une sensation de froid intérieur étrangle toute parole. Il bande ses muscles, tente de se dresser sur le lit. Impossible, des courroies armées en croix sur sa poitrine, ses cuisses et ses jambes le retiennent attaché au matelas.

La douleur explose dans sa cage thoracique, il perd presque connaissance. Il grogne et, dans sa rage désespérée, réussit à rompre ses liens. Il tombe du lit, mais le plancher ne brise pas sa chute. Il n'en finit plus de s'enfoncer dans un puits rempli de son propre sang.

* * *

À cet instant, Caliban entrouvre les paupières. Assis dans le fauteuil d'en face, Barthélémy Minville le scrute avec fascination. L'albinos papillote des cils frénétiquement, comme s'il cherchait à chasser des visions malvenues. Minville n'aperçoit que le blanc de ses yeux. Grand-Blanc se crispe. Barracuda se penche en avant pour mieux voir.

Les yeux se referment puis se rouvrent, ces yeux rouges lumineux qui toujours fixent le néant. La tension étire les traits de son visage crayeux.

Barracuda arque un sourcil, perplexe. La proximité de l'Autre affole littéralement Caliban. Au moment de le jeter sur la banquette arrière de leur voiture, l'autre soir, Minville a dû user de tout son pouvoir de persuasion pour empêcher Grand-Blanc d'égorger le musicien.

Et depuis qu'ils l'ont ramené ici, l'albinos a repris de plus belle ses plaintes à propos de chants qui font écho dans son esprit. Si ce n'était du sédatif ingurgité à intervalles réguliers par Caliban depuis quelques jours, Barracuda aurait perdu son empire sur lui…

De toute évidence, le temps presse. Pourtant, Minville n'ose exercer davantage de pressions sur Ti-Alice, alors qu'elle est si près du but. Déjà, la terreur dans laquelle il la maintient affecte la progression de son travail.

Caliban râle. En prêtant une oreille attentive, Minville parvient à décoder les marmonnements de l'albinos : il supplie en créole qu'on fasse taire ces voix dans sa tête.

Barracuda s'approche, lui caresse le front, la joue, en murmurant à son tour.

— Bientôt, mon fils. Bientôt…

* * *

Des ondes de souffrance épouvantable montent en D'ArqueAngel, puis refluent, laissant une sensation de faiblesse. Il se ramasse en chien de fusil, réussit à se mettre à genoux. Pendant un instant, il demeure dans cette position, trop hébété pour bouger, puis finit par basculer sur le flanc, en gémissant.

Sa joue repose contre le plancher glacé.

La fièvre. La nausée. Le vertige.

Encore et toujours.

Mais aussi et surtout, la faim et la soif.

Faim de chair fraîche, soif de sang chaud.

Night Watch

Toute cette histoire est insensée. Claude-Henri Faustin le savait bien avant leur venue au Québec ; en fait, depuis leur départ du Brésil. Dans ce cas, pourquoi a-t-il suivi Barracuda jusqu'ici ? Quelle sorte de dépendance s'est-il créé entre eux pour qu'il ne puisse se résoudre à le quitter, à fuir n'importe où sous les Tropiques, dont il ne cesse de rêver ? Au lieu de ça, le voilà assis dans ce luxueux boudoir, à écouter Berlioz, à garder à la pointe du pistolet deux femmes terrifiées.

— Je compte sur vous pour être bien sages en mon absence, mes chéries, leur a conseillé Minville avant de sortir. Ce cher Faustin est très nerveux lorsqu'il a une arme chargée en main. Et un accident est si vite arrivé…

Au son de la *Symphonie fantastique*, Jacynthe et Naïma s'agitent dans leur fauteuil respectif, mais Faustin doute fort que l'une ou l'autre risque un faux mouvement. En tout cas, il est certain que Jacynthe n'oserait pas le défier. Après avoir vu Caliban égorger à mains nues son ex-copain, lui rompre le cou sans effort, la Québécoise était devenue plus obéissante qu'un zombi. Quant à la petite Grospoint, Faustin ne saurait se porter garant d'elle, mais il espère qu'elle se tiendra tranquille, sachant que sa mère se trouve en ce moment même avec Caliban et Minville.

Faustin contemple l'arme dans sa main, puis les deux

femmes devant lui. Il grince des dents. Mes amis, quelle *tèt chajé* !

Depuis l'enlèvement du musicien, c'est le branle-bas de combat. D'une part, Caliban, en proie à de violents spasmes, semblables aux symptômes de l'épilepsie, ne cesse de réclamer de faire taire ces « voix » qui le tourmentent. D'autre part, Barracuda jubile à l'idée que la fille de Dieubalfeuille Grospoint réalise son rêve.

Faustin repense au sourire maniaque qui a retroussé les lèvres de Barracuda à cette perspective. Au fond de lui, la petite voix agaçante, qu'il a si longtemps bâillonnée, se fait enfin entendre clairement : « Il est fou, lui dit-elle. Quelque part, au fil de ses années de pouvoir, Barthélémy Minville est devenu fou furieux. »

Cette interprétation est bien trop simpliste, Faustin en a pleinement conscience. Ni l'exercice abusif du pouvoir ni les carences d'une enfance misérable ne suffisent à expliquer la folie meurtrière de Barracuda. Existerait-il chez certains individus une sorte de gène maléfique, une prédisposition héréditaire à la cruauté qui ne demande qu'à se développer ? En Haïti, Faustin a côtoyé des légions de tels spécimens ; issus de cette caste traditionnellement humiliée par une aristocratie pompeuse, ils avaient vu leurs plus inavouables pulsions encouragées par l'accession au Palais présidentiel du médecin opportuniste et cinglé qui se prétendait génie du mal.

Non, Barthélémy Minville n'a pas subitement perdu la raison ; il n'en a jamais possédé qu'une parcelle.

La jeune Naïma Grospoint remue de plus belle. Faustin relève le canon de son arme dans sa direction.

— Qu'est-ce qui se passe ?

— Une pressante envie de pisser. Je dois faire ça ici devant vous ou je peux aller aux toilettes ?

Faustin a un petit rire amer. L'outrecuidance de l'adolescente l'exaspère. Sans doute une conséquence de l'éducation permissive en vigueur au Québec, estime-t-il. Si cette enfant était la sienne, il l'aurait souffletée sans y penser à deux fois.

— C'est bon.

D'un signe de la main, il l'autorise à aller aux cabinets. La jeune fille se lève et sort du boudoir. Faustin prend la peine de hausser la voix pour lui recommander de ne rien tenter ; au moindre bruit suspect, il...

Quoi ? Il appuierait sur la gachette ?

À quelques reprises, à Fort-Dimanche, Minville l'avait contraint à exécuter des prisonniers : journalistes peu enclins à collaborer avec les autorités, militants communistes et autres fauteurs de troubles. Au contraire de son patron, Faustin n'y avait jamais pris plaisir ; tout au plus avait-il constaté que ses réticences s'amoindrissaient chaque fois, à croire que le goût pour le meurtre, comme pour tout autre sport, augmentait avec la pratique.

Mais pourrait-il faire feu sur cette adolescente ?

Tout à coup, il comprend pourquoi il n'ose jamais soutenir le regard de Naïma. À travers la peur perce dans les prunelles de la petite une lueur de fierté, une morgue qui l'indispose.

Elle lui rappelle quelqu'un qu'il a tout fait pour oublier.

Cela s'est passé au lendemain du *dechoukaj*. Baby Doc et ses proches avaient fui aux petites heures de la nuit la colère du peuple. Assiégée, Port-au-Prince était à feu et à sang. Dans tous les quartiers de la ville, les rebelles saccageaient les bureaux gouvernementaux, incendiaient les postes de police et lynchaient les *makout* qui leur tombaient sous la main. L'air s'alourdissait d'odeurs de caoutchouc brûlé et de gazoline, un bouquet délectable aux narines des partisans du Père Lebrun*.

Minville, Caliban et Faustin s'étaient réfugiés de l'autre côté de la frontière, dans un hôtel du centre-ville de Santo Domingo, dans l'attente d'un vol pour l'Europe. Un peu avant minuit, le *Mèt* avait ramené une petite *pangnòl* à leur chambre, une adolescente qui vendait son corps aux touristes les plus offrants. Il l'avait fait boire et avait exigé d'elle un *strip-tease* des plus lascifs. Délurée, la mulâtresse s'était pliée aux caprices de son client avec d'autant plus de sollicitude qu'il faisait pleuvoir à ses pieds des billets de cinquante dollars américains.

Elle avait tout de même fini par se lasser de jouer les Salomé et leur avait demandé crûment quand ils se décideraient à «tirer leur coup» pour qu'elle puisse aller dormir. Indigné par tant d'impudence, Minville l'avait terrassée d'un vigoureux coup de poing.

La Dominicaine avait relevé la tête vers Minville et l'avait traité de goujat impuissant. Cette arrogance avait exaspéré Barracuda. Avec un grognement sauvage, il s'était mis à lui taper dessus à grands coups de pied. Horrifié, Faustin avait voulu s'interposer, mais son patron l'avait repoussé brutalement. Sous le regard impassible de Caliban, *Mèt* Minville avait battu la fille au sang, passant sur elle sa rage d'avoir dû fuir comme un rat Port-au-Prince mise à sac. Au bout de quelques minutes, il avait glissé un pied sous le menton de la Dominicaine et avait appuyé de toute sa masse.

Après avoir retrouvé ses esprits, Minville avait nonchalamment chargé Faustin de se débarrasser du cadavre au fond d'une impasse crasseuse, sans crainte de se faire embêter par la police locale. Les autorités dominicaines, disait-il, n'avaient rien à cirer d'une pute de plus ou de moins dans les rues.

Parfois, en rêve, il arrivait encore à Faustin de revoir cette fille aux allures de chèvre sacrifiée, de réentendre ces hoquets de douleur, de revoir ce visage maculé de sang qui, même dans la mort, exprimait encore une telle assurance.

Bien sûr, Claude-Henri Faustin avait assisté à des centaines de scènes de ce genre. Mais dans le cadre officiel de la prison de Fort-Dimanche, les excès de Minville avaient toujours bénéficié d'un semblant de légitimité qui permettait à son bras droit de rentrer dans la villa de Pétionville et de dormir du sommeil du juste. Après tout, ses victimes étaient des ennemis du régime, des traîtres à la patrie. Cette nuit-là, pour la première fois, Faustin avait pris conscience de la gratuité de ces gestes qui, au fond, n'avaient jamais été inspirés par la nécessité de maintenir l'ordre ou autres fallacieux prétextes. Cette nuit-là, Faustin avait découvert l'étendue de la fissure qui ne cessait de s'agrandir dans leur âme. Faustin regarde encore l'arme dans son poing. Serait-il capable d'abattre Naïma Grospoint de sang-froid ? Ne serait-il pas en définitive pareil à ce monstre au service duquel il a passé la moitié de son existence ?

* * *

Lampadaires et néons du quartier se reflètent sur l'asphalte, changée en miroir sombre par la bruine. Sans quitter des yeux l'impasse, Lorenzo Appolon avale à même son thermos une gorgée de « petit noir » bien corsé. Pour chasser la peur. Il jette un coup d'œil au calibre .38 spécial, posé sur le siège du passager à côté de lui, au cas où... Il savait bien que cette vigie finirait par porter fruit : voilà plus d'une demi-heure que Barracuda, flanqué du grand *grimo* qui lui sert de garde du corps, sont entrés dans la boutique qui affiche pourtant « FERMÉ ».

Depuis plusieurs jours, la Jaguar de l'ex-*makout* rôde dans le quartier. Jusqu'à maintenant, Appolon n'avait vu à son bord que le secrétaire de Minville, le dénommé Faustin, venu cueillir ou déposer chez elle Alice Grospoint. Quel motif pousse maintenant le grand patron en personne à se déplacer ?

Dès le lendemain de la découverte du cadavre de Ferdinand Dauphin, il s'est prévalu d'un congé de maladie, au grand étonnement de Paul-Émile Boivin, prétextant un surmenage. Non sans maugréer, le capitaine Gobeil lui avait accordé les quelques jours demandés. Nullement dupe, car il savait l'attachement d'Appolon pour Dauphin, son collègue a choisi l'humour pour faire échec au malaise. « On sait bien, vous autres : il suffit que le Festival de Jazz commence pour que vous ne vous sentiez tout à coup plus capables de rentrer à la job. La folie du tam-tam ancestral, je suppose. Je gage que ça va finir en partouze ! Je te dis : tous les mêmes... Surtout certains ! »

Très drôle, P.-E. !

Au téléphone, un peu plus tôt dans la journée, Véro lui avait justement reproché son manque d'assiduité dans leur relation. Si seulement elle savait à quel point Lorenzo Appolon n'a ni le temps ni l'envie, ces jours-ci, de se préoccuper des affaires de cœur ou même de cul...

Depuis deux jours, Appolon guettait les allées et venues d'Alice Grospoint dans l'espoir de découvrir un indice sur la nature de ses rapports avec Barthélémy Minville. La boutique n'a pas rouvert ses portes une seule fois depuis la semaine dernière, mais, à maintes reprises, on y a livré des produits pharmaceutiques. Vu la vocation de l'établissement, ce détail n'a rien de suspect en soi ; le détective en convient sans pour autant en être convaincu.

Enfin, Barracuda ressort de la boutique, une valise à la main. Et accompagné de Madame Grospoint. Gorge sèche, mains moites crispées sur le volant, Appolon les observe, marchant vers la Jaguar. De sa main libre, le gros Nègre tient fermement le bras de sa compagne, qui avance sans entrain vers la voiture. Ne serait-elle pas sa complice de bon gré ?

Au moment d'ouvrir la portière à sa passagère, Minville s'arrête un instant, lève la tête et scrute le cul-de-sac. Aurait-il remarqué la Cougar stationnée en retrait sur l'avenue ? Appolon se recroqueville derrière son tableau de bord. Il soupire, soulagé, en voyant Minville et la femme prendre place sur les sièges avant de l'auto sport et...

Minute ! Où est passé l'autre ?

Au moment où fuse cette question, une ombre atterrit brutalement sur le capot de sa voiture.

À peine ses yeux ont-ils croisé le regard illuminé au milieu de ce visage livide que déjà l'albinos lève un poing griffu. En s'abattant sur le pare-brise, le premier coup y tisse une toile d'araignée. Le second fait pleuvoir quelques éclats de vitre sur Appolon abasourdi.

Il tourne la clé de contact. La terreur lui monte des tripes à la tête. Appolon n'a pas la présence d'esprit de saisir son revolver et de faire exploser comme un melon d'eau ce visage blême, déformé par un rictus de bête enragée.

Affolé, le flic appuie sur l'accélérateur et donne quelques bons coups de volant, zigzague sur la chaussée moirée, espérant déloger l'homme qui s'agrippe à son capot, les narines frémissantes comme celles d'un carnassier à l'affût... Malgré lui, Appolon se repasse le récit de Ferdinand, une cassette en vitesse accélérée.

Simbi-je-rouj...

Désespéré, il charge un lampadaire, le percute puis débraie et passe en marche arrière aussi brusquement. S'accrochant à son volant, il répète la manœuvre jusqu'à ce que les chocs successifs obligent l'albinos à lâcher prise. L'homme (la bête?) est projeté durement contre le poteau dont la lumière s'est éteinte au premier impact.

S'il le voulait, Appolon pourrait foncer de nouveau sur lui, le réduire en un tas de chiffons sanguinolents. Mais la panique lui coupe les moyens, l'empêche de réfléchir. Au lieu d'emboutir l'abomination, de rouler sur elle et d'en finir une fois pour toutes, il recule, fait demi-tour et fonce sur l'avenue, accélérateur au plancher. Il a bousillé la calandre de la Cougar et l'un de ses phares s'est fracassé. À travers le filet de nervures sur son pare-brise, il arrive à peine à voir où il va.

Peu lui importe qu'un de ses collègues l'arrête pour lui coller un «quarante-huit heures»...

Dans les circonstances, ce serait déjà infiniment plus de temps que ne lui accorderait Barracuda s'il mettait la main sur lui.

Agitation

— Maman ! s'exclame la jeune femme en bondissant vers les bras grands ouverts d'Alice Grospoint.

L'Haïtienne enlace sa fille de toutes ses forces, serrant les paupières et se retenant pour ne pas éclater en sanglots. Alice et Naïma se détachent l'une de l'autre. L'adolescente note que les nuits d'insomnie, conjuguées aux larmes, ont fait des ravages sur le visage de sa mère.

À les voir se tenir les mains et s'embrasser, Claude-Henri Faustin ressent un léger pincement au cœur. Son visage a dû laisser transparaître cet attendrissement, car Minville lui lance un regard noir.

— Ne restez pas là, bouche bée, à inviter les mouches dans votre estomac, Faustin. Vous n'avez pas remarqué que j'ai besoin d'aide...

Justement non. La mère et la fille ont à ce point accaparé l'attention de Faustin qu'il n'a pas vu que Grand-Blanc marche péniblement, un bras passé autour des épaules de Minville. Des éraflures et des ecchymoses mettent un peu de couleur sur son visage livide ; ses vêtements sont froissés, salis et déchirés par endroits.

— Magnez-vous, Faustin, renchérit Barracuda. Et faites-moi le plaisir de ranger ce pistolet. On ne sait jamais, vous pourriez blesser quelqu'un, ne serait-ce que vous...

Sourcillant, Faustin glisse dans la poche de son veston l'arme dont il avait quasiment oublié l'existence. Il s'empresse de fermer la porte derrière Minville, puis enroule le bras flageolant de Caliban autour de ses épaules. Prenant appui sur ses deux béquilles humaines, l'albinos claudique dans l'escalier.

— Que s'est-il passé ?

— Une rencontre avec notre ami le détective Appolon. Caliban n'a rien de cassé. Mais ce petit merdeux de mulâtre ne perd rien pour attendre !

Adossée à l'embrasure de la porte du boudoir, Jacynthe suit la pénible ascension de la bête à trois têtes en direction de la chambre de Caliban. Elle se détourne vers Naïma et sa mère, puis vers la porte au-delà des deux Haïtiennes. Pendant une infinitésimale fraction de seconde, un projet d'évasion étincelle dans son cerveau. Elle souffle sur l'idée, comme sur une bougie. À quoi bon ? Jusqu'où pourrait-elle courir avant que Caliban, même mal en point, la rattrape ? Au fond de cette banlieue perdue, elle s'époumonerait à appeler au secours, tandis qu'il la hacherait menu comme chair à pâté de ses griffes acérées.

Une fois Grand-Blanc bordé, Minville et Faustin regagnent le rez-de-chaussée. Barracuda fait la moue en observant la mère et la fille multiplier les propos rassurants. Après l'incident de tout à l'heure, pendant lequel il a craint de perdre son « fils », il n'est pas d'humeur à souffrir leurs effusions de sensiblerie.

— Vous me pardonnerez ma brusquerie, mesdames, mais vous aurez amplement le temps pour les embrassades. Pour l'instant, Ti-Alice, dois-je te rappeler que tu as beaucoup de pain sur la planche…

Ennuyé par le va-et-vient perpétuel entre son domicile et la boutique Grospoint, Minville a fait aménager un mini-laboratoire selon les spécifications d'Alice dans un coin de sa salle de billard. Rien de très sophistiqué, certes, juste le matériel nécessaire à l'expérience à laquelle elle s'affaire, quasiment jour et nuit, depuis presque une semaine. Ainsi, Minville compte veiller personnellement sur l'avancement du travail, tandis qu'elle serait près de sa fille. Et qui sait si cette proximité ne l'incitera pas à livrer la marchandise dans de meilleurs délais?

* * *

Appolon se raidit au coup de sonnette. Le son strident se répercute sur les murs qui donnent l'impression de frémir. Il bondit sur ses pieds et braque son .38 sur la porte de son appartement.

— Qui est là?

— Devine qui vient dîner?

Boivin, qui d'autre? Appolon prend une seconde pour respirer. Puis il ôte le loquet et laisse entrer son collègue. Avant de refermer, il balaie du regard le corridor. Personne. Il referme la porte et replace le loquet.

— Crisse! As-tu si peur de te faire voler? fait Boivin, en se tirant une chaise. T'as beau habiter un quartier de Nègres, t'es quand même un flic...

— Laisse faire tes conneries, P.-E. Je n'ai pas l'humeur à ça!

La réplique, sèche et tranchante, n'invite pas à la repartie. Paul-Émile Boivin fronce les sourcils; la susceptibilité soudaine d'Appolon le laisse sans voix. À vrai dire, tout le comportement de son collègue haïtien l'intrigue: même en congé, même depuis son divorce, Boivin ne l'a jamais surpris dans une mise aussi négligée.

— Hé! t'as passé la nuit à faire la rumba ou quoi?

D'instinct, Appolon passe une main sur sa tête et replace au mieux ses cheveux hérissés en pointe. Sa chevelure noire, d'ordinaire soigneusement lissée vers l'arrière, à la manière des *crooners* sépia de la belle époque, fait aujourd'hui penser à celle d'un chanteur punk. Sans parler de son teint olivâtre, de son air halluciné…

Boivin a raison : il a en effet passé une nuit blanche, pour ne pas dire verte, à se demander s'il n'aurait pas mieux fait de suivre les ordres de Gobeil et de se tenir loin de Barthélémy Minville. Quelques heures de sommeil agité l'ont aidé à remettre un semblant d'ordre dans ses idées.

Lorsque le jour l'a surpris, affalé sur le divan du salon, Appolon considérait avoir suffisamment mûri sa décision. Certes, la perspective de faire appel à Boivin ne lui souriait guère. Il imaginait avec contrariété les étapes successives de la réaction de son collègue, de la moquerie paternaliste à la pitié, en passant par toute une gamme d'émotions contradictoires. Peu importe, il lui fallait se confier à quelqu'un avant de sombrer dans la démence.

Appolon se lève, cherche dans l'armoire au-dessus du réfrigérateur un alcool quelconque. Ce litre de Chemineaud fera l'affaire. Il cueille une tasse dans l'évier, la rince, puis se verse une généreuse rasade de brandy.

— Hé, doucement sur la dose ! Il n'est même pas midi…

Faisant fi des protestations de son confrère, l'Haïtien vide sa tasse d'un seul trait, puis la remplit et revient vers la table avec une autre pour Boivin.

— Jamais en service, tu sais bien…

Appolon glousse, cynique, puis s'étrangle presque avec sa gorgée de brandy. Une bouffée de chaleur bénéfique emplit sa poitrine, lui redonne un peu de vie.

Excédé, son collègue le somme d'« accoucher ».

— P.-E., commence-t-il d'une voix enrouée, tu es le seul à qui je peux parler. J'ai besoin d'aide…

Voilà pour casser la glace. Ne pas s'arrêter là surtout, ne serait-ce que pour s'opposer aux consignes implicites de Minville : « Si vous le voulez bien, gardons les Blancs en dehors de nos affaires. »

L'ex-*makout* misait sur cet entêtement typique des Haïtiens à vouloir régler leurs différends « en famille » pour attirer ses victimes dans ses filets. Cette fierté mal placée avait conduit Ferdinand Dauphin à sa perte et failli coûter la vie à Appolon la nuit dernière...

Le ton d'Appolon requiert de Boivin une attention quasi religieuse. Au fil du récit, le détective québécois s'avance sur le bout de son siège, captivé et sceptique. Le mulâtre ne peut en tenir rigueur à Boivin ; il avait réagi de la même façon, quelques jours plus tôt, dans le salon des Dauphin. La confession s'achève dans un silence inconfortable. Appolon arpente la salle à manger de long en large. Au tour de Paul-Émile Boivin de chercher ses mots. Le vieux flic réunit ses poings sous son nez, les cogne légèrement l'un contre l'autre ; en s'entrechoquant, ses jointures font un bruit de bois creux. À deux reprises, il s'éclaircit la gorge, ouvre et referme la bouche, avant de réussir à formuler sa pensée.

— Admettons que toutes ces sornettes soient vraies : qu'est-ce que tu proposes, Eddie Murphy ?

Excellente question.

* * *

Pendant un moment, la fièvre est tombée, le brouillard rouge presque entièrement dissipé. Les fantômes lui rendaient visite. C'était il y a quelques minutes à peine, à moins que cela ne fasse plusieurs heures. D'ArqueAngel ne saurait le dire.

En l'apercevant, allongé sur le plancher, le gros Nègre — le chef, de toute évidence — a éclaté d'un rire de ténor, puis a prononcé quelques phrases en créole. Obéissant, le colosse au teint d'albâtre s'est penché au-dessus de Gabriel pour le soulever. Au contact de ces mains froides comme la mort (mais peut-être cette impression venait-elle de la fièvre), toute la surface du corps de D'ArqueAngel s'est hérissée de frissons et une fulgurante décharge électrique a parcouru ses membres.

235

Du coup, les visions qui l'avaient obnubilé se sont ébrouées avec davantage de violence, mais ausssi une clarté accrue. Au-dessus des dissonances assourdissantes, il a distinctement entendu deux voix, à la fois pareilles et différentes, répéter en canon ce mot encore, en stéréophonie : *Marasa*.

L'autre l'a pris dans ses bras et remis au lit, sans effort apparent. Dès qu'il l'a lâché, la mélopée s'est tue.

De sa voix grave, le Nègre a alors débattu avec la Négresse courtaude de la nécessité de ligoter Gabriel de nouveau. La Noire avançait que ça n'en valait pas la peine, vu l'hébétude de D'ArqueAngel, mais l'homme a eu le dernier mot. En parlant, la femme lui garrottait l'avant-bras.

Le gros Nègre s'est inquiété de la quantité de sang qu'elle prélevait à Gabriel, mais la femme prétendait ne pas avoir le choix. Il lui en fallait davantage ; l'«agent mutagène» (quoi ?) qu'ils cherchaient à isoler était extrêmement instable et volatil.

Du sang, toujours plus.

Des vampires, songe Gabriel.

* * *

Pour fêter son triomphe imminent, Barthélémy Minville a décidé de sabrer et sabler le champagne. Nul n'a le culot de protester, certes, mais nul n'a l'indécence d'applaudir non plus. Minville s'en fout : s'est-il jamais préoccupé de l'avis d'autrui ?

Le bouchon du magnum de Cristal Brut saute, un bruit semblable à un coup de feu. Barracuda tend à Faustin et à chacune de leurs «invitées» une flûte remplie. Après s'être versé un verre, il remet l'énorme bouteille dans le seau à glace sur la table, puis porte un toast au succès.

Certes, à ce stade, il est prématuré de pavoiser. Mais les progrès d'Alice l'encouragent aux réjouissances. Pour la première fois depuis une éternité, Minville se sent autorisé à entretenir des rêves aussi grandioses que ceux d'autrefois. Dans peu de temps, Alice aura réussi à reconstituer le sérum conçu par son défunt père. Une seule ombre au tableau : le détective Appolon. Minville se plaît cependant à penser qu'il ne s'agit là que d'une légère contrariété, à laquelle Caliban et lui sauront remédier. Il peut donc se permettre de lever son verre aussi à la disparition prochaine de cet enquiquineur.

Les trois femmes font tinter leur coupe contre celle de leur hôte exubérant, imperméables à son enthousiasme. Naïma ne trouve pas ici matière à piaffer de joie. Elle ne raffole pas du champagne : trop salé, trop pétillant. Jacynthe ne s'excite guère davantage ; elle a vu se vider pas mal d'excellentes bouteilles sans que l'ivresse ajoute à l'atmosphère de cette maison l'effervescence de véritables festivités. Quant à Alice, elle est bien trop préoccupée par Caliban pour penser à sourire.

— Excellent ! s'exclame Minville après une lampée de champagne, en lissant du bout des doigts les poils de sa barbe. Quel dommage, mon fils, que tu ne puisses savourer avec nous ce divin nectar...

Grand-Blanc accueille ce commentaire avec son indifférence coutumière. Alice Grospoint engloutit sa flûte sans y goûter, le regard toujours rivé sur l'albinos. S'il n'en tenait qu'à elle, elle offrirait à Caliban deux ou trois magnums de champagne. Ses analyses du sang de D'ArqueAngel ont révélé que l'alcool a un effet inhibiteur sur l'agent mutagène. Selon ses déductions, les effets du sérum sont demeurés latents chez le trompettiste à cause de son alcoolisme précoce.

À son tour, Minville fait cul sec. En se versant une nouvelle flûte, il dit d'un ton doucereux :

— Jacynthe, ma chère, foutez-vous à poil, s'il vous plaît.

À ces mots, le champagne ressort presque des narines de Faustin. Le sang de Naïma se fige. D'instinct, elle se colle contre sa mère, qui secoue la tête, incrédule.

— Ici ?

— À poil, salope ! jappe-t-il avec plus de fermeté.

Jacynthe baisse les yeux, retire son chandail et défait sa jupe portefeuille. Les autres retiennent leur souffle.

— *Mèt*, intervient Faustin, je ne crois pas qu'il y ait de raison pour que j'assiste à cela, non.

Barracuda émet un petit rire dédaigneux.

— Bien sûr que non, mon cher. Mais votre pudeur nouvelle m'étonne. Je vous ai connu moins sensible, autrefois...

— Et les autres ?

— Elles restent ici. Ainsi, elles apprendront le comportement à adopter quand on tient à la vie. Pas vrai, Jacynthe ?

Jacynthe acquiesce en silence. Le visage de Barracuda s'épanouit. Il ricane lugubrement, les yeux fixés sur le corps dénudé de son esclave. Faustin n'ose ajouter un mot. Il regarde un instant Caliban, debout près de la porte, épiant une réaction qui ne vient pas. Dégoûté par sa propre lâcheté, il bat en retraite, tête basse.

D'un signe, Barracuda ordonne à Jacynthe de s'allonger sur la table de billard. Elle pousse le seau à glace et s'étend. Il s'approche d'elle en défaisant sa braguette, se place entre ses jambes écartées. Alice reconnaît dans ses prunelles la lueur lubrique d'il y a trente ans, dans la case de son père. Oscillant entre la terreur et la nausée, Naïma enfouit son visage dans le creux de l'épaule de sa mère.

D'une main, il se caresse au-dessus du corps offert de Jacynthe, mais l'érection tarde à venir. Avec un grognement rageur, Minville frotte son pénis flasque contre le bassin de la femme, tente de le pousser avec ses doigts dans le sexe de Jacynthe, en vain. Elle n'offre pourtant aucune résistance, passive ou absente, peut-être les deux. Elle est déjà morte, se répète-t-elle, morte dès la minute où Caliban avait littéralement arraché la tête de Christian.

La frustration défigure Barracuda. Il penche son corps massif plus avant sur Jacynthe, on dirait qu'il cherche à l'écraser. Elle suffoque sous sa masse, mais ne proteste pas. En l'abreuvant d'injures, il lui empoigne les seins brutalement, les pétrit, les tord, sans parvenir à lui soutirer le moindre son. Alice hoquette, incapable de se détourner du spectacle. Barracuda referme ses pattes d'ours sur la gorge de la femme. Les artères bleues sous la peau pâle gigotent tels des lombrics, le cœur pompe le sang par à-coups. Il l'étouffe. Elle ne hurlera pas, elle se l'est juré. Qu'il lui fasse ce que bon lui semble, elle s'en fiche pas mal. Elle est déjà morte.

— *Fout bouzen!* crie-t-il en lui rompant le cou.

Tempus fugit

Au bout de cinq ou six heures de travail intensif — elle n'en tient plus le compte —, Alice se redresse au-dessus de l'établi avec un affreux torticolis. Elle tient à peine debout. La migraine lui serre les tempes. La fatigue lui a rougi les yeux. À la lumière de la lampe, elle agite l'une des éprouvettes, fascinée par le léger remous du liquide poisseux et irisé. Elle dépose l'éprouvette sur son support, avec les autres, puis se masse la nuque. En dépit de son épuisement, elle éprouve un brin de satisfaction à la perspective de relever ce défi qui sollicite à la fois sa formation universitaire et le savoir ancestral que lui a légué son père. Elle imagine combien Dieubalfeuille Grospoint serait fier de constater les progrès de son unique héritière.

Allons donc. Le *Bòs* n'aurait-il pas plutôt honte de la voir asservie par ce monstre de Minville, son assassin ? Elle serre les paupières sur ses rétines chauffées à blanc. Elle a déjà versé son quota de larmes.

— Ça va, maman ? fait une voix de soprano, au fond du laboratoire improvisé.

Naïma. Alice avait presque oublié sa présence. La mère se ressaisit, s'empresse de se composer un air rassurant. Elle lutte contre la dépression tenace qui l'engourdit ; tenir bon, pour le salut de la petite.

241

— Ça va, oui, dit-elle, avec un levain d'enthousiasme. Je crois que ça y est. On va pouvoir retourner chez nous !

Ces paroles, qui frisent l'imposture, font néanmoins sourire l'adolescente. L'espoir se nourrit de tels mensonges. Naïma n'est pas dupe : sa mère ne lui a jamais paru aussi près du bout du rouleau, aussi désespérée. Elle n'oserait pas la blâmer. Serrées l'une contre l'autre dans le grand lit, elles n'ont pas fermé l'œil de la nuit dernière, tremblant de tous leurs membres à l'idée que Barthélémy Minville ne se glisse dans leur chambre pour les violer ou que Grand-Blanc ne les réduise en charpie.

Attablé devant son petit déjeuner, préparé par Naïma, Minville n'a même pas évoqué l'absence de Jacynthe, à croire qu'elle n'avait jamais mis les pieds ici. D'ailleurs, en passant devant la chambre qu'occupait la Québécoise, Naïma a remarqué qu'on avait fait disparaître tous ses effets personnels durant la nuit. Alice et elle n'avaient pas idée de la manière dont Minville s'était débarrassé du corps et elles se sont bien gardées de poser la question.

Peut-être l'a-t-il donné en pâture à Caliban ?

Peut-être le *makout* l'a-t-il démembré et mangé tout cru lui-même ? Après tout, n'a-t-il pas une réputation de mangeur de chair ?

L'adolescente s'efforce de faire table rase de ces images morbides. L'atmosphère de la maison lui semble de plus en plus viciée. Naïma ressent en permanence sur sa gorge et ses poumons une pression telle qu'elle n'arrive plus à respirer normalement. Elle ne connaît pas les termes exacts de l'entente que sa mère a passée avec Barracuda, mais estime peu probable qu'il respecte sa part du marché.

Alice n'a pas besoin de dons de télépathie pour lire dans les pensées de sa fille. Elle devine ses craintes ; elle aussi serait bien étonnée que Minville les laisse repartir indemnes. Depuis deux jours, elle échafaude des plans d'évasion, plus saugrenus les uns que les autres.

Le temps presse et Alice ne peut plus continuer cet exercice futile : tourner le dos à la Mort qui les guette.

Barracuda pousse un soupir bruyant.

— C'est dur, oui. Vraiment dur.

«Un peuple de comédiens», avait-il coutume de dire.

En vingt-cinq ans, Claude-Henri Faustin a eu tout le loisir de se familiariser avec l'arsenal de ses tics d'acteur raté qui faisaient un tabac dans les tribunaux de Port-au-Prince : les phrases énigmatiques proférées avec emphase, les silences prolongés, les gestes de la main, les regards pleins de tristesse. Faustin connaît tout le répertoire par cœur ; il lui arrive même parfois de deviner la prochaine routine de son patron. Cet après-midi, tandis qu'ils longent le sous-bois ceinturant le jardin, il mettrait sa main au feu que Minville s'apprête à lui réinterpréter la scène du «spleen de l'exilé». Faustin a cependant assez de présence d'esprit pour jouer le jeu. Minville réagit plutôt mal lorsqu'on lui gâche son plaisir.

— D'attendre ? C'est dur, oui, très dur.

Le gros chauve ricane doucement, se félicitant de la vivacité de son bras droit, comme si elle lui faisait honneur personnellement. Une pause se prolonge, une de ces pauses dramatiques dont il a le secret.

— Pourquoi essayez-vous toujours de passer pour plus idiot que vous ne l'êtes ? Je ne parle pas de l'attente. Si près du but, je me découvre une patience que je ne me connaissais pas.

Il piétine une souche morte, qui grince mais ne se rompt pas sous son poids.

— Alors quoi ?

La voix de crécelle de Faustin laisse percer son écœurement, de plus en plus ardu à masquer. Le regard du *Mèt* s'assombrit. Faustin se mord la langue ; il lui faudra mieux se surveiller s'il ne désire pas connaître le sort de tous ces présomptueux qui ont osé contrarier Barthélémy Minville.

— Le pays me manque, Faustin, reprend le ténor, sur un ton théâtral à souhait. Terriblement.

Quel culot! Se lamenter du «mal du pays», quelques heures à peine après avoir étranglé de sang-froid la Canadienne. Au moment de se débarrasser du cadavre sur un site d'enfouissement d'ordures ménagères, il n'a émis comme unique commentaire, pour le repos de l'âme de Jacynthe Roussel, que ce regret à l'idée de ne plus la baiser : «Je regretterai son cul.» Faustin étouffe ; en lui remonte la même nausée que ce fameux soir, à Santo Domingo.

Il s'ennuie de la patrie, prétend Minville, mais laquelle? L'Haïti actuelle qui cafouille au fil de son «long et pénible apprentissage de la démocratie» ou ce chaos où l'on perpétrait les crimes les plus sordides avec la bénédiction présidentielle?

Ils enjambent une flaque d'eau. Dans l'ombre épaisse des feuilles, des geais s'égosillent. La brise charrie des odeurs de brûlé. Minville s'immobilise, se tourne vers la maison, qu'on distingue en partie à travers les branches.

— Dites-moi, mon cher, quelle importance toutes ces villas à Santiago ou à Antibes, quelle importance tout ce luxe, toutes ces femmes, si je ne peux me payer une promenade au marché public et humer les parfums de *fritay*, si je ne peux pas déguster un poisson grillé sur le bord de mer?

Faustin ne croit pas qu'il s'attende à une réponse et n'en hasardera aucune. Même s'ils requièrent un public, les monologues de Barthélémy Minville ne s'adressent jamais à personne d'autre que leur interprète.

— Nous rentrerons bientôt, Caliban, vous et moi. La nation est dans un tel état ; elle a besoin de nous. Dès que la femme Grospoint aura terminé son travail, nous rentrerons. Avec le sérum, nous pourrons fonder notre propre armée et réorganiser le pays. Vous parliez d'attente, Faustin ; il y a tellement longtemps que j'attends...

En disant cela, il exagère à peine. Durant presque trente ans, il a vu ses rêves de grandeur s'effriter graduellement après la perte de l'un des jumeaux. Durant toutes ces années, il a espéré retrouver le garçon qui lui avait glissé entre les doigts. Et même si, aujourd'hui, il est trop tard pour en faire le soldat indestructible qu'il aurait pu devenir, Minville s'exalte à l'idée que le jeune homme puisse, d'une certaine manière, servir la cause.

Quelle cause ?

C'est un cinglé. Faustin s'en rend mieux compte, maintenant que la griserie du pouvoir et de la richesse, que lui garantissait sa présence auprès de Minville, s'est estompée.

Un malade, un fou furieux.

— Venez, Faustin, l'heure du triomphe approche…

Il reprend le chemin de la maison. Par réflexe, Faustin lui emboîte le pas, mais seul son corps le suit.

* * *

Installé au volant du véhicule banalisé, Paul-Émile Boivin écoute d'une oreille distraite la radio. Sur un ton monocorde, la standardiste émet des ordres à l'intention des autopatrouilles. Ses pensées sont ailleurs.

Le flic consulte sa montre, pour la quatrième fois en un quart d'heure. Mais qu'est-ce qu'il fout, Appolon ? Il avait pourtant promis de faire vite. La voiture est postée dans une ruelle sombre du nord de la ville et Boivin aurait horreur de devoir expliquer à des collègues sa présence en ce coin perdu et mal famé.

Exaspéré, il enfonce le briquet de l'auto et se met à fouiller dans le coffre à gants. Il en sort un vieux paquet de Craven A tout aplati, où il reste deux cigarettes. Il en porte une à sa bouche, l'allume, en tire une bouffée.

— Deux minutes, qu'il me dit, rumine Boivin en expirant la fumée. Il a oublié de spécifier que c'était à l'horloge haïtienne…

Pour la première fois depuis qu'ils travaillent ensemble, il se demande si son humour incommode Appolon. Depuis le temps, il présume que son collègue a appris à ne pas prendre ses quolibets au sérieux. Comme le veut une vieille plaisanterie, il n'a rien contre les Nègres, au contraire ; même que tout le monde devrait en avoir un chez soi...

Il relâche sa ceinture, glisse une main entre les pans de sa chemise et se gratte la bedaine. Blague à part, il ne sait toujours pas quoi penser de ce qu'Appolon lui a raconté la veille. Il y a pourtant réfléchi toute la nuit, s'est escrimé à convaincre son partenaire que cette histoire ne tenait pas debout. Au lieu de ça, il s'est laissé embarquer dans cette aventure. Il a même pris congé à son tour pour participer à un commando suicide.

Il faut agir vite. De source bien informée, Boivin a appris que Minville avait retenu les services de contrebandiers mohawks pour traverser du côté américain, sur les eaux du lac Saint-Louis, dès ce soir. Selon les informateurs, une fois passée la frontière, l'ex-*makout* compte s'envoler vers une destination pour le moment inconnue. Ce départ clandestin et précipité corrobore une partie des dires d'Appolon : ce Barracuda trame sûrement quelque chose de louche. Mais de là à affirmer qu'il dirige un monstre surnaturel...

Par moments, Boivin se demande cependant si son partenaire n'a pas inventé cette histoire de toutes pièces, pour justifier un fantasme de vendetta. Certes, en dix ans de collaboration, le mulâtre n'a jamais tenté de lui monter un bateau ; ce n'est pas dans son tempérament. Mais l'état lamentable de sa voiture et les traces de griffes sur le capot ont laissé Boivin perplexe. Et puis, les autres pistes sur lesquelles il enquêtait l'ont mené dans une impasse.

Bon. Supposons que Minville ait en effet un genre de loup-garou sous ses ordres et que cet animal soit le véritable auteur du meurtre de T-Master et de ses hommes, que faire contre une telle créature : charger leurs revolvers avec des balles en argent ?

Boivin retire sa cigarette de sa bouche pour bâiller. Appolon reparaît enfin, les bras chargés d'un paquet emmailloté dans des couvertures de laine. Boivin sort pour lui ouvrir le coffre. Appolon laisse choir son fardeau. D'un doigt, Boivin soulève les couvertures pour jeter un œil sur les emplettes : un semi-automatique de gros calibre, issu de la filière Détroit-Toronto-Montréal, armes de contrebande saisies mais remises clandestinement sur le marché pour piéger les revendeurs.

— On ne rit plus…

Appolon ne dit rien, s'apprête à refermer le coffre.

— Hé ! C'est quoi ça ? s'étonne Boivin en pointant une boîte d'explosifs.

— Tu l'as dit, P.-E., rétorque Appolon en faisant claquer bruyamment le coffre. On ne rit plus…

Countdown

Une voix grêle résonne aux oreilles de D'ArqueAngel. En s'accrochant à cette voix, il se hisse vers la conscience en traversant une à une des couches superposées de brume rouge sang.

— Il s'éveille. Je lui fais une autre injection?

Émergeant du brouillard écarlate, il cligne des yeux. Dans la pénombre, il discerne deux silhouettes dont il reconnaît vaguement la plus imposante. Il essaie de se redresser, mais les sangles croisées sur sa poitrine et ses jambes le retiennent sur le dos.

— Pas tout de suite, Faustin. J'aimerais bien m'entretenir quelque peu avec lui. Bonjour, mon garçon...

Sa vision se précise. Il peut presque détailler les traits des deux hommes assis de chaque côté d'une table circulaire où repose une petite lampe de chevet. Il se râcle la gorge, fait monter un peu de salive dans sa bouche. D'une voix si brisée qu'il a peine à la reconnaître, il réussit à demander:

— Qui êtes-vous?

En guise de réponse, le gros Nègre fait basculer l'abat-jour de la lampe, de manière à braquer la lumière directement sur D'ArqueAngel. Ébloui, celui-ci détourne la tête.

— Qui je suis? s'amuse Barracuda. À toutes fins utiles, tu peux me considérer comme ton père...

— Mon père ?

— Pas au sens biologique, peu s'en faut. Pourtant, j'ai quand même joué un rôle de tout premier plan en ce qui concerne ta... hum... «naissance». Je me nomme Barthélémy Minville, mais je suppose que mon nom ne te dit rien. Normal : sur les berges de la rivière Outaouais, on se soucie assez peu de politique haïtienne, à ce qu'il paraît.

La voix grave et sensuelle coule sur D'ArqueAngel, l'enveloppe comme un édredon duveteux.

— Qu'est-ce que vous me voulez ? De quel droit me retenez-vous ici ? Qu'avez-vous fait à Laura ?

— Que de questions, que de questions. Et si peu de réponses. Si je te disais que je t'ai amené ici pour disputer avec toi une partie de *simoni*, la métaphore te parlerait-elle ?

Évidemment pas et Minville s'en doute, rumine Faustin, excédé. Plus cabotin que jamais, l'ex-avocat prend un malin plaisir à ménager ses effets pour obtenir le maximum d'efficacité dramatique.

— Il s'agit d'un jeu fort amusant, auquel s'adonnent les gamins en Haïti, poursuit-il. Cela se joue avec un petit mollusque de chez nous, appelé *simoni*, que l'on taquine à l'aide d'un petit bâton pour le forcer à sortir de sa coquille.

Encore sous l'emprise de la fièvre, D'ArqueAngel éprouve quelque difficulté à suivre. Il secoue la tête, dans l'attente d'explications plus claires.

— Dans ton sang coule un singulier produit qui nous permettra, à mes associés et à moi, de reprendre le pouvoir une fois pour toutes en Haïti.

— Je ne saisis pas de quoi vous parlez...

— Moi, je sais pertinemment de quoi je parle, puisque je t'ai moi-même injecté ce produit quand tu n'étais qu'un nourrisson.

Minville s'interrompt, le temps de se servir une bonne rasade de Vieux Calvados. Il va tout dire au trompettiste, Faustin le devine. Il va tout lui confier, de A à Z, de la même manière qu'il se plaisait jadis à expliquer à ses futures victimes les motifs de leur assassinat.

— Ah, mon histoire t'intéresse ! Et pour cause, c'est un conte très beau et fort simple, même si des revers de fortune sont venus le compliquer inutilement. Attends, je te le raconte. Imagine, dans une lointaine contrée des Caraïbes, un homme ambitieux qui souhaitait accéder à la présidence pour redresser la triste situation de son pays tête en bas. Pour ce faire, cet homme a eu recours à un initié des sciences interdites qu'il a chargé de mettre au point un produit capable de transformer des enfants en bas âge en de véritables fauves. Le but, bien sûr, était de constituer en quelques années un bataillon de surhommes assujettis à sa volonté. Sa besogne accomplie, le créateur du sérum s'est évidemment vu remercier de ses services de manière assez définitive. Tu comprends que notre homme ne pouvait laisser la vie sauve à quelqu'un qui détenait le secret de son pouvoir.

«Sérum en main, notre patriote s'est livré à une première expérience. Ayant fait l'acquisition de deux cobayes, de très jeunes jumeaux identiques, dont je te laisse deviner l'identité, il leur a injecté le produit. En très peu de temps, la formule a commencé à faire effet ; les bébés ont vite montré de belles pulsions sanguinaires que le temps se chargerait d'affiner.

«Seulement voilà, il a fallu que la mère des garçons, une petite sotte des plaines, tente de récupérer ses petits. Un soir, elle s'est introduite chez notre héros et a allumé un incendie qui devait détruire non seulement le laboratoire mais aussi, comble de déveine, la réserve de sérum. Dans sa tentative désespérée, cette garce a réussi à ravir l'un des garçons qui, on ne sait par quel tour de passe-passe, a fini entre les mains d'un couple de diplomates canadiens. Ces gens l'ont ramené avec eux au pays de la neige et des référendums constitutionnels.

«Mais qu'à cela ne tienne. Notre homme a élevé l'autre jumeau comme son propre fils, l'a entraîné dès l'enfance dans le but d'en faire l'arme absolue. Dressé tel un chien de chasse, le garçon a assuré à son «père» un statut privilégié dans les coulisses du pouvoir port-au-princier. D'autant plus qu'un certain nombre de mutations dans sa physionomie — blanchiment de l'épiderme et des cheveux, rougeur lumineuse des pupilles très sensibles à la lumière, mais aussi force physique et agilité décuplées, capacités de régénération supranormales frisant l'invulnérabilité — l'apparentaient aux démons du folklore local.

« Pendant des années, notre patriote a fait appel à des spécialistes partout à travers le monde pour tenter de constituer une nouvelle réserve de sérum, distillé à partir du sang de son « fils ». Cela s'est hélas avéré impossible. Je ne suis pas très fort en chimie, mais à ce que j'ai pu comprendre, une fois assimilé par l'organisme, le sérum devient indissociable du plasma sanguin.»

Minville marque une pause. Il agite l'eau-de-vie dans son ballon, en hume le bouquet, yeux clos, puis en aspire une bonne gorgée. Faustin grimace. Le style épique adopté par Minville ne le surprend guère, mais toute cette affectation le dégoûte.

— Délicieux, ce Calva. Je t'en offrirais bien une lampée, mais je ne peux pas pour les raisons que tu entrevois peut-être. Je reprends : chassé de son pays, notre homme a erré de par le globe en espérant trouver un moyen de recouvrer la place qui lui revient de droit. Et par le plus heureux des hasards, alors qu'il est venu à Montréal sur les traces de la fille du créateur du sérum, il retrouve son autre « fils ». Gavé d'alcool toute sa jeunesse, celui-ci a grandi sans rien savoir de la «chose» qui dort en lui, en ne présentant que des signes très discrets de sa véritable nature. Lui n'a subi aucune des mutations qui se sont opérées chez son frère parce que l'alcool, qu'il consomme en quantité excessive, inhibe la substance mutagène. Toutes ces années, elle a coulé dans ses veines dans un état de semi-dormance.

La lumière se fait dans l'esprit de D'ArqueAngel, si bien que le gros Nègre pourrait arrêter ici son discours. Il n'en fera rien, puisqu'il adore s'entendre parler.

— Depuis des jours, nous t'avons sevré d'alcool et injecté de petites doses du sang de ton frère, afin de ranimer l'agent mutagène à partir duquel il sera possible de reconstituer le produit original. Tu comprends l'allusion maintenant : nous disputons ici une véritable partie de *simoni* dont le but est de faire pointer le nez à la « bête » qui se cache au fond de toi.

D'ArqueAngel a ouvert la bouche, mais ne sait pas quoi répliquer à l'histoire invraisemblable qu'on vient de lui conter.

— Et qu'est-ce que vous ferez de moi ensuite ? finit-il par hasarder.

Faustin sourcille ; il s'est lui-même posé cette question. Sous son regard perplexe, Minville chauffe son verre entre ses deux mains puis le vide d'un seul trait.

— Comment dire ? Lorsque nous aurons distillé suffisamment de sérum à partir de ton sang, tu auras perdu toute utilité, j'en ai bien peur.

Sur ces mots, il fait signe à Faustin d'administrer au prisonnier une nouvelle dose de sédatif. Paniqué, le trompettiste se débat contre les lanières qui le clouent au matelas. Mais bientôt, il sent la piqûre dans son avant-bras, et la chambre ne tarde pas à disparaître dans un tourbillon de volutes cramoisies.

* * *

Barthélémy Minville manipule l'éprouvette en jubilant. Naïma s'étonne que la petite fiole ne se brise pas, tant elle a l'air fragile entre ces doigts courts et épais.

— Je savais que tu ne me décevrais pas, Alice ma chère. Je suis très fier de toi. Moi qui ne pensais plus jamais revoir les teintes chatoyantes de ce précieux liquide…

Alice Grospoint n'arrive pas à le regarder droit dans les yeux, suffoquée par une oppressante sensation de déjà vu. Elle ne peut chasser de son esprit ses souvenirs d'un certain crépuscule, sous une autre latitude.

253

— Je n'ai pas encore effectué tous les tests, bafouille-t-elle, mettant un bémol à l'enthousiasme de Barracuda. Je ne peux pas garantir que ce concentré soit au point.

— Ta modestie t'honore, mais je ne vois pas pourquoi elle ne le serait pas.

— J'ignore si la maturation était trop ou pas assez avancée pour la distillation.

Barracuda arque un sourcil. Se laissera-t-il berner ? Il marche vers Alice, qui ne peut s'empêcher de frémir à son approche. Sans cesser de sourire, il lui passe une main sur la joue, si délicatement qu'on le croirait amoureux. Malgré elle, elle penche la tête, moule son visage à la main chaude et douce, ferme cependant les yeux, redoutant le pire.

— Femme de peu de foi, grince-t-il. La formule est parfaite, j'en suis convaincu. Et si tu penses gagner du temps ainsi, j'ai bien peur que ça ne marche pas...

— Que voulez-vous dire ? s'étonne Faustin.

— Un avion privé nous attend de l'autre côté de la frontière. Nous partons dès ce soir pour la Dominicanie. Je suis sûr, Alice, que toi et ta petite n'avez pas mis les pieds dans le Sud depuis des années. Un brin de soleil ne peut vous faire de tort. Je vous trouve un peu pâlottes, toutes les deux...

— Mais vous aviez promis de... commence Alice, désemparée.

— J'ai menti, idiote ! éructe-t-il. Allez, montez ramasser vos choses. Hop, hop, activité, activité ! ajoute-t-il en claquant des mains, comme s'il s'adressait à des chiens domptés.

Un moment de silence où personne n'ose remuer d'un poil. Résignée, Alice entraîne sa fille dans son sillage, mais Naïma se retourne brusquement vers le gros Nègre et lui crache en pleine face. La main de Barracuda s'abat par deux fois sur le visage de l'adolescente, faisant éclater ses lèvres. Sous les coups, elle s'écroule.

— Petite putain ! mugit le *makout*. Je te montrerai de quel bois je me chauffe !

254

Défiante, Naïma relève la tête vers le corps massif qui éclipse la lumière du plafonnier.

— Vous ne vous chauffez d'aucun bois, gros porc ! On l'a bien vu hier...

Une nouvelle gifle renvoie la jeune fille au plancher. Alice veut s'interposer, mais Minville l'écarte sans effort.

— Ça suffit, Minville ! s'écrie alors Faustin, de sa voix de castrat. Laissez-la !

La virulence de cet éclat fait tressauter Minville. Il se retourne et s'avise avec stupéfaction que Faustin braque un revolver sur lui.

Gemini

De nouveau, l'éveil. Enfin.

La faim, la soif toujours.

Au moins, la fièvre est tombée.

D'ArqueAngel rouvre les paupières et ne s'étonne pas de se voir lui-même, assis sur un tabouret de bois au pied de son lit, dans une tenue décontractée aux coloris sombres, le regard voilé par ses lunettes noires. Il se croit d'abord encore en train de rêver et, constatant la pâleur maladive de ses joues, pense confusément qu'il faudrait y aller plus doucement avec l'alcool. Le voilà devenu aussi blême que Michael Jackson.

L'autre ne dit rien, mais dégage une hostilité qui se passe de paroles, une déclaration formelle d'antagonisme.

Pendant un instant, D'ArqueAngel cherche le nom de cette espèce de poisson tropical dont on dit que deux mâles ne peuvent occuper un espace restreint sans s'entretuer. Il renonce à s'en souvenir et cligne des paupières, pour apprivoiser la lumière ambiante et, du même coup, faire le point sur l'apparition à son chevet. Il est en présence d'une réplique de lui-même en négatif. Même carrure, même menton volontaire, même barre au milieu du front, signe révélateur de l'humeur agressive. Seules différences : la couleur de la peau et des cheveux, la coiffure et la mine de tueur.

Intuitivement, il connaît l'identité de son alter ego.

Danny-Boy ?

Non.

Rien à voir avec le fils défunt de Ben et Corinne Reynolds. D'ArqueAngel fixe le Nègre albinos. La tornade de voix et de sons qui avait fait bruire sa tête s'est-elle apaisée ? Ou s'y est-il habitué, de la même manière qu'à la longue l'odorat finit par s'accoutumer à certaines odeurs désagréables. Pour la première fois depuis son retour au Québec, peut-être même la première fois de sa vie, ses pensées ont la clarté du cristal.

Une espèce de tension électrique galvanise ses muscles. Jamais il n'a fait l'expérience d'une telle plénitude.

Il a envie de s'esclaffer, comme au souvenir d'une bonne blague, de rire tout son soûl, jusqu'à ce que l'écho de son propre rire acquière une sonorité surnaturelle. Dans son esprit, deux voix, distinctes et pourtant identiques, répètent ce mot dont la signification lui semble tout à coup évidente.

Marasa.

Alors, pendant un très bref instant, leurs esprits ne font qu'un. Un déluge de souvenirs en vrac submerge une fois de plus la conscience de D'ArqueAngel, quoique sans violence cette fois. Le flux d'images et de sensations passe d'un cerveau à l'autre avec la froide régularité d'un transfert de données informatiques. Éveil, au beau milieu de la nuit noire. Cris d'une mère terrorisée et flammes rouges dans le regard, flammes tout autour d'eux. Commotion. Séparation.

S'ensuit une seconde série d'images. Des cris d'agonie. Des mutilations, viscères arrachés, membres amputés, artères sectionnées. Des odeurs de chair fraîche. Des supplications. De la souffrance. Du sang, encore et toujours du sang. Et en guise de trame sonore à ce macabre carnaval, le rire tonitruant de Barracuda.

Le contact entre les deux consciences s'interrompt au moment où Caliban émet un grondement guttural.

Dégoûté, D'ArqueAngel a alors une illumination lugubre :

l'univers entier de son jumeau se résume à l'intimidation, à la terreur et au meurtre.

Rien d'autre.

* * *

«À la bonne heure!» pense Lorenzo Appolon en approchant furtivement de la Jaguar. À la faveur du crépuscule, il a enjambé la muraille de pierres qui ceint la propriété, s'est insinué à travers broussailles et herbes folles. Maintenant, il pose son semi-automatique sur l'asphalte, se glisse sous la voiture. Le détective s'autorise une pause, pour s'assurer que personne ne l'a vu ni entendu, puis il attire son arme vers lui. Il attend encore un peu, le temps de reprendre son souffle. Son cœur doit bien faire du cent cinquante battements à la minute. Il vérifie pour la énième fois les munitions du semi-automatique et du .38 fourré dans sa ceinture, au cas où. Tout est en ordre. Il sort ensuite la bombe artisanale de l'intérieur de son blouson. Avec des gestes empreints d'une délicatesse d'amant, il la fixe sous le moteur de la Jaguar.

— Appolon? crépite la voix bourrue de Boivin. Appolon, tu m'entends?

Le mulâtre tire un émetteur-récepteur miniature de sa poche intérieure.

— Oui, grommelle-t-il. Je t'ai dit de ne pas m'appeler.

— Reviens tout de suite, bredouille l'autre flic. Ton plan de nègre n'a pas d'allure...

Au fond, son confrère a raison, il le sait. Son plan rivalise en présomption avec celui qui a mené Ferdinand Dauphin dans la tombe. Mais la tournure des événements ne lui a pas laissé d'autre choix que de jouer les James Bond. Et puis, contrairement à Ferdinand, il connaît d'avance le danger auquel il sera confronté et c'est lui qui bénéficiera de l'effet de surprise. Maigre consolation. N'importe. Trop tard maintenant pour changer d'idée.

— S'il te plaît, P.-E., ne recommence pas !

Il coupe la communication et s'efforce de retrouver son calme. Ça y est, l'explosif est en place. Il suffit maintenant d'une simple pression sur un bouton pour renvoyer Barracuda et son loup-garou aux enfers ; une solution extrême, à n'utiliser qu'en dernier recours. D'abord, ils essaieront d'intercepter Minville sur le chemin de la réserve mohawk. Boivin a quelques amis dans les rangs de la Sûreté du Québec, dans les environs d'Akwasasne, qui lui doivent une faveur. Si P.-E. et lui n'arrivent pas à arrêter le matamore et ses acolytes à la sortie de la maison, les provinciaux tenteront leur chance. Sinon, il n'y aura plus qu'à actionner le détonateur…

Des éclats de voix en provenance de la maison le font sursauter. Il tend l'oreille, reconnaît les voix de Minville et de Faustin, mais aussi celle d'Alice Grospoint et d'une autre femme, plus jeune.

On dirait que ça barde à l'intérieur.

* * *

— Faustin, posez cette arme ! Je vous préviens…

— Non, c'est moi qui vous préviens, Minville, crache le freluquet, avec vingt-cinq ans d'amertume refoulée. J'en ai marre de vos combines. Vous avez le sérum, alors vous allez tenir votre promesse et les laisser repartir.

Le ton se voudrait sans appel, mais déjà la main tremble sur la crosse. Des gouttes de sueur salée roulent sur les lèvres tremblantes de Faustin. Un sourire dédaigneux éclôt sur les traits de Barracuda. Faisant fi de la menace, il avance vers son secrétaire. L'intensité de son regard de cobra étourdit Faustin.

Profitant de cette diversion, Alice s'empare discrètement d'une seringue qu'elle a préparée un peu plus tôt, la glisse dans la poche de son tablier.

— Allons, mon cher, vous vous couvrez de ridicule, fait Barracuda, paternaliste. Donnez-moi ce pistolet.

— N'avancez plus, Minville.

— Faustin…

On croirait un maître d'école en train de réprimander un cancre pour un devoir bâclé. Rempli de son autorité, le gros Nègre fait un pas de trop.

Le coup part tout seul, une première puis une seconde fois. Un cri aigu de Naïma fait écho aux détonations. Les yeux de Barracuda s'agrandissent, autant de stupeur que de douleur. Faustin lui-même considère avec incrédulité le revolver dans son poing.

La deuxième balle a atteint Minville au genou, libérant une giclée de sang et de fragments d'os. Barracuda chancelle. En poussant un grognement rauque, il frappe Faustin. L'arme lui échappe et heurte le plancher avec un bruit sourd. Les pensées de Minville se désarticulent. Des paillettes lumineuses lui brouillent la vue. La douleur lui fait tourner la tête. État de choc. Se ressaisir, rapidement. Mais Caliban ? Qu'est-ce qu'il fabrique, foutre ?

* * *

— Qu'est-ce que c'est ? grésille la voix de Paul-Émile Boivin. Appolon, ça va ?

Accroupi à côté de la Jaguar, le détective porte son émetteur-récepteur à sa bouche.

— Je ne sais pas, ça vient de la maison. Pour moi, le party est pris en dedans. Je vais voir. Avertis tes chums de la SQ qu'on compte sur eux et tiens-toi prêt à intervenir si Minville sort.

— Appolon, fais pas le fou !

Il jette de côté l'appareil, resserre sa prise sur son arme et court vers le perron de la résidence. Il agit sur un coup de tête, il en a vaguement conscience. N'importe, l'élan est donné, autant le suivre. En souvenir de Ferdinand. La porte n'est pas verrouillée. Sans perdre une seconde, Appolon la pousse d'un coup de pied et bondit à l'intérieur, en direction de la pièce d'où proviennent les voix.

— On ne bouge plus ! s'écrie-t-il, encadré dans l'embrasure de la porte en pointant son semi-automatique sur les occupants de la salle de jeux.

Le regard du détective fait vite le tour de la pièce, détaille en un flash le décor hétéroclite où voisinent un établi de chimiste moderne d'un côté et une table et des accessoires de billard de l'autre. Là se trouvent Minville, par terre, blessé à la jambe, Faustin, hébété, Alice Grospoint et une jeune fille qui sanglotent d'effroi, mais…

Merde ! L'albinos n'est pas avec eux !

À peine ce constat s'est-il formé dans son esprit qu'un rugissement attire ses yeux vers la mezzanine, juste à temps pour voir l'ombre qui fond sur lui.

* * *

Dès le premier coup de feu, l'autre s'est redressé vivement, comme sous l'effet d'une décharge électrique. De son lit, D'ArqueAngel l'a vu quitter la chambre en adoptant une pose de fauve en chasse.

L'écho des détonations se répercute sur les tympans de D'ArqueAngel. Les hurlements de terreur qui vrillent dans l'air le stimulent. L'odeur du sang, qu'il perçoit soudain très distinctement, exacerbe ses sens. Lui aussi entend cet appel irrésistible, ce chant des sirènes au large des côtes de la raison.

La faim, la soif lui tenaillent les tripes.

La rage aussi.

Un grognement emplit sa chambre, il lui faut un instant pour s'apercevoir qu'il vient de sa propre gorge.

Marasa.

Identiques, ni meilleur ni pire l'un que l'autre. En bas, cacophonie de cris, de rugissements et de fracas. La faim. La soif. La rage.

Canalisant toutes ses énergies, D'ArqueAngel parvient à rompre ses liens et à se redresser, mais l'effort le laisse pantelant. La chambre tourne autour de lui, les murs vacillent, tout le décor s'embrouille. Il secoue la tête avec vigueur, pour ramener de la clarté dans sa vision, pose ses pieds sur le sol glacé et se dresse sur ses jambes flageolantes. Pendant un instant, le plancher semble devenir immatériel. Il s'écroule comme un bébé qui n'a pas encore maîtrisé l'art de la marche.

En bas, les bruits de la commotion retentissent toujours.

En grondant, D'ArqueAngel s'appuie sur ses paumes et ses genoux, réussit à se relever. Il avance péniblement, un pied à la fois. Voilà. Chaque pas lui redonne davantage d'assurance.

En traversant la chambre, il croise son reflet dans le miroir de la commode. Avec ses paupières plissées, ses yeux ne sont plus que deux lames étincelantes. Seule la lueur surnaturelle de ses iris donne une mince idée de la bestialité qui le possède corps et âme.

* * *

Abruti par la souffrance, Minville voit Caliban et le détective culbuter sur le plancher du vestibule. La douleur fuse de son genou, remonte dans sa cuisse, dans son entrejambe. Il geint, incapable d'articuler une pensée cohérente. Prostré, il ne peut qu'observer la danse macabre de Grand-Blanc et du mulâtre.

Dans la lutte, le policier échappe son arme, qui crache une salve en heurtant le plancher. L'albinos ne tarde pas à prendre le dessus. Il referme maintenant ses doigts griffus sur le cou d'Appolon.

263

Le mulâtre lui attrape les poignets, tente de dénouer sa prise, en vain. Déjà, les bruits qui l'entourent diminuent, la lumière s'estompe. Au milieu des taches d'encre qui se répandent dans son champ de vision, il ne distingue plus que ce visage blanc comme l'hiver avec, sous des sourcils neigeux, des rubis étincelants.

Sous une inspiration soudaine, il lève les mains et enfonce ses pouces dans les orbites de ces yeux.

Caliban émet un rugissement et relâche le policier. Appolon en profite pour le repousser et ramper loin de lui. Sa respiration reprend, sifflante et pénible. Il tâtonne frénétiquement le sol, en quête de son semi-automatique. Des feux d'artifice explosent dans son crâne et ses pensées sont encore plus confuses. Des projectiles sifflent dans ses oreilles, il a l'impression de voir des comètes de couleur voler au-dessus de sa tête. Tout à coup, il sent comme les dents d'un râteau se planter à travers son gilet et sa veste, entre ses omoplates, et lui labourer le dos.

La brûlure lui arrache un cri rauque, il se retourne sur le dos, le contact du plancher enfonce des aiguilles glacées dans ses plaies à vif. Élevé au-dessus de lui comme un totem, le *baka* fait pleuvoir les coups. En s'abattant sur son visage, un poing lui pète le nez. Le sang lui emplit la bouche. Il va perdre connaissance.

Avant que l'albinos ait porté le coup de grâce, l'une des comètes sifflantes l'atteint en plein front, avec un bruit sourd. Le *baka* secoue la tête et lève les yeux. De la salle de jeux, Naïma lance les boules de billard vers lui, mais n'atteint plus la cible. Avec un ricanement sadique, il enjambe le corps du détective et se rue vers l'adolescente.

— Mon Dieu, non ! crie Alice Grospoint.

Le démon blanc se déplace à une vitesse stupéfiante. Il attrape Naïma par la gorge et la soulève de terre. Les pieds de la jeune fille gigotent dans le vide. Elle martèle de ses poings le visage de l'animal, sans grand résultat. En très peu de temps, ses membres deviennent flasques...

Retrouvant ses esprits, Alice s'avance vers le monstre. Elle sort la seringue de sa poche, la plante dans le cou du *baka* et enfonce le piston. Foudroyé, Caliban lève la tête et laisse retomber sa proie. Alice fait un pas en arrière. Caliban tourne la tête en tous sens, avec une expression d'ahurissement.

— Qu'est-ce que… ? toussote Naïma.

— De l'alcool. Ça va le désorienter. Viens vite !

Ces paroles ressemblent plus à une prière qu'à une certitude. D'ailleurs, l'effet de l'injection n'est pas aussi marqué que l'espérait Alice. Dans sa chute, Naïma s'est cogné le coccyx sur le coin de la table de billard et n'arrive pas à se remettre sur pied. Tandis qu'Alice l'aide à se relever, Caliban esquisse déjà un mouvement vers elles.

Faustin s'empare d'une queue de billard et en assène un coup à l'albinos sur le côté du visage. Sa tête accuse l'impact, mais il ne s'écroule pas. Au contraire, la bouche tordue par la rage, les yeux rouges vrillant dans leur orbite, il rugit de plus belle et pivote sur ses talons.

— Allez-vous-en, merde ! crie Faustin aux deux femmes.

Le freluquet fait mine de frapper Caliban de nouveau, mais celui-ci attrape la queue au vol, la lui arrache des mains et la jette à l'autre bout de la pièce. D'une taloche, il déchire la chemise et strie de rouge le torse maigre et imberbe de Faustin. L'homme gargouille de douleur. Un coup de poing au ventre le fait se plier en deux, et avant qu'il aille embrasser le plancher, son visage heurte le genou relevé. Ses os craquent horriblement. Les griffes du *baka* se plantent dans sa nuque, libérant des rigoles de liquide chaud dans son cou. Il vomit un mélange de bile, de sang et de dents cassées sur l'ombre qui s'élève vers sa face.

Déchaîné, Caliban cogne son genou contre la tête, encore et encore, jusqu'à ce le visage de Faustin soit réduit à l'état d'une bouillie de viande saignante. Grognant, il laisse retomber la carcasse inerte, puis il se retourne vers les deux femmes qui fuient vers la sortie.

Alors qu'il s'apprête à s'élancer à leur poursuite, une silhouette s'interpose, les yeux étincelants reflétant les siens comme un miroir obscur.

L'Autre.

Leurs regards se croisent, leurs esprits s'entrechoquent dans un fracas métallique. Un sourire menaçant ourle les lèvres de l'albinos. Il oublie Alice et Naïma. D'ArqueAngel bombe le torse, serre la mâchoire : très bien, Danny-Boy ou peu importe ton nom, je suis prêt.

Tous muscles bandés, Grand-Blanc bondit sur son alter ego.

Up 'gainst the Wall

Au son des coups de feu répétés, Paul-Émile Boivin sur-
saute, avec l'impression que sa circulation sanguine s'est arrêtée. Quelque chose a mal tourné : rien de moins étonnant.
Quelle idiotie ! Après trente ans d'une carrière sans bavures,
comment avait-il pu se laisser entraîner dans cette aventure,
comme une recrue aux hormones surexcitées ?

Pendant un bref instant, il hésite, le regard braqué sur le
micro fixé au tableau de bord. Appeler des renforts et risquer
de voir Appolon et lui radiés à jamais du corps policier ?
Étouffant un sacre, le flic écrase son mégot et sort de son véhicule. Il s'arrête devant la grille d'entrée, la toise de haut en
bas. Pas la peine d'envisager de la défoncer avec l'auto, elle
a l'air trop solide. À travers les barreaux, il contemple la
somptueuse maison, loin au bout de l'allée, adossée aux ombres du sous-bois. Éclairée par les projecteurs disposés tout
autour, elle se détache des ténèbres à la manière d'un château féerique.

Les coups de feu ont cessé. Boivin mesure du regard la
hauteur de la muraille qui ceinture la propriété. Soit. Il fait
volte-face, remonte à bord de l'auto et l'approche un peu
plus. Il redescend et grimpe sur le capot de son véhicule
pour se hisser par-dessus le mur. La tôle gondole sous son
poids, il passe près de glisser et de s'écraser sur le toit, mais

retrouve son équilibre. Chose sûre, il se promet de réclamer à Appolon les coûts du débosselage…

Le détective atterrit de l'autre côté, à bout de souffle. Décidément, il ne rajeunit pas. Quelques secondes pour reprendre haleine, puis il remonte l'allée en direction de la maison, son .38 spécial bien en main. Des balles en argent, se répète-t-il, cynique.

La porte avant s'ouvre brusquement, presque arrachée de ses gonds. Par réflexe, Boivin se planque derrière un arbre pour guetter la sortie des occupants sans se faire repérer.

Deux Noires dévalent les marches du perron à toutes jambes, comme si elles avaient le Diable en personne à leurs trousses.

* * *

Les deux jumeaux déboulent dans la cave. Lorsque son crâne heurte le béton du plancher, D'ArqueAngel entend des musiques folles lui exploser dans le cerveau. La mélopée obsédante qu'il avait essayé d'articuler, tantôt à la trompette, tantôt au piano, enfle dans sa tête. Cet hymne discordant, comprend-il enfin, ce sont les voix de toutes les victimes de Caliban, réunies dans une chorale apocalyptique.

Malgré le vacarme qui obnubile leurs esprits, les antagonistes se relèvent, quoique avec peine, pour la suite de leur corps à corps. Caliban s'élance sur son frère derechef. Pendant un instant, ils se tiennent à la gorge, dérapent, gigotent, se tordent, deux danseurs exécutant les mouvements frénétiques d'une chorégraphie alliant sensualité et sauvagerie, grâce et fureur.

Les lèvres tremblantes de D'ArqueAngel se retroussent. L'albinos le frappe à l'estomac. Les griffes lui percent la peau, le sang gicle, le mal fuse. D'ArqueAngel riposte à son tour. Ses uppercuts atteignent le front de l'albinos, peu accoutumé à affronter un adversaire à sa mesure.

Il grogne de satisfaction et charge de nouveau.

Le ventre crispé de D'ArqueAngel n'est plus qu'un nid de souffrance. Malgré cela, il poursuit la danse macabre amorcée avec son frère. Ils valsent dans le noir, au milieu d'une tempête de voix spectrales. Le chant funeste submerge leurs pensées d'un déluge de notes dissonantes.

Soudain, Caliban se laisse délibérément tomber sur le dos, entraînant dans sa chute son frère décontenancé. Ils roulent sur le béton glacé, dans une grotesque parodie d'ébats amoureux. Ils frémissent de tous leurs membres, tels deux mâles se disputant l'hégémonie d'un territoire.

Prenant le dessus, Grand-Blanc tente de glisser sa bouche vers le cou de D'ArqueAngel, visant la jugulaire. Ses réflexes sont moins vifs que d'habitude, ses gestes moins précis. En désespoir de cause, il plante ses dents dans l'épaule gauche du trompettiste et lui arrache un lambeau de chair sanguinolente et un râle. Une douleur fulgurante se répand dans le bras de Gabriel, l'engourdissant. Il réplique par un crochet de droite sur le côté de la tête, qui ébranle à peine l'albinos.

Caliban enfonce de nouveau ses dents dans l'épaule blessée. D'ArqueAngel frappe et frappe encore, mais l'autre ne semble pas sentir les coups. Le trompettiste glisse alors son avant-bras sous la pomme d'Adam et pousse juste assez pour pouvoir le saisir au collet et le faire basculer sur le flanc.

Le sang coule à flots de ses blessures, l'affaiblit. Ses pensées s'embrouillent en un entrelacs de sensations. À son tour, il mord la main dont les griffes viennent de s'enfoncer dans son avant-bras, serre les dents, referme ses mâchoires comme un étau. Le sang lui emplit la bouche, dégouline sur son menton tandis qu'il prend carrément une bouchée.

Tout à coup, D'ArqueAngel ressent le fourmillement électrique du sérum dans ses veines. Dans sa tête, le chant des voix spectrales se déchaîne de plus belle, un crescendo dément qui atteint bientôt son paroxysme. Il se met à ricaner, grisé par l'odeur du sang et le goût de la chair.

Marasa.

Identiques, ni meilleur ni pire l'un que l'autre.

Les antagonistes roulent encore sur le béton et Caliban reprend le dessus. La bave dégoutte de sa bouche sur le visage de D'ArqueAngel, qui détecte dans son haleine putride des relents de pourriture.

Le parfum de la Mort.

Il n'est pas humain, se répète le trompettiste. C'est un automate dont l'unique fonction est d'assassiner les gens !

Devant les yeux échauffés de D'ArqueAngel, l'obscurité de la cave bouillonne, nuage de vapeur écarlate plein d'étincelles, zébré d'éclairs flamboyants. Les mains griffues de Caliban descendent vers sa gorge comme les serres d'un rapace, mais il interrompt ce piqué en lui attrapant les poignets. Au-dessus de lui, il voit la réplique exacte de son propre visage teint en blanc, la bouche écumante, les traits déformés par la rage.

Sa jambe se détend brusquement, son genou atteint Caliban dans l'entrejambe, lui coupe le souffle. L'albinos recule. D'ArqueAngel se dresse d'un bond et lui assène un coup de coude sur la tête, un deuxième, un troisième jusqu'à ce qu'il s'écroule face contre terre.

Plié en deux, les mains sur les cuisses, le trompettiste cherche à reprendre haleine, en gardant un œil sur le *baka* assommé.

Les bras en croix, le corps secoué de légers spasmes, il demeure étendu un moment. Puis, avec un nouveau rugissement, Caliban ramène ses mains près de son torse, cherche à prendre appui sur ses paumes pour se relever.

Exténué, D'ArqueAngel n'en croit pas ses yeux.

Indestructible…

Non. Cela a assez duré.

Il faut en finir.

Avec un regain de fureur, D'ArqueAngel se penche au-dessus de Caliban. Son genou appuyé entre les omoplates, il passe ses deux mains sous le menton de l'albinos et tire. Caliban hurle, rue, dans une tentative désespérée de désarçonner son frère qui, malgré l'horrible craquement des vertèbres, continue de lui plier le cou vers l'arrière.

Bientôt, la tête ne semble plus retenue au corps que par la peau et la chair meurtrie. D'ArqueAngel laisse enfin retomber le pantin désarticulé, contemple pendant quelques secondes son corps maculé de sang.

Dans son esprit, le chœur hystérique s'est enfin tu.

Pourtant, s'il ne se retenait pas, il poserait le pied sur le cadavre de son adversaire et pousserait un hurlement bestial pour signifier sa victoire au monde entier.

Des voix au rez-de-chaussée lui font lever la tête, réflexe de bête traquée. Il tend l'oreille.

* * *

Barracuda n'en finit plus de cligner des yeux. La douleur à son genou est si cuisante qu'elle l'empêche de sombrer dans un évanouissement douillet et bénéfique. Il relève la tête, aperçoit le pistolet de Faustin, sur le sol, au pied de la table de billard. Il étire le bras, tend la main. L'effort lui arrache un grognement d'agonie.

Ses doigts avancent vers la crosse, il y est presque, encore un peu…

— Plus un geste, Minville, fait une voix derrière lui.

Tournant la tête, il voit Lorenzo Appolon, couché sur le ventre, le visage bleu d'ecchymoses, qui braque sur lui le canon de son revolver.

— Si vous croyez m'effrayer, Appolon…

— Vous êtes fini, autant vous faire à cette idée.

— Fini ? Mais vous ne comprenez donc rien à rien, raille Barthélémy Minville. Je ne serai jamais fini ; ni moi ni ceux que je représente. Lisez les journaux, regardez la télé. Nous sommes une hydre, Appolon. Coupez un membre, il en repoussera deux.

271

— Ah oui ? Et si on fait sauter la tête ? menace le mulâtre, en visant le visage du *makout*, luisant de sueur grasse.

Le rire du gros chauve éclate comme une salve de mitraillette.

— Ne soyez pas ridicule : il n'y a jamais eu de tête ! C'est pourquoi nous ne disparaîtrons jamais...

Une pause.

La main de Minville a cessé sa reptation vers le pistolet. Celle d'Appolon palpite sur la crosse du .38.

L'arrogance de ce maniaque, son refus d'admettre la défaite, lui donnent mal au cœur. Des milliers d'innocents battus, torturés, mutilés. Quarante ans de barbarie institutionnalisée. Le détective songe aux nouvelles sordides qui lui parviennent du pays, ces rumeurs impliquant les anciens duvaliéristes qui complotent pour recouvrer le pouvoir.

Il pense enfin à Ferdinand, à l'obsédant appétit de vengeance qui l'a conduit droit à sa tombe.

Ce sourire, Appolon ne peut plus le soutenir.

Presque à son insu, sa main se crispe, la gâchette cède, la détonation résonne, sèche et assourdissante.

Pendant un moment, il fixe le petit œil ouvert au milieu du front de Barracuda, d'où une larme rouge coule lentement.

Ce sourire de prédateur, même dans la mort.

Appolon fait feu à nouveau, tire encore cinq balles qui s'enfoncent dans la masse de graisse inanimée en la secouant à peine, tire et tire jusqu'à ce que le chien du revolver cliquette en vain sur le percuteur.

Exténué, il laisse retomber sa tête. Le front posé sur les lattes du plancher en bois franc, il se met à pleurer sans bruit et se réfugie dans l'inconscience.

* * *

Longtemps, longtemps après, une voix retentit au-dessus de sa tête. Accroupi auprès de lui, Paul-Émile Boivin lui secoue doucement l'épaule. Appolon entrouvre les paupières et aperçoit le visage de son collègue qui fronce les sourcils à la vue de son dos sillonné de griffures.

— J'ai appelé des renforts et une ambulance. Ça va?

— Ouais, je suppose...

Boivin se redresse et désigne d'un geste de la main les cadavres de Minville et de Faustin au milieu de la pagaille de la salle de jeux.

— Méchant gâchis, commente-t-il.

Appolon grimace et hausse les épaules. Il s'attend presque à ce que Boivin lui lance une de ses blagues, à propos du présumé laisser-aller des Nègres en matière de propreté intérieure. À son grand étonnement, la plaisanterie ne vient pas. Trop d'émotions sans doute.

— Alice Grospoint? s'informe-t-il.

— Dans l'auto, avec sa fille.

— L'albinos?

— Couché dans la cave. Raide. Pour moi, il a trouvé plus méchant loup que lui...

— Et l'autre?

— Je n'ai vu personne d'autre.

Appolon n'insiste pas. De toute évidence, le second *baka* s'est enfui, perspective peu réjouissante, mais le détective ne se sent plus la force de s'en inquiéter pour l'instant.

Avec un haut-le-cœur, il appréhende les procédures qui s'ensuivront, les réprimandes de Gobeil et de tout le service, les enquêtes et contre-enquêtes du comité de déontologie, les interrogatoires, les interminables questions, les comparutions au tribunal.

Il appréhende tout ça, puis finit par chasser ces emmerdements futurs de ses pensées. Il aura tout le temps de s'en soucier, plus tard, beaucoup plus tard.

Partie V

So what ?

Miles Davis

Epilogue

Lorenzo Appolon a en aversion les funérailles, qu'il considère comme des rituels pour sadomasochistes. Il s'est contraint à assister à celles de Ferdinand, pas tant pour son ami — qui se fiche pas mal de tout ce cirque, là où il se trouve —, mais plutôt par solidarité avec Josie et les garçons. Et un peu dans l'espoir de faire la paix avec lui-même.

Le service a lieu dans une petite église moderne plutôt laide, intégrée au petit centre commercial qui se dresse sur l'ancien emplacement d'une chapelle centenaire. Lorenzo s'y rend en taxi. Comble de déveine, il arrive à l'église en même temps que Marie-Marthe. Il grimace. Dans l'état où l'a laissé sa lutte avec Grand-Blanc, il ne se trouve guère présentable. Et puis, il aurait préféré des circonstances plus romantiques pour cette rencontre. Tant pis, il apprécie la compagnie de la jeune femme et accepte volontiers le bras qu'elle lui tend. Le chagrin crée souvent des liens, que le temps se chargera sûrement de dénouer, mais sait-on jamais ?

À leur entrée, la cérémonie a déjà commencé. Du fond de l'église où ils prennent place, ils peuvent voir la parenté et les amis des Dauphin, ainsi que les employés et un bon nombre des fidèles clients du Manje Lakay. Appolon ne reconnaît pas tout le monde ; Ferdinand évoluait dans divers

cercles et avait tendance à compartimenter ses fréquenta-
tions. Tous ces gens, tirés à quatre épingles, s'entassent sur
les bancs de la petite église. On dirait les membres d'un jury,
réunis pour juger des mérites et des failles de Ferdinand
Dauphin.

Le prêtre, un ancien missionnaire québécois en Haïti,
multiplie les lieux communs à propos de cette île au destin
tragique qui, grâce aux efforts de gens comme Ferdinand
Dauphin, saura redevenir la Perle des Antilles. Il enchaîne
avec une série d'anecdotes édifiantes sur l'infinie générosité
du disparu. Une telle bonté, insiste le religieux, ne s'est pas
éteinte avec le défunt ; elle continuera à vivre longtemps
dans le cœur et la mémoire des êtres chers.

Les oreilles de Lorenzo silent. Il échappe un *tchuip* discret. Son expérience lui a plutôt démontré qu'au contraire,
seule la cruauté perdure. En lui, la voix de *Gede* de Barracuda résonne encore : « Une hydre. Coupez un membre, il en
repoussera deux. Nous ne disparaîtrons jamais. »

Malgré lui, il pense au jumeau de l'albinos. Ses collègues
ont eu beau fouiller toute la maison, ils n'en ont pas trouvé
la moindre trace, pas plus que du fameux sérum distillé par
Alice Grospoint. Et même si, aux dires de la *doktè-fèy*, on
n'avait rien à craindre de l'autre, Lorenzo ne peut s'empêcher d'y songer avec inquiétude…

Enfin, le curé a cédé la parole au fils aîné de Ferdinand,
Philippe, chargé de l'adieu officiel à son père. Le tout se déroule dans un calme qui surprend Lorenzo. Jamais il n'aurait
imaginé que le malheur puisse adopter un visage aussi se-
rein. Il a vécu des funérailles haïtiennes autrement plus mé-
lodramatiques où des membres de la famille éplorée hur-
laient leur douleur à fendre l'âme, se frappaient le torse à
grands coups de poing et s'agrippaient au cercueil en sup-
pliant le défunt de les emmener avec lui.

On n'assistera à aucune scène du genre, aujourd'hui. De
son vivant, Ferdinand avait souvent insisté pour qu'on l'inci-
nère après sa mort et que ses cendres soient transportées en

Haïti et enterrées près de son frère Hector, en attendant leurs retrouvailles au Jour de la Résurrection. Amen.

Dans le stationnement du centre commercial, Lorenzo aperçoit Marjorie, qu'il n'avait pas reconnue dans son tailleur noir. Il fige, décontenancé. Ni lui ni elle n'esquisse un pas vers l'autre. Malgré le deuil partagé, l'heure de la réconciliation n'a pas sonné.

* * *

D'ArqueAngel s'est réjoui d'apprendre le succès, modeste mais constant, remporté par le Elaine McCoy Quartet, qui a tenu l'affiche au Sensation Bar durant son absence. La formation a reçu les louanges de la presse montréalaise. Il en ressent de la fierté. Sa pianiste a toujours eu de la graine de leader, il le lui a souvent répété.

Dans un autre ordre d'idées, le constable Soucy a tenté de le joindre à plusieurs reprises, au sujet de sa comparution en cour. Au téléphone, le sympathique représentant des forces de l'ordre a proféré des menaces de sanctions plus graves si le trompettiste n'entrait pas en contact avec lui dans les plus brefs délais.

D'ArqueAngel n'en a rien à branler.

Il n'y a que Laura qui le préoccupe.

Selon Nando Sánchez, qui s'est tenu au courant, son état demeure stationnaire, ce qui laisse peu d'espoir d'amélioration. Elle n'est jamais sortie de son coma et, même si elle en émerge, elle risque une paralysie définitive.

Elaine a proposé de l'accompagner, mais il a décliné l'offre. Seul, il arrive à l'hôpital en début de soirée. Toutefois, à la vue de Dick et de Corinne assis dans le couloir devant lui, il rebrousse chemin. Qu'ils s'en aillent. Il ne veut pas leur parler, n'a rien à leur dire. La fin de l'heure des visites approche. Il s'impatiente. Lorsque, enfin, le mari et la mère disparaissent derrière les portes de l'ascenseur, il replie son magazine, empoigne son coffret à trompette et se précipite au chevet de sa sœur.

Elle repose dans la pénombre, inconsciente. Comme il approche du lit, un vers du vieux standard revient le hanter : *Laughter that floats on a summer night.*

Il se souvient de ce rire, dans la douce sauvagerie de leurs ébats, mais des souvenirs plus anciens lui reviennent aussi : deux gamins se roulant dans la mer bruissante des feuilles d'automne.

Laura, oui. Bien plus qu'un rêve.

Gabriel se penche pour déposer sur son front bombé un baiser délicat. Aucune réaction. Bien sûr. S'attendait-il à ce qu'elle ouvre les paupières comme par enchantement? Non, la vie, il le sait désormais, relève davantage du cinéma d'épouvante que du conte de fées.

L'autre nuit, au sortir du Sensation Bar, elle l'a comparé à un charmeur de serpents. Quelques chorus mélodieux et sensuels, improvisés juste pour elle, l'éveilleraient-ils de son coma? Allons donc. Il pose l'étui de sa trompette sur la table de nuit.

Il sort de sa poche le petit coffret à l'intérieur duquel se trouve une seringue hypodermique pleine d'un liquide poisseux aux mille scintillements. Avec un tampon imbibé d'alcool, il la stérilise, puis la lève à la hauteur de ses yeux et appuie légèrement sur le piston en tapotant l'aiguille du bout des doigts. Quelques gouttes du précieux concentré giclent. «Des capacités de régénération supranormales», prétendait Barthélémy Minville. Après un dernier regard sur sa Belle au bois dormant, Gabriel injecte le contenu dans le sac de soluté suspendu au support, près du lit.

Il a juste le temps de ranger la seringue avant qu'une infirmière vienne lui annoncer que la période des visites est terminée depuis dix minutes. Ça va, il s'en allait à l'instant.

— Vous êtes un ami de madame Reynolds? s'informe-t-elle, étonnée de ne l'avoir jamais vu avant ce soir.

— Je suis son frère, répond-il avec un sourire mystérieux.

Il reprend son biniou et quitte la chambre, en rêvant de leurs prochaines retrouvailles.

Dehors, il s'arrête un moment pour respirer l'air de la nuit. Dans les journaux du matin, on parlait d'exactions commises en Haïti par des ex-duvaliéristes : enlèvements, attentats à la bombe, assassinats. La routine habituelle, quoi ! Toute sa vie, Gabriel a cru que ces histoires ne le concernaient que de très loin, qu'il ne pouvait de toute manière rien y changer. Maintenant, il a découvert dans ses veines une force qui pourrait peut-être lui permettre de faire une différence...

C'est décidé. D'ArqueAngel retourne clandestinement à New York dès demain, d'où il s'envolera à destination de Port-au-Prince. Là-bas, il fera chanter sa trompette comme les *lambi* d'autrefois et, sur la partition, écrira le prochain mouvement en rouge vif.

Glossaire

L'orthographe phonologique du créole haïtien a été adoptée en 1979. Succinctement, voici quelques règles de base à l'intention du profane.

- En créole, toutes les lettres se prononcent.
- Le pluriel n'est pas marqué par un *s*.
- Le *e* muet n'existe pas ; *e* se prononce *é* ; *en* se prononce *in*.
- Le *c* n'existe que dans *ch* et le *u* que dans *ui*.
- Un accent grave sur le *o* marque une nasalisation.

* * *

Adjae ! : interjection marquant la stupéfaction ou le désarroi.

Akra : beignet à base de haricots noirs, de farine de manioc ou encore de morue salée, servi en hors-d'œuvre.

Baka : monstre, génie malfaisant du folklore populaire haïtien ; serviteur surnaturel des sorciers.

Baron Samdi : l'un des principaux membres de la famille des *lwa Gede*, divinités de la mort dans le panthéon vodou. Maître incontesté des cimetières, on lui prête l'apparence d'un entrepreneur de pompes funèbres, revêtu d'un habit et d'un haut-de-forme noirs.

Bizango : sorcier doté du pouvoir de se dévêtir de sa peau humaine pour adopter une forme animale ; ou encore, victime d'un tel sorcier, condamnée à se métamorphoser en bête carnivore à la tombée de la nuit.

Bòkò : prêtre vodou qui se sert des «deux mains», c'est-à-dire qui s'adonne à la magie noire.

Bòs (littéralement, «boss») : appellation marquant le respect.

Bouzen : putain, garce.

Cap-Rouge : commune rurale des environs de Jacmel, au sud de Port-au-Prince, réputée pour ses prêtres et prêtresses vodou et pour ses *doktè-fèy*.

Coupé-Cloué : groupe musical haïtien très populaire dans les années soixante et soixante-dix, qui tient son nom, à connotation grivoise, du sobriquet de son chanteur et leader, Gesner Henri, exvedette de soccer.

Dechoukaj : déracinement ; plus spécifiquement, le terme désigne le soulèvement populaire du 7 février 1986 qui mena à l'exil du dictateur Jean-Claude Duvalier et de ses proches. On appelle aussi *dechoukaj* l'ensemble des mesures punitives, souvent sanglantes, infligées par le peuple aux anciens duvaliéristes.

Djab (littéralement, « diable ») : créature maléfique, démon.

Doktè-fèy : homme ou femme ayant le don de guérir des maladies bénignes ou graves grâce aux racines, aux fleurs et aux feuilles.

Fort-Dimanche : ancien camp militaire et prison de Port-au-Prince, au passé tristement sordide, aujourd'hui démoli.

Fout ! (de « foutre ») : interjection vulgaire marquant l'étonnement ou la colère.

Fresco : glace concassée, nappée de sirop.

Fritay : nom générique des bouchées chaudes de la cuisine traditionnelle haïtienne, frites et servies en entrée ou comme amuse-gueule.

Gede : redoutable famille de *lwa* regroupant les esprits de la mort et des cimetières.

Glas kokoye : sorbet à la noix de coco.

Gran-banda : gros bonnet, personnage important ou, ironiquement, individu prétentieux qui se perçoit comme tel.

Grimo (au féminin, **grimèl**) : mulâtre au teint très clair, aux traits négroïdes et aux cheveux auburn, parfois blonds.

Griyo : petites bouchées de porc, frites et servies avec une sauce relevée.

Homo papadocus (d'après René Depestre) : homme de Papa Doc, duvaliériste.

Houngan : prêtre vodou, mage.

Jérémie : ville principale de l'extrémité occidentale de l'île d'Haïti.

Kata : rythme de tambour très rapide.

Kenbe fò : encouragement à tenir bon, à s'accrocher envers et contre tous.

Kenèp : petit fruit à la chair rose sous une écorce verdâtre, ressemblant vaguement au litchi de l'Asie méridionale.

Kleren : rhum blanc, de qualité inférieure.

Lambi : conque marine, dont la chair est très appréciée en Haïti ; également, coquillage de ce mollusque, que les Nègres marrons utilisaient en guise de cornet pour communiquer, aux premières heures de la révolution haïtienne.

Lwa (ou *loa*) : être surnaturel dans le vodou, génie du mal ou du bien, associé dans l'iconographie à divers saints de la religion catholique.

Magloire (Paul Eugène) : général haïtien, chef d'état-major de la junte, au pouvoir de 1950 à 1956 ; il dut démissionner de la présidence après avoir tenté de se céder le pouvoir à lui-même (*sic*).

Makout ou *tonton makout* : croque-mitaine du folklore haïtien ; le terme désigne aussi les membres de la milice secrète de Papa Doc.

Marasa : selon les croyances vodou, les jumeaux, appelés « marasa », vivants ou morts, sont détenteurs de pouvoirs surnaturels qui font d'eux des êtres d'exception, à l'égal des *lwa*.

Mèt (maître) : appellation marquant le respect.

Pangnòl (littéralement, « espagnol ») : appellation générique des Dominicains, des Dominicaines en particulier, parfois employée comme synonyme de prostituée.

Père Lebrun : supplice devenu tristement célèbre en Haïti lors du *dechoukaj* de 1986, consistant à immoler une victime au moyen d'un pneu imbibé de gazoline qu'on lui passe autour du corps.

Petro : famille de *lwa* réputés pour leur nature malfaisante et leur cruauté.

Pwen cho (littéralement, «point chaud») : pouvoir surnaturel, obtenu par le biais d'un pacte avec les puissances de l'au-delà, qui permet de réaliser toutes sortes d'exploits ou de résister à n'importe quel danger.

Ri-ak-djon-djon : mets traditionnel composé de riz cuit dans un bouillon de petits champignons séchés (*djon-djon*) dont il adopte la couleur noire ; on dit aussi *ri-nwa* (riz noir).

Ri-ak-pwa : mets traditionnel composé de riz cuit dans un bouillon de haricots rouges sautés, dont il adopte la couleur rosée ; on dit aussi *ri-pwa-kole*.

Roulib (littéralement, « roue libre ») : « donner une *roulib* à quelqu'un » signifie le reconduire en voiture quelque part.

Simbi-je-rouj : créature maléfique habitant les arbres ou les eaux.

Tap-tap : en Haïti, camionnette servant au transport en commun dont la carrosserie s'orne de peintures naïves représentant des scènes de la vie quotidienne.

Tchuip : bruit émis à travers les dents serrées, marquant le mépris ou l'agacement.

Teledjol (littéralement, «télé-gueule») : téléphone arabe.

Tèt chajé (littéralement, «tête chargée») : tracas, ennui, pétrin.

Tèt-gridap : personne aux cheveux crépus ; par extension, le terme s'applique à un type de lampe dont la mèche fume.

Wanga : sortilèges, magie noire ou blanche.

Zobòp : membre d'une société secrète de sorciers cannibales qui, selon la croyance populaire, hantent les campagnes haïtiennes.

Les mélomanes avertis auront noté que les titres des chapitres renvoient à des œuvres plus ou moins connues du répertoire du jazz. Pour ceux et celles que ce genre de détails intéresse, voici la liste des compositeurs cités.

H. Arlen – A. Koehler (*Stormy Weather*)
B. Beiderbecke (*In a Mist*)
C. Blackman (*Anxiety*)
J. Coltrane (*Impressions, Equinox, Countdown,
    Up 'gainst the Wall*)
M. Davis (*Inamorata, Agitation*)
K. Dorham (*Night Watch*)
E. Ellington (*Melancholia, Mood Indigo*)
B. Evans (*Epilogue*)
G. Evans (*Barracuda*)
C. Fischer (*Pensativa*)
E. Gismoti (*Memória e Fado*)
H. Hancock (*Eye of the Hurricane, Riot*)
A. C. Jobim (*Desafinado*)
J. Lewis (*Rouge*)
S. Lewis – R. Seres (*Gloomy Sunday*)
C. MacGregor – J. Mercer (*Moon Dreams*)
W. Marsalis (*Blue Interlude*)
T. Monk (*Misterioso, Introspection*)
A. Piazolla (*Muerte*)
B. Powell (*Tempus Fugit, Hallucinations*)
J. Zawinul (*Gemini*)

Table des matières

Partie I

Partie II

Partie III

Partie IV

Partie V

Achevé d'imprimer
sur les presses de Litho Acme Inc.